Édition bilingue
ANGLAIS-FRANÇAIS
avec lecture audio intégrée

*Pour écouter la lecture de ce livre
dans sa version anglaise
scannez le code en début de chapitre
avec votre téléphone portable, tablette
ou encore votre webcam depuis le site* HTTPS://WEBQR.COM

Roman
Science-Fiction
Littérature anglaise

Titre original :
THE COMING RACE

Traduction française :
Anonyme

Lecture en anglais :
Maire Rhode

ISBN : 978-2-37808-046-4
© L'Accolade Éditions, 2018

EDWARD BULWER-LYTTON

LA RACE À VENIR

L'ACCOLADE
Éditions

Préface

Le livre que nous avons sous les yeux est bien un roman, mais ce n'est pas un roman comme les autres, car l'auteur s'est proposé de nous raconter non ce qui aurait pu arriver hier, ou autrefois, mais ce qui pourrait bien arriver dans quelques siècles. Les mœurs qu'il dépeint ne sont pas les nôtres, ni celles de nos ancêtres, mais celles de nos descendants. Il imagine bien une petite fable à la Jules Verne, et feint de supposer que la « Race future » existe dès maintenant sous terre et n'attend, pour paraître à la lumière du soleil et pour nous exterminer, que l'heure où elle trouvera son habitation actuelle trop étroite. Mais cet artifice de narration ne trompe personne, et il est évident que Bulwer-Lytton a voulu nous donner une idée de la façon de vivre et de penser de nos arrière-neveux.

C'est là une ambition légitime, quoique l'entreprise soit singulièrement hardie. Il est permis de chercher à deviner ce que l'avenir réserve à notre espèce. On connaît le chemin qu'elle a parcouru ; on peut dire où elle va. Sans doute on risque fort de se tromper, mais un romancier ne répond pas de l'exactitude de ses tableaux et de ses récits ; on ne lui demande qu'un peu de vraisemblance. Quelquefois même on

est moins exigeant et l'on se contente d'être amusé. *Les Voyages de Gulliver* manquent absolument de vraisemblance, ce qui ne les empêche pas d'être un chef-d'œuvre souvent imité, jamais égalé. Il est vrai que les fictions de Swift ne sont que des vérités déguisées et grossies, et qu'il a écrit sous une forme divertissante la plus amère satire qu'on ait jamais faite d'un peuple, d'un siècle, et même du genre humain.

L'auteur de la « Race future » a dû penser à son illustre devancier, car son héros est, chez les hommes du vingt-cinquième ou du trentième siècle, ce que Gulliver lui-même est chez les chevaux du pays des Houyhnms, le représentant d'une civilisation inférieure, un barbare ignorant et corrompu en excursion chez les sages. Il y a seulement cette différence que les chevaux de Swift ne sont que vertueux et heureux, tandis que les « Vril-ya » de Bulwer sont, en outre, fort savants. La vertu et le bonheur ne nous donneraient plus l'idée d'une supériorité complète si l'on n'y joignait une grande puissance industrielle fondée sur une connaissance approfondie des secrets de la nature. Le monde a marché, depuis le temps de la reine Anne, et on ne se moque plus des émules de Newton ; c'est au contraire sur eux que l'on compte pour changer la face des choses.

Mais il est bien malaisé d'imaginer des hommes infiniment plus savants que nous : les grandes découvertes ne se devinent qu'à moitié. Il est, au contraire, facile d'imaginer des hommes meilleurs que nous ; les modèles abondent sous nos yeux, et le peintre de l'idéal trouve dans la réalité tous les éléments

du tableau qu'il veut tracer. Quand Bulwer suppose que nos descendants seront maîtres d'un agent infiniment plus subtil et plus fort que l'électricité, et qu'ils auront perfectionné l'art de construire des automates jusqu'à peupler leurs habitations de domestiques en métal, on est tenté de le trouver bien téméraire. Mais quand il nous montre une société où la guerre est inconnue, où personne n'est pauvre, ni avide de richesses, ni ambitieux, où l'on ne sait ce que c'est qu'un malfaiteur, nous demeurons tous d'accord que c'est là une société parfaite. Malheureusement l'auteur ne prouve pas que les merveilleux progrès scientifiques qu'il est permis d'espérer doivent avoir pour conséquence un progrès non moins admirable de la moralité humaine, ni que les hommes soient assurés de devenir plus raisonnables que nous quand ils seront devenus bien plus savants.

Comme un roman n'est pas une démonstration, l'auteur n'était pas obligé de nous persuader que les choses se passeront exactement comme il l'admet. Il aurait d'ailleurs pu répondre que l'humanité est libre et qu'elle fera peut-être de sa liberté un excellent usage. Il n'affirme pas qu'elle sera un jour aussi raisonnable qu'il dépeint les Vril-ya : mais cela dépend d'elle, et il appartient aux philosophes de bien tracer le tableau d'une idéale félicité pour l'encourager à marcher d'un pas plus rapide dans la voie qui y conduit.

Assurément Bulwer a voulu nous représenter un état de civilisation où les hommes jouiraient de la plus grande somme de bonheur que comporte leur condition mortelle ; il a voulu

aussi nous apprendre quelles sont les conditions de cet état supérieur, sur quelles institutions et sur quelles croyances doit être fondée la cité de ses rêves. Il a écrit son Utopie, comme tant d'autres, comme Platon, comme Thomas Morus, comme Fénelon, comme Fourier. Il n'a pas non plus échappé aux pièges où sont tombés ses devanciers. Il n'accomplit que la moitié de sa tâche, et nous donne bien l'idée d'une humanité parfaitement sage, mais non d'une humanité parfaitement heureuse.

Les Vril-ya ont peu de besoins, et la satisfaction de leurs besoins leur coûte peu d'efforts ; l'outillage de l'industrie est si perfectionné, que le travail est réservé aux seuls enfants. Les adultes n'ont rien à faire, pas de luttes à soutenir, pas de dangers à éviter. Ils se promènent ; ils causent ; ils se réunissent dans des festins où règne la sobriété ; ils entendent de la musique et respirent des parfums. Comme ils doivent s'ennuyer ! Ils n'ont ni les émotions de la guerre, ni les plaisirs de la chasse, car ils sont trop doux pour s'amuser à tuer des bêtes inoffensives. Ceux d'entre eux qui ont l'esprit aventureux peuvent fonder des colonies, mais ils ne courent aucun risque, et, d'ailleurs, la place finira par leur manquer. Ou bien ils s'appliquent à inventer des machines nouvelles et à faire avancer la science, ce qui ne doit pas être à la portée de tout le monde, dans une civilisation déjà si savante et si bien outillée. Ils n'ont même pas une littérature très florissante et sont obligés de relire les anciens auteurs pour y trouver la peinture des passions dont ils sont exempts, des conflits qui ne sont plus de leur siècle.

Cette tranquillité d'âme se reflète sur leur visage qui a quelque chose d'auguste et de surhumain, comme le visage des dieux antiques ; ce sont des hommes de marbre. Ils ne vivent pas.

Des hommes médiocres ont pu décrire l'enfer d'une manière saisissante ; le génie même est impuissant à donner une idée du paradis, qu'on le place sur cette terre ou dans une autre vie. C'est que le bonheur suppose l'effort et la lutte : or il n'y a pas d'effort sans obstacle, de lutte sans adversaire. Nous ne pouvons pas, tels que nous sommes, imaginer la félicité dans le repos perpétuel, sans combat et sans risque, c'est-à-dire sans le mal. Une société pourvue d'institutions et de mœurs idéales, supprimant ou réduisant à l'extrême le risque et le mal, assurerait à ses membres un bonheur que notre raison peut à la rigueur concevoir, mais qui échappe complètement à notre imagination. Supprimez par la pensée le chien, le loup et le boucher ; supposez un printemps perpétuel et des prés toujours verts sous un soleil toujours modéré : les moutons ne nous ferons pas encore envie. Or on a beau faire : il y a toujours dans le paradis un peu de moutonnerie, même quand on y met beaucoup de musique, beaucoup de parfums, et toutes les merveilles de la mécanique.

Parfois, quand nous sommes fatigués, quand nous sommes indignés, quand nous sommes découragés, nous rêvons un monde meilleur, où le travail soit facile, où l'on n'éprouve point de désir qui ne soit satisfait, et d'où l'injustice soit rigoureusement bannie. C'est ainsi que le matelot, las d'être ballotté par les vagues, rêve les loisirs et la sécurité de la terre

ferme ; mais dès qu'il se sera refait, il voudra de nouveau s'embarquer : le danger et la peine l'attirent bien vite ; s'il se résigne à ne plus quitter le sol, c'est qu'il est vieux et usé. Quand les années l'attacheront au rivage, il enviera le sort de ses enfants ; il enviera leurs souffrances et leurs périls, leurs courtes joies et leurs longs labeurs. Il rêvera encore, mais avec tristesse, avec de poignants regrets : il rêvera au temps où il hasardait sa vie pour conquérir ce repos maintenant odieux.

Un jour, peut-être, l'humanité, assagie et pacifiée, se souviendra de nos siècles de lutte et d'agitation. Alors les jeunes gens se plaindront de n'être pas nés dans un siècle plus troublé, de ne pouvoir dépenser leur force, de ne point trouver d'adversaires à combattre, d'obstacles à vaincre, d'aventures à courir. Les hommes perfectionnés de Bulwer porteront envie aux barbares que nous sommes. Ils se plaindront plus justement que Musset, d'être venus trop tard dans un monde trop vieux.

Si l'auteur de « la Race future » n'a pas mieux réussi que ses illustres devanciers à exciter notre enthousiasme en faveur de cet idéal qui ne reste séduisant que quand il reste vague, qui pâlit et s'efface dès qu'on veut l'enfermer en des contours précis, il a pourtant écrit un livre singulièrement intéressant, qui amuse l'imagination et qui fait penser. Il soulève, en passant, bien des questions ; il pose bien des problèmes : s'il ne les résout pas toujours à notre gré, il nous donne du moins le plaisir de voyager rapidement à travers les idées, les systèmes, les théories de la morale. Ajoutons que, dans un temps où

les Anglais paraissent enclins à admirer presque exclusivement les triomphes de la force et les exploits de la conquête, on est heureux de voir passer dans notre langue un livre écrit par un illustre écrivain anglais, pour tracer et faire aimer l'image d'une civilisation fondée sur la justice, la paix et la fraternité.

RAOUL FRARY

Chapter 1

I am a native of _____, in the United States of America. My ancestors migrated from England in the reign of Charles II; and my grandfather was not undistinguished in the War of Independence. My family, therefore, enjoyed a somewhat high social position in right of birth; and being also opulent, they were considered disqualified for the public service. My father once ran for Congress, but was signally defeated by his tailor. After that event he interfered little in politics, and lived much in his library. I was the eldest of three sons, and sent at the age of sixteen to the old country, partly to complete my literary education, partly to commence my commercial training in a mercantile firm at Liverpool. My father died shortly after I was twenty-one; and being left well off, and having a taste for travel and adventure, I resigned, for a time, all pursuit of the almighty dollar, and became a desultory wanderer over the face of the earth.

In the year 18__, happening to be in _____, I was invited by a professional engineer, with whom I had made acquaintance, to visit the recesses of the _____ mine, upon which he was employed.

Chapitre 1

Je suis né à ***, dans les États-Unis d'Amérique. Mes aïeux avaient émigré d'Angleterre sous le règne de Charles II et mon grand-père se distingua dans la Guerre de l'Indépendance. Ma famille jouissait donc, par droit de naissance, d'une assez haute position sociale ; comme elle était riche, ses membres étaient regardés comme indignes de toute fonction publique. Mon père se présenta une fois aux élections pour le Congrès : il fut battu d'une façon éclatante par son tailleur. Dès lors il se mêla peu de politique et vécut surtout dans sa bibliothèque. J'étais l'aîné de trois fils et je fus envoyé à l'âge de seize ans dans la mère patrie, pour compléter mon éducation littéraire et aussi pour commencer mon éducation commerciale dans une maison de Liverpool. Mon père mourut quelque temps après mon vingt et unième anniversaire ; j'avais de la fortune et du goût pour les voyages et les aventures ; je renonçai donc pendant quelques années à la poursuite du tout-puissant dollar, et je devins un voyageur errant sur la surface de la terre.

Dans l'année 18.., me trouvant à ***, je fus invité par un ingénieur, dont j'avais fait la connaissance, à visiter les profondeurs de la mine de ***, dans laquelle il était employé.

The reader will understand, ere he close this narrative, my reason for concealing all clue to the district of which I write, and will perhaps thank me for refraining from any description that may tend to its discovery.

Let me say, then, as briefly as possible, that I accompanied the engineer into the interior of the mine, and became so strangely fascinated by its gloomy wonders, and so interested in my friend's explorations, that I prolonged my stay in the neighbourhood, and descended daily, for some weeks, into the vaults and galleries hollowed by nature and art beneath the surface of the earth. The engineer was persuaded that far richer deposits of mineral wealth than had yet been detected, would be found in a new shaft that had been commenced under his operations. In piercing this shaft we came one day upon a chasm jagged and seemingly charred at the sides, as if burst asunder at some distant period by volcanic fires. Down this chasm my friend caused himself to be lowered in a 'cage,' having first tested the atmosphere by the safety-lamp. He remained nearly an hour in the abyss. When he returned he was very pale, and with an anxious, thoughtful expression of face, very different from its ordinary character, which was open, cheerful, and fearless.

He said briefly that the descent appeared to him unsafe, and leading to no result; and, suspending further operations in the shaft, we returned to the more familiar parts of the mine.

Le lecteur comprendra, avant la fin de ce récit, les raisons qui m'empêchent de désigner plus clairement ce district, et me remerciera sans nul doute de m'être abstenu de toute description qui pourrait le faire reconnaître.

Permettez-moi donc de dire, le plus brièvement possible, que j'accompagnais l'ingénieur dans l'intérieur de la mine ; je fus si étrangement fasciné par ses sombres merveilles, je pris tant d'intérêt aux explorations de mon ami, que je prolongeai mon séjour dans le voisinage, et descendis chaque jour dans la mine, pendant plusieurs semaines, sous les voûtes et les galeries creusées par l'art et par la nature dans les entrailles de la terre. L'ingénieur était persuadé qu'on trouverait de nouveaux filons bien plus riches dans un nouveau puits qu'il faisait creuser. En forant ce puits, nous arrivâmes un jour à un gouffre dont les parois étaient dentelées et calcinées comme si cet abîme eût été ouvert à quelque période éloignée par une éruption volcanique. Mon ami s'y fit descendre dans une cage, après avoir éprouvé l'atmosphère au moyen d'une lampe de sûreté. Il y demeura près d'une heure. Quand il remonta, il était excessivement pâle et son visage présentait une expression d'anxiété pensive, bien différente de sa physionomie ordinaire, qui était ouverte, joyeuse et hardie.

Il me dit en deux mots que la descente lui paraissait dangereuse et ne devait conduire à aucun résultat ; puis, suspendant les travaux de ce puits, il m'emmena dans les autres parties de la mine.

All the rest of that day the engineer seemed preoccupied by some absorbing thought. He was unusually taciturn, and there was a scared, bewildered look in his eyes, as that of a man who has seen a ghost. At night, as we two were sitting alone in the lodging we shared together near the mouth of the mine, I said to my friend, —

"Tell me frankly what you saw in that chasm: I am sure it was something strange and terrible. Whatever it be, it has left your mind in a state of doubt. In such a case two heads are better than one. Confide in me."

The engineer long endeavoured to evade my inquiries; but as, while he spoke, he helped himself unconsciously out of the brandy-flask to a degree to which he was wholly unaccustomed, for he was a very temperate man, his reserve gradually melted away. He who would keep himself to himself should imitate the dumb animals, and drink water. At last he said, "I will tell you all. When the cage stopped, I found myself on a ridge of rock; and below me, the chasm, taking a slanting direction, shot down to a considerable depth, the darkness of which my lamp could not have penetrated. But through it, to my infinite surprise, streamed upward a steady brilliant light. Could it be any volcanic fire? In that case, surely I should have felt the heat. Still, if on this there was doubt, it was of the utmost importance to our common safety to clear it up. I examined the sides of the descent, and found that I could venture to trust myself to the irregular projection of ledges, at least for some way.

Tout le reste du jour mon ami me parut préoccupé par une idée qui l'absorbait. Il se montrait taciturne, contre son habitude, et il y avait dans ses regards je ne sais quelle épouvante, comme s'il avait vu un fantôme. Le soir, nous étions assis seuls dans l'appartement que nous occupions près de l'entrée de la mine, et je lui dis :

— Dites-moi franchement ce que vous avez vu dans le gouffre. Je suis sûr que c'est quelque chose d'étrange et de terrible. Quoi que ce soit, vous en êtes troublé. En pareil cas, deux têtes valent mieux qu'une. Confiez-vous à moi.

L'ingénieur essaya longtemps de se dérober à mes questions ; mais, tout en causant, il avait recours au flacon d'eau-de-vie avec une fréquence tout à fait inaccoutumée, car c'était un homme très sobre, et peu à peu sa réserve cessa. Qui veut garder son secret devrait imiter les animaux et ne boire que de l'eau.

— Je vais tout vous dire, s'écria-t-il enfin. Quand la cage s'est arrêtée, je me suis trouvé sur une corniche de rocher ; au-dessous de moi, le gouffre, prenant une direction oblique, s'enfonçait à une profondeur considérable, dont ma lampe ne pouvait pénétrer l'obscurité. Mais, à ma grande surprise, une lumière immobile et éclatante s'élevait du fond de l'abîme. Était-ce un volcan ? J'en aurais certainement senti la chaleur. Pourtant il importait absolument à notre commune sécurité d'éclaircir ce doute. J'examinai les pentes du gouffre et me convainquis que je pouvais m'y hasarder, en me servant des anfractuosités et des crevasses du roc, du moins pendant un certain temps.

I left the cage and clambered down. As I drew nearer and nearer to the light, the chasm became wider, and at last I saw, to my unspeakable amaze, a broad level road at the bottom of the abyss, illumined as far as the eye could reach by what seemed artificial gas-lamps placed at regular intervals, as in the thoroughfare of a great city; and I heard confusedly at a distance a hum as of human voices. I know, of course, that no rival miners are at work in this district. Whose could be those voices? What human hands could have levelled that road and marshalled those lamps?

"The superstitious belief, common to miners, that gnomes or fiends dwell within the bowels of the earth, began to seize me. I shuddered at the thought of descending further and braving the inhabitants of this nether valley. Nor indeed could I have done so without ropes, as from the spot I had reached to the bottom of the chasm the sides of the rock sank down abrupt, smooth, and sheer. I retraced my steps with some difficulty. Now I have told you all."

"You will descend again?"

"I ought, yet I feel as if I durst not."

"A trusty companion halves the journey and doubles the courage. I will go with you. We will provide ourselves with ropes of suitable length and strength—and—pardon me—you must not drink more to-night, our hands and feet must be steady and firm tomorrow."

Je quittai la cage et me mis à descendre. À mesure que je me rapprochais de la lumière, le gouffre s'élargissait, et je vis enfin, avec un étonnement que je ne puis vous décrire, une grande route unie au fond du précipice, illuminée, aussi loin que l'œil pouvait s'étendre, par des lampes à gaz placées à des intervalles réguliers, comme dans les rues de nos grandes villes, et j'entendais au loin comme un murmure de voix humaines. Je sais parfaitement qu'il n'y a pas d'autres mineurs que nous dans ce district. Quelles étaient donc ces voix ? Quelles mains humaines avaient pu niveler cette route et allumer ces lampes ? La croyance superstitieuse, commune à presque tous les mineurs, que les entrailles de la terre sont habitées par des gnomes ou des démons commençait à s'emparer de moi. Je frissonnais à la pensée de descendre plus bas et de braver les habitants de cette vallée intérieure. Je n'aurais d'ailleurs pu le faire, sans cordes, car, de l'endroit où je me trouvais jusqu'au fond du gouffre, les parois du rocher étaient droites et lisses. Je revins sur mes pas avec quelque difficulté. C'est tout.

— Vous redescendrez ?

— Je le devrais, et cependant je ne sais si j'oserai.

— Un compagnon fidèle abrège le voyage et double le courage. J'irai avec vous. Nous prendrons des cordes assez longues et assez fortes... et... excusez-moi... mais vous avez assez bu ce soir. Il faut que nos pieds et nos mains soient fermes demain matin.

Chapter 2

With the morning my friend's nerves were rebraced, and he was not less excited by curiosity than myself. Perhaps more; for he evidently believed in his own story, and I felt considerable doubt of it; not that he would have wilfully told an untruth, but that I thought he must have been under one of those hallucinations which seize on our fancy or our nerves in solitary, unaccustomed places, and in which we give shape to the formless and sound to the dumb.

We selected six veteran miners to watch our descent; and as the cage held only one at a time, the engineer descended first; and when he had gained the ledge at which he had before halted, the cage rearose for me. I soon gained his side. We had provided ourselves with a strong coil of rope.

The light struck on my sight as it had done the day before on my friend's. The hollow through which it came sloped diagonally: it seemed to me a diffused atmospheric light,

Le lendemain matin les nerfs de mon ami avaient repris leur équilibre et sa curiosité n'était pas moins excitée que la mienne. Peut-être l'était-elle plus : car il croyait évidemment ce qu'il m'avait raconté, et j'en doutais beaucoup ; non pas qu'il fût capable de mentir de propos délibéré, mais je pensais qu'il s'était trouvé en proie à une de ces hallucinations, qui saisissent notre imagination ou notre système nerveux, dans les endroits solitaires et inaccoutumés, et pendant lesquelles nous donnons des formes au vide et des voix au silence.

Nous choisîmes six vieux mineurs pour surveiller notre descente ; et, comme la cage ne contenait qu'une personne à la fois, l'ingénieur descendit le premier ; quand il eut atteint la corniche sur laquelle il s'était arrêté la première fois, la cage remonta pour moi. Je l'eus bientôt rejoint. Nous nous étions pourvus d'un bon rouleau de corde.

La lumière frappa mes yeux comme elle avait, la veille, frappé ceux de mon ami. L'ouverture par laquelle elle nous arrivait s'inclinait diagonalement : cette clarté me paraissait une lumière atmosphérique,

not like that from fire, but soft and silvery, as from a
northern star. Quitting the cage, we descended, one after
the other, easily enough, owing to the juts in the side, till
we reached the place at which my friend had previously
halted, and which was a projection just spacious enough
to allow us to stand abreast. From this spot the chasm
widened rapidly like the lower end of a vast funnel, and
I saw distinctly the valley, the road, the lamps which my
companion had described. He had exaggerated nothing. I
heard the sounds he had heard—a mingled indescribable
hum as of voices and a dull tramp as of feet. Straining my
eye farther down, I clearly beheld at a distance the outline
of some large building. It could not be mere natural rock,
it was too symmetrical, with huge heavy Egyptian-like
columns, and the whole lighted as from within. I had about
me a small pocket-telescope, and by the aid of this, I could
distinguish, near the building I mention, two forms which
seemed human, though I could not be sure. At least they
were living, for they moved, and both vanished within the
building. We now proceeded to attach the end of the rope
we had brought with us to the ledge on which we stood, by
the aid of clamps and grappling hooks, with which, as well
as with necessary tools, we were provided.

non pas comme celle que donne le feu, mais douce et argentée comme celle d'une étoile du nord. Quittant la cage, nous descendîmes, l'un après l'autre, assez facilement, grâce aux fentes des parois, jusqu'à l'endroit où mon ami s'était arrêté la veille ; ce n'était qu'une saillie de roc juste assez spacieuse pour nous permettre de nous y tenir de front. À partir de cet endroit le gouffre s'élargissait rapidement, comme un immense entonnoir, et je voyais distinctement, de là, la vallée, la route, les lampes que mon compagnon m'avait décrites. Il n'avait rien exagéré. J'entendais le bruit qu'il avait entendu : un murmure confus et indescriptible de voix, un sourd bruit de pas. En m'efforçant de voir plus loin, j'aperçus dans le lointain les contours d'un grand bâtiment. Ce ne pouvait être un roc naturel, il était trop symétrique, avec de grosses colonnes à la façon des Égyptiens, et le tout brillait comme éclairé à l'intérieur. J'avais sur moi une petite lorgnette de poche, et je pus, à l'aide de cet instrument, distinguer, près du bâtiment dont je viens de parler, deux formes qui me semblaient des formes humaines, mais je n'en étais pas sûr. Dans tous les cas, c'étaient des êtres vivants, car ils remuaient, et tous les deux disparurent à l'intérieur du bâtiment. Nous nous occupâmes alors d'attacher la corde que nous avions apportée au rocher sur lequel nous nous trouvions, à l'aide de crampons et de grappins, car nous nous étions munis de tous les instruments qui pouvaient nous être nécessaires.

We were almost silent in our work. We toiled like men
afraid to speak to each other. One end of the rope being
thus apparently made firm to the ledge, the other, to which
we fastened a fragment of the rock, rested on the ground
below, a distance of some fifty feet. I was a younger man
and a more active man than my companion, and having
served on board ship in my boyhood, this mode of transit
was more familiar to me than to him. In a whisper I claimed
the precedence, so that when I gained the ground I might
serve to hold the rope more steady for his descent. I got
safely to the ground beneath, and the engineer now began
to lower himself. But he had scarcely accomplished ten
feet of the descent, when the fastenings, which we had
fancied so secure, gave way, or rather the rock itself proved
treacherous and crumbled beneath the strain; and the
unhappy man was precipitated to the bottom, falling just
at my feet, and bringing down with his fall splinters of the
rock, one of which, fortunately but a small one, struck and
for the time stunned me. When I recovered my senses I saw
my companion an inanimate mass beside me, life utterly
extinct. While I was bending over his corpse in grief and
horror, I heard close at hand a strange sound between a
snort and a hiss; and turning instinctively to the quarter
from which it came, I saw emerging from a dark fissure
in the rock a vast and terrible head, with open jaws and
dull, ghastly, hungry eyes — the head of a monstrous reptile

Nous étions presque muets pendant ce temps. On eût dit à nous voir à l'œuvre que nous avions peur d'entendre nos voix. Ayant assujetti un bout de la corde de façon à le croire solidement fixé au roc, nous attachâmes une pierre à l'autre extrémité, et nous la fîmes glisser jusqu'au sol, qui se trouvait à environ cinquante pieds au-dessous. J'étais plus jeune et plus agile que mon compagnon, et comme dans mon enfance j'avais servi sur un navire, cette façon de manœuvrer m'était plus familière. Je réclamai à demi-voix le droit de descendre le premier afin de pouvoir, une fois en bas, maintenir le câble et faciliter la descente de mon ami. J'arrivai sain et sauf au fond du gouffre, et l'ingénieur commença à descendre à son tour. Mais il n'avait pas parcouru dix pieds, que les nœuds, que nous avions crus si solides, cédèrent ; ou plutôt le roc lui-même nous trahit et s'écroula sous le poids ; mon malheureux ami fut précipité sur le sol et tomba à mes pieds, entraînant dans sa chute des fragments de rocher, dont l'un, heureusement assez petit, me frappa et me fit perdre connaissance. Quand je repris mes sens, je vis que mon compagnon n'était plus qu'une masse inerte et entièrement privée de vie. Au moment où je me penchais sur son cadavre, plein d'affliction et d'horreur, j'entendis tout près de moi un son étrange tenant à la fois du hennissement et du sifflement ; en me tournant d'instinct vers l'endroit d'où partait le bruit, je vis sortir d'une sombre fissure du rocher une tête énorme et terrible, les mâchoires ouvertes, et me regardant avec des yeux farouches, des yeux de spectre affamé : c'était la tête d'un monstrueux reptile,

resembling that of the crocodile or alligator, but infinitely larger than the largest creature of that kind I had ever beheld in my travels. I started to my feet and fled down the valley at my utmost speed. I stopped at last, ashamed of my panic and my flight, and returned to the spot on which I had left the body of my friend. It was gone; doubtless the monster had already drawn it into its den and devoured it. The rope and the grappling-hooks still lay where they had fallen, but they afforded me no chance of return; it was impossible to re-attach them to the rock above, and the sides of the rock were too sheer and smooth for human steps to clamber. I was alone in this strange world, amidst the bowels of the earth.

ressemblant au crocodile ou à l'alligator, mais beaucoup plus grand que toutes les créatures de ce genre que j'avais vues dans mes nombreux voyages. D'un bond, je fus debout et me mis à fuir de toutes mes forces en descendant la vallée. Je m'arrêtai enfin, honteux de ma frayeur et de ma fuite, et revins vers l'endroit où j'avais laissé le corps de mon ami. Il avait disparu ; sans doute le monstre l'avait déjà entraîné dans son antre et dévoré. La corde et les grappins étaient encore à l'endroit où ils étaient tombés, mais ils ne me donnaient aucune chance de retour : comment les rattacher en haut du rocher ? Les parois étaient trop lisses et trop abruptes pour qu'un homme y pût grimper. J'étais seul dans ce monde étrange, dans les entrailles de la terre.

Chapter 3

Slowly and cautiously I went my solitary way down the lamplit road and towards the large building I have described. The road itself seemed like a great Alpine pass, skirting rocky mountains of which the one through whose chasm I had descended formed a link. Deep below to the left lay a vast valley, which presented to my astonished eye the unmistakeable evidences of art and culture. There were fields covered with a strange vegetation, similar to none I have seen above the earth; the colour of it not green, but rather of a dull and leaden hue or of a golden red.

There were lakes and rivulets which seemed to have been curved into artificial banks; some of pure water, others that shone like pools of naphtha. At my right hand, ravines and defiles opened amidst the rocks, with passes between, evidently constructed by art, and bordered by trees resembling, for the most part, gigantic ferns, with exquisite varieties of feathery foliage, and stems like those of the palm-tree.

Chapitre 3

Lentement et avec précaution je m'en allai solitaire le long de la route éclairée par les lampes, vers le bâtiment que j'ai décrit. La route elle-même ressemblait aux grands passages des Alpes, traversant des montagnes rocheuses dont celle par laquelle j'étais descendu formait un chaînon. À ma gauche et bien au-dessous de moi, s'étendait une grande vallée, qui offrait à mes yeux étonnés des indices évidents de travail et de culture. Il y avait des champs couverts d'une végétation étrange, qui ne ressemblait en rien à ce que j'avais vu sur la terre ; la couleur n'en était pas verte, mais plutôt d'un gris de plomb terne, ou d'un rouge doré.

Il y avait des lacs et des ruisseaux qui semblaient enfermés dans des rives artificielles ; les uns étaient pleins d'eau claire, les autres brillaient comme des étangs de naphte. À ma droite, des ravins et des défilés s'ouvraient dans les rochers ; ils étaient coupés de passages, évidemment dus au travail et bordés d'arbres ressemblant pour la plupart à des fougères gigantesques, au feuillage d'une délicatesse exquise et pareil à des plumes ; leur tronc ressemblait à celui du palmier.

Others were more like the cane-plant, but taller, bearing large clusters of flowers. Others, again, had the form of enormous fungi, with short thick stems supporting a wide dome-like roof, from which either rose or drooped long slender branches. The whole scene behind, before, and beside me far as the eye could reach, was brilliant with innumerable lamps. The world without a sun was bright and warm as an Italian landscape at noon, but the air less oppressive, the heat softer. Nor was the scene before me void of signs of habitation. I could distinguish at a distance, whether on the banks of the lake or rivulet, or half-way upon eminences, embedded amidst the vegetation, buildings that must surely be the homes of men. I could even discover, though far off, forms that appeared to me human moving amidst the landscape. As I paused to gaze, I saw to the right, gliding quickly through the air, what appeared a small boat, impelled by sails shaped like wings. It soon passed out of sight, descending amidst the shades of a forest. Right above me there was no sky, but only a cavernous roof. This roof grew higher and higher at the distance of the landscapes beyond, till it became imperceptible, as an atmosphere of haze formed itself beneath.

Continuing my walk, I started, —from a bush that resembled a great tangle of sea-weeds, interspersed with fern-like shrubs and plants of large leafage shaped like that of the aloe or prickly-pear, —a curious animal about the size and shape of a deer.

D'autres avaient l'air de cannes à sucre, mais plus grands et portant de longues grappes de fleurs. D'autres encore avaient l'aspect d'énormes champignons, avec des troncs gros et courts, soutenant un large dôme, d'où pendaient ou s'élançaient de longues branches minces. Par devant, par derrière, à côté de moi, aussi loin que l'œil pouvait atteindre, tout étincelait de lampes innombrables. Ce monde sans soleil était aussi brillant et aussi chaud qu'un paysage italien à midi, mais l'air était moins lourd et la chaleur plus douce. Les habitations n'y manquaient pas. Je pouvais distinguer à une certaine distance, soit sur le bord d'un lac ou d'un ruisseau, soit sur la pente des collines, nichés au milieu des arbres, des bâtiments qui devaient assurément être la demeure d'êtres humains. Je pouvais même apercevoir, quoique très loin, des formes qui paraissaient être des formes humaines s'agitant dans ce paysage. Au moment où je m'arrêtais pour regarder tout cela, je vis à ma droite, glissant rapidement dans l'air, une sorte de petit bateau, poussé par des voiles ayant la forme d'ailes. Il passa et bientôt disparut derrière les ombres d'une forêt. Au-dessus de moi il n'y avait pas de ciel, mais la voûte d'une grotte. Cette voûte s'élevait de plus en plus à mesure que le passage s'élargissait, elle finissait par devenir invisible au-dessus d'une atmosphère de nuages qui la séparait du sol.

En continuant ma route, je tressaillis tout à coup : d'un buisson qui ressemblait à un énorme amas d'herbes marines, mêlé d'espèces de fougères et de plantes à larges feuilles, comme l'aloès ou le cactus, s'élança un bizarre animal de la taille et à peu près de la forme d'un daim.

But as, after bounding away a few paces, it turned round and gazed at me inquisitively, I perceived that it was not like any species of deer now extant above the earth, but it brought instantly to my recollection a plaster cast I had seen in some museum of a variety of the elk stag, said to have existed before the Deluge. The creature seemed tame enough, and, after inspecting me a moment or two, began to graze on the singular herbiage around undismayed and careless.

Mais, comme après avoir bondi à quelques pas il se retourna pour me regarder attentivement, je m'aperçus qu'il ne ressemblait à aucune espèce de daim connue maintenant sur la terre, mais il me rappela aussitôt un modèle en plâtre, que j'avais vu dans un muséum, d'une variété de l'élan qu'on dit avoir existé avant le déluge. L'animal ne paraissait nullement farouche, car après m'avoir examiné un moment, il commença à paître sans trouble et sans crainte ce singulier herbage.

Chapter 4

I now came in full sight of the building. Yes, it had been made by hands, and hollowed partly out of a great rock. I should have supposed it at the first glance to have been of the earliest form of Egyptian architecture. It was fronted by huge columns, tapering upward from massive plinths, and with capitals that, as I came nearer, I perceived to be more ornamental and more fantastically graceful that Egyptian architecture allows. As the Corinthian capital mimics the leaf of the acanthus, so the capitals of these columns imitated the foliage of the vegetation neighbouring them, some aloe-like, some fern-like. And now there came out of this building a form — human; — was it human? It stood on the broad way and looked around, beheld me and approached. It came within a few yards of me, and at the sight and presence of it an indescribable awe and tremor seized me, rooting my feet to the ground. It reminded me of symbolical images of Genius or Demon that are seen on Etruscan vases or limned on the walls of Eastern sepulchres — images that borrow the outlines of man, and are yet of another race.

Je me trouvais alors tout à fait en vue du bâtiment. Oui, il avait bien été élevé par des mains humaines et creusé en partie dans un grand rocher. J'aurais supposé au premier coup d'œil qu'il appartenait à la première période de l'architecture égyptienne. La façade était ornée de grosses colonnes, s'élevant sur des plinthes massives et surmontées de chapiteaux que je trouvai, en les examinant de plus près, plus ornés et plus gracieux que ne le comporte l'architecture égyptienne. De même que le chapiteau corinthien imite dans ses ornements la feuille d'acanthe, le chapiteau de ces colonnes imitait le feuillage de la végétation qui les entourait, comme des feuilles d'aloès ou des feuilles de fougères. À ce moment sortit du bâtiment un être... humain ; était-ce bien un être humain ? Debout sur la grande route, il regarda autour de lui, me vit et s'approcha. Il vint à quelques mètres de moi ; sa vue, sa présence, me remplirent d'une terreur et d'un respect indescriptibles, et me clouèrent au sol. Il me rappelait les génies symboliques ou démons qu'on trouve sur les vases étrusques, ou que les peuples orientaux peignent sur leurs sépulcres : images qui ont les traits de la race humaine et qui appartiennent cependant à une autre race.

It was tall, not gigantic, but tall as the tallest man below the height of giants.

Its chief covering seemed to me to be composed of large wings folded over its breast and reaching to its knees; the rest of its attire was composed of an under tunic and leggings of some thin fibrous material. It wore on its head a kind of tiara that shone with jewels, and carried in its right hand a slender staff of bright metal like polished steel. But the face! it was that which inspired my awe and my terror. It was the face of man, but yet of a type of man distinct from our known extant races. The nearest approach to it in outline and expression is the face of the sculptured sphinx — so regular in its calm, intellectual, mysterious beauty. Its colour was peculiar, more like that of the red man than any other variety of our species, and yet different from it — a richer and a softer hue, with large black eyes, deep and brilliant, and brows arched as a semicircle. The face was beardless; but a nameless something in the aspect, tranquil though the expression, and beauteous though the features, roused that instinct of danger which the sight of a tiger or serpent arouses. I felt that this manlike image was endowed with forces inimical to man. As it drew near, a cold shudder came over me. I fell on my knees and covered my face with my hands.

Il était grand, non pas gigantesque, mais aussi grand qu'un homme peut l'être sans atteindre la taille des géants.

Son principal vêtement me parut consister en deux grandes ailes, croisées sur la poitrine et tombant jusqu'aux genoux ; le reste de son costume se composait d'une tunique et d'un pantalon d'une étoffe fibreuse et mince. Il portait sur la tête une sorte de tiare, parée de pierres précieuses, et tenait à la main droite une mince baguette d'un métal brillant, comme de l'acier poli. Mais c'était son visage qui me remplissait d'une terreur respectueuse. C'était bien le visage d'un homme, mais d'un type distinct de celui des races qui existent aujourd'hui sur la terre. Ce dont il se rapprochait le plus par les contours et l'expression, ce sont les sphinx sculptés, dont le visage est si régulier dans sa beauté calme, intelligente, mystérieuse. Son teint était d'une couleur particulière, plus rapproché de celui de la race rouge que d'aucune autre variété de notre espèce ; il y avait cependant quelques différences : le ton en était plus doux et plus riche, les yeux étaient noirs, grands, profonds, brillants, et les sourcils dessinés presque en demi-cercle. Il n'avait point de barbe, mais je ne sais quoi dans tout son aspect, malgré le calme de l'expression et la beauté des traits, éveillait en moi cet instinct de péril que fait naître la vue d'un tigre ou d'un serpent. Je sentais que cette image humaine était douée de forces hostiles à l'homme. À mesure qu'il s'approchait, un frisson glacial me saisit, je tombai à genoux et couvris mon visage de mes deux mains.

Chapter 5

A voice accosted me—a very quiet and very musical key of voice—in a language of which I could not understand a word, but it served to dispel my fear. I uncovered my face and looked up. The stranger (I could scarcely bring myself to call him man) surveyed me with an eye that seemed to read to the very depths of my heart. He then placed his left hand on my forehead, and with the staff in his right, gently touched my shoulder. The effect of this double contact was magical. In place of my former terror there passed into me a sense of contentment, of joy, of confidence in myself and in the being before me. I rose and spoke in my own language. He listened to me with apparent attention, but with a slight surprise in his looks; and shook his head, as if to signify that I was not understood. He then took me by the hand and led me in silence to the building. The entrance was open—indeed there was no door to it. We entered an immense hall, lighted by the same kind of lustre as in the scene without, but diffusing a fragrant odour. The floor was in large tesselated blocks of precious metals, and partly covered with a sort of matlike carpeting.

Chapitre 5

Une voix s'adressa à moi, d'un ton doux et musical, dans une langue dont je ne compris pas un mot ; cela servit pourtant à dissiper mes craintes. Je découvris mon visage et je regardai. L'étranger (j'ai de la peine à me décider à l'appeler un homme) m'examinait d'un regard qui semblait pénétrer jusqu'au fond de mon cœur. Il plaça alors sa main gauche sur mon front, et me toucha légèrement l'épaule avec la baguette qu'il tenait dans la main droite. L'effet de ce double contact fut magique. Ma terreur première fit place à une sensation de plaisir, de joie, de confiance en moi-même et en celui qui se trouvait devant moi. Je me levai et parlai dans ma propre langue. Il m'écouta avec une visible attention, mais ses regards dénotaient une légère surprise ; il secoua la tête, comme pour me dire qu'il ne comprenait pas. Il me prit alors par la main et me conduisit en silence vers l'édifice. La porte était ouverte ou plutôt il n'y avait même pas de porte. Nous entrâmes dans une salle immense, des lampes y brillaient pareilles à celles de l'extérieur, mais elles répandaient ici une odeur balsamique. Le sol était pavé d'une mosaïque de grands blocs de métaux précieux et couvert en partie d'une espèce de natte.

A strain of low music, above and around, undulated as if from invisible instruments, seeming to belong naturally to the place, just as the sound of murmuring waters belongs to a rocky landscape, or the warble of birds to vernal groves.

A figure in a simpler garb than that of my guide, but of similar fashion, was standing motionless near the threshold. My guide touched it twice with his staff, and it put itself into a rapid and gliding movement, skimming noiselessly over the floor. Gazing on it, I then saw that it was no living form, but a mechanical automaton. It might be two minutes after it vanished through a doorless opening, half screened by curtains at the other end of the hall, when through the same opening advanced a boy of about twelve years old, with features closely resembling those of my guide, so that they seemed to me evidently son and father. On seeing me the child uttered a cry, and lifted a staff like that borne by my guide, as if in menace. At a word from the elder he dropped it. The two then conversed for some moments, examining me while they spoke. The child touched my garments, and stroked my face with evident curiosity, uttering a sound like a laugh, but with an hilarity more subdued that the mirth of our laughter. Presently the roof of the hall opened, and a platform descended, seemingly constructed on the same principle as the 'lifts' used in hotels and warehouses for mounting from one story to another.

Une musique douce ondulait autour et au-dessus de nous ; on eût dit qu'elle venait d'instruments invisibles et qu'elle appartenait naturellement à ce lieu, comme le murmure des eaux à un paysage montagneux, ou le chant des oiseaux aux bosquets que pare le printemps.

Une figure, plus simplement habillée que celle de mon guide, mais dans le même genre, était debout, immobile près du seuil. Mon guide la toucha deux fois avec sa baguette, et elle se mit aussitôt en mouvement glissant rapidement et sans bruit et effleurant le sol. En la regardant avec attention je vis que ce n'était pas une forme vivante, mais un automate. Deux minutes environ après qu'il eut disparu à l'autre bout de la salle, par une ouverture sans porte, à demi cachée par des rideaux, s'avança par le même chemin un jeune garçon d'environ douze ans, dont les traits ressemblaient tant à ceux de mon guide, que je jugeai sans hésiter que c'était le père et le fils. À ma vue, l'enfant poussa un cri et leva une baguette pareille à celle de mon guide, comme pour me menacer ; mais, sur un mot de son père, il la laissa retomber. Ils s'entretinrent alors un instant et, tout en parlant, m'examinaient. L'enfant toucha mes vêtements et me caressa le visage avec une curiosité évidente, en faisant entendre un son analogue au rire, mais avec une hilarité plus contenue que celle qu'exprime notre rire. Tout à coup la voûte de la chambre s'ouvrit et il en descendit une plate-forme qui me sembla construite sur le même principe que les ascenseurs dont on se sert dans les hôtels et dans les entrepôts pour monter d'un étage à l'autre.

The stranger placed himself and the child on the platform, and motioned to me to do the same, which I did. We ascended quickly and safely, and alighted in the midst of a corridor with doorways on either side.

Through one of these doorways I was conducted into a chamber fitted up with an oriental splendour; the walls were tesselated with spars, and metals, and uncut jewels; cushions and divans abounded; apertures as for windows but unglazed, were made in the chamber opening to the floor; and as I passed along I observed that these openings led into spacious balconies, and commanded views of the illumined landscape without. In cages suspended from the ceiling there were birds of strange form and bright plumage, which at our entrance set up a chorus of song, modulated into tune as is that of our piping bullfinches. A delicious fragrance, from censers of gold elaborately sculptured, filled the air. Several automata, like the one I had seen, stood dumb and motionless by the walls. The stranger placed me beside him on a divan and again spoke to me, and again I spoke, but without the least advance towards understanding each other.

But now I began to feel the effects of the blow I had received from the splinters of the falling rock more acutely that I had done at first.

There came over me a sense of sickly faintness, accompanied with acute, lancinating pains in the head and neck. I sank back on the seat and strove in vain to stifle

L'étranger plaça l'enfant et lui-même sur la plate-forme et me fit signe de l'imiter ; ce que je fis. Nous montâmes rapidement et sûrement, et nous nous arrêtâmes au milieu d'un corridor garni de portes à droite et à gauche.

Par une de ces portes, je fus conduit dans une chambre meublée avec une splendeur orientale ; les murs étaient couverts d'une mosaïque de métaux et de pierres précieuses non taillées, les coussins et les divans abondaient ; des ouvertures pareilles à des fenêtres, mais sans vitres, s'ouvraient jusqu'au plancher ; en passant devant ces ouvertures, je vis qu'elles conduisaient à de larges balcons, qui dominaient le paysage illuminé. Dans des cages suspendues au plafond il y avait des oiseaux d'une forme étrange et au brillant plumage, qui se mirent à chanter en chœur ; leur voix rappelait celle de nos bouvreuils. Des cassolettes d'or richement sculptées remplissaient l'air d'un parfum délicieux. Plusieurs automates, semblables à celui que j'avais vu, se tenaient immobiles et muets contre les murs. L'étranger me fit placer avec lui sur un divan et m'adressa de nouveau la parole ; je lui répondis encore, mais sans arriver à le comprendre ou à me faire comprendre.

Je commençais alors à ressentir plus vivement que je ne l'avais fait d'abord l'effet du coup que m'avait porté l'éclat du rocher tombé sur moi.

Une sensation de faiblesse, accompagnée de douleurs aiguës et lancinantes dans la tête et dans le cou, s'empara de moi. Je tombai à la renverse sur mon siège, essayant en vain d'étouffer

a groan. On this the child, who had hitherto seemed to eye me with distrust or dislike, knelt by my side to support me; taking one of my hands in both his own, he approached his lips to my forehead, breathing on it softly. In a few moments my pain ceased; a drowsy, heavy calm crept over me; I fell asleep.

How long I remained in this state I know not, but when I woke I felt perfectly restored. My eyes opened upon a group of silent forms, seated around me in the gravity and quietude of Orientals—all more or less like the first stranger; the same mantling wings, the same fashion of garment, the same sphinx-like faces, with the deep dark eyes and red man's colour; above all, the same type of race—race akin to man's, but infinitely stronger of form and grandeur of aspect—and inspiring the same unutterable feeling of dread. Yet each countenance was mild and tranquil, and even kindly in expression. And, strangely enough, it seemed to me that in this very calm and benignity consisted the secret of the dread which the countenances inspired. They seemed as void of the lines and shadows which care and sorrow, and passion and sin, leave upon the faces of men, as are the faces of sculptured gods, or as, in the eyes of Christian mourners, seem the peaceful brows of the dead.

un gémissement. À ce moment, l'enfant, qui avait semblé me regarder avec déplaisir ou avec défiance, s'agenouilla à côté de moi pour me soutenir ; il prit une de mes mains entre les siennes, approcha ses lèvres de mon front, en soufflant doucement. En un instant, la douleur cessa ; un calme languissant et délicieux s'empara de moi ; je m'endormis.

Je ne sais pas combien de temps je restai ainsi, mais quand je m'éveillai, j'étais parfaitement rétabli. En ouvrant les yeux j'aperçus un groupe de formes silencieuses, assises autour de moi avec la gravité et la quiétude des Orientaux ; toutes ressemblaient plus ou moins à mon guide ; les mêmes ailes ployées, les mêmes vêtements, les mêmes visages de sphinx, avec les mêmes yeux noirs et le teint rouge ; par-dessus tout le même type, race presque semblable à l'homme, mais plus grande, plus forte, d'un aspect plus imposant, et inspirant le même sentiment indéfinissable de terreur. Cependant leurs physionomies étaient douces et calmes, et même affectueuses dans leur expression. Chose étrange ! il me semblait que c'était dans ce calme même et dans ce même air de bonté que résidait le secret de la terreur qu'ils inspiraient. Leurs visages ne présentaient pas plus ces rides et ces ombres que le souci, le chagrin, les passions et le péché impriment sur la face des hommes, que le visage des dieux de marbre de l'antiquité, ou qu'aux yeux du chrétien en deuil n'en montre le front paisible des morts.

I felt a warm hand on my shoulder; it was the child's. In his eyes there was a sort of lofty pity and tenderness, such as that with which we may gaze on some suffering bird or butterfly. I shrank from that touch—I shrank from that eye. I was vaguely impressed with a belief that, had he so pleased, that child could have killed me as easily as a man can kill a bird or a butterfly. The child seemed pained at my repugnance, quitted me, and placed himself beside one of the windows. The others continued to converse with each other in a low tone, and by their glances towards me I could perceive that I was the object of their conversation. One in especial seemed to be urging some proposal affecting me on the being whom I had first met, and this last by his gesture seemed about to assent to it, when the child suddenly quitted his post by the window, placed himself between me and the other forms, as if in protection, and spoke quickly and eagerly. By some intuition or instinct I felt that the child I had before so dreaded was pleading in my behalf. Ere he had ceased another stranger entered the room. He appeared older than the rest, though not old; his countenance less smoothly serene than theirs, though equally regular in its features, seemed to me to have more the touch of a humanity akin to my own. He listened quietly to the words addressed to him, first by my guide, next by two others of the group, and lastly by the child; then turned towards myself, and addressed me, not by words, but by signs and gestures. These I fancied that I perfectly understood, and I was not mistaken.

Je sentis sur mon épaule la chaleur d'une main ; c'était celle de l'enfant. Il y avait dans ses yeux une sorte de pitié, de tendresse, comme celle qu'on peut ressentir à la vue d'un oiseau ou d'un papillon blessés. Je me détournai à ce contact... j'évitai ces yeux. Je sentais vaguement que, s'il l'avait voulu, l'enfant aurait pu me tuer aussi aisément qu'un homme tue une mouche ou un papillon. L'enfant parut peiné de ma répugnance ; il me quitta et alla se placer près d'une fenêtre. Les autres continuèrent à parler à voix basse et, à leurs regards, je pus m'apercevoir que j'étais l'objet de leur conversation. L'un d'eux, entre autres, semblait proposer avec insistance quelque chose sur mon compte à celui que j'avais d'abord rencontré et, par ses gestes, celui-ci semblait près d'acquiescer, quand l'enfant quitta tout à coup son poste près de la fenêtre, se plaça entre moi et les autres, comme pour me protéger, et parla rapidement et avec animation. Par une sorte d'intuition et d'instinct, je sentis que l'enfant que j'avais d'abord craint plaidait en ma faveur. Avant qu'il eût fini, un autre étranger entra dans la chambre. Il me parut plus âgé que les autres, mais non pas vieux ; sa physionomie, moins calme et moins sereine que celle des autres, quoique les traits fussent aussi réguliers, me semblait plus rapprochée de celle de ma propre race. Il écouta tranquillement ce qui lui fut dit, d'abord par mon guide, ensuite par deux autres, et enfin par l'enfant ; puis il se tourna et s'adressa à moi, non par des paroles, mais par des signes et des gestes. Je crus le comprendre, et je ne me trompai pas.

I comprehended that he inquired whence I came. I extended
my arm, and pointed towards the road which had led me
from the chasm in the rock; then an idea seized me. I drew
forth my pocket-book, and sketched on one of its blank
leaves a rough design of the ledge of the rock, the rope,
myself clinging to it; then of the cavernous rock below, the
head of the reptile, the lifeless form of my friend. I gave
this primitive kind of hieroglyph to my interrogator, who,
after inspecting it gravely, handed it to his next neighbour,
and it thus passed round the group. The being I had at first
encountered then said a few words, and the child, who
approached and looked at my drawing, nodded as if he
comprehended its purport, and, returning to the window,
expanded the wings attached to his form, shook them once
or twice, and then launched himself into space without. I
started up in amaze and hastened to the window. The child
was already in the air, buoyed on his wings, which he did
not flap to and fro as a bird does, but which were elevated
over his head, and seemed to bear him steadily aloft without
effort of his own. His flight seemed as swift as an eagle's;
and I observed that it was towards the rock whence I
had descended, of which the outline loomed visible in the
brilliant atmosphere. In a very few minutes he returned,
skimming through the opening from which he had gone,
and dropping on the floor the rope and grappling-hooks I
had left at the descent from the chasm. Some words in a low
tone passed between the being present; one of the group
touched an automaton, which started forward and glided

Il me demandait d'où je venais. J'étendis le bras et montrai la route que j'avais suivie ; tout à coup une idée me vint. Je tirai mon portefeuille et esquissai sur une des pages blanches un dessin grossier de la corniche de rocher, de la corde et de ma propre descente ; puis je dessinai au-dessous le fond du gouffre, la tête du reptile, et la forme inanimée de mon ami. Je donnai cet hiéroglyphe primitif à celui qui m'interrogeait ; après l'avoir examiné gravement, il le donna à son plus proche voisin, et mon esquisse fit ainsi le tour du groupe. L'être que j'avais d'abord rencontré dit alors quelques mots, l'enfant s'approcha et regarda mon dessin, fit un signe de tête, comme pour dire qu'il en comprenait le sens et, retournant à la fenêtre, il étendit ses ailes, les secoua une ou deux fois, et se lança dans l'espace. Je bondis dans un mouvement de surprise et courus à la fenêtre. L'enfant était déjà dans l'air, supporté par ses ailes qu'il n'agitait pas, comme font les oiseaux ; elles étaient élevées au-dessus de sa tête et semblaient le soutenir sans aucun effort de sa part. Son vol me paraissait aussi rapide que celui d'un aigle ; je remarquai qu'il se dirigeait vers le roc d'où j'étais descendu et dont les contours se distinguaient dans la brillante atmosphère. Au bout de peu de minutes, il était de retour, entrant par l'ouverture d'où il était parti et jetant sur le sol la corde et les grappins que j'avais abandonnés dans ma descente. Quelques mots furent échangés à voix basse ; un des êtres présents toucha un automate qui se mit aussitôt en mouvement et glissa

from the room; then the last comer, who had addressed
me by gestures, rose, took me by the hand, and led me
into the corridor. There the platform by which I had
mounted awaited us; we placed ourselves on it and were
lowered into the hall below. My new companion, still
holding me by the hand, conducted me from the building
into a street (so to speak) that stretched beyond it, with
buildings on either side, separated from each other by
gardens bright with rich-coloured vegetation and strange
flowers. Interspersed amidst these gardens, which were
divided from each other by low walls, or walking slowly
along the road, were many forms similar to those I had
already seen. Some of the passers-by, on observing me,
approached my guide, evidently by their tones, looks, and
gestures addressing to him inquiries about myself. In a
few moments a crowd collected around us, examining me
with great interest, as if I were some rare wild animal. Yet
even in gratifying their curiosity they preserved a grave
and courteous demeanour; and after a few words from
my guide, who seemed to me to deprecate obstruction in
our road, they fell back with a stately inclination of head,
and resumed their own way with tranquil indifference.
Midway in this thoroughfare we stopped at a building that
differed from those we had hitherto passed, inasmuch as it
formed three sides of a vast court, at the angles of which
were lofty pyramidal towers; in the open space between
the sides was a circular fountain of colossal dimensions,

hors de la chambre ; alors le dernier venu, qui s'était adressé à moi par gestes, se leva, me prit par la main, et me conduisit dans le couloir. La plate-forme sur laquelle j'étais monté nous attendait ; nous nous y plaçâmes et nous descendîmes dans la première salle où j'étais entré. Mon nouveau compagnon, me tenant toujours par la main, me conduisit dans une rue (si je puis l'appeler ainsi) qui s'étendait au-delà de l'édifice, avec des bâtiments des deux côtés, séparés les uns des autres par des jardins tout brillants d'une végétation richement colorée et de fleurs étranges. Au milieu de ces jardins, que divisaient des murs peu élevés, ou sur la route, un grand nombre d'autres êtres, semblables à ceux que j'avais déjà vus, se promenaient gravement. Quelques-uns des passants, dès qu'ils me virent, s'approchèrent de mon guide ; et leurs voix, leurs gestes, leurs regards prouvaient qu'ils lui adressaient des questions sur mon compte. En peu d'instants une véritable foule nous entourait, m'examinant avec un vif intérêt comme si j'étais quelque rare animal sauvage. Même en satisfaisant leur curiosité, ils conservaient un maintien grave et courtois ; et sur quelques mots de mon guide, qui semblait prier qu'on nous laissât libres, ils se retirèrent avec une majestueuse inclination de tête et reprirent leur route avec une tranquille indifférence. Au milieu de cette rue nous nous arrêtâmes devant un bâtiment qui différait de ceux que nous avions rencontrés jusque-là, en ce qu'il formait trois côtés d'une cour, aux angles de laquelle s'élevaient de hautes tours pyramidales ; dans l'espace ouvert se trouvait une fontaine circulaire de dimensions colossales,

and throwing up a dazzling spray of what seemed to me fire. We entered the building through an open doorway and came into an enormous hall, in which were several groups of children, all apparently employed in work as at some great factory. There was a huge engine in the wall which was in full play, with wheels and cylinders resembling our own steam-engines, except that it was richly ornamented with precious stones and metals, and appeared to emanate a pale phosphorescent atmosphere of shifting light. Many of the children were at some mysterious work on this machinery, others were seated before tables. I was not allowed to linger long enough to examine into the nature of their employment. Not one young voice was heard — not one young face turned to gaze on us. They were all still and indifferent as may be ghosts, through the midst of which pass unnoticed the forms of the living.

Quitting this hall, my guide led me through a gallery richly painted in compartments, with a barbaric mixture of gold in the colours, like pictures by Louis Cranach. The subjects described on these walls appeared to my glance as intended to illustrate events in the history of the race amidst which I was admitted. In all there were figures, most of them like the manlike creatures I had seen, but not all in the same fashion of garb, nor all with wings. There were also the effigies of various animals and birds, wholly strange to me,

lançant une gerbe éblouissante d'un liquide qui me parut être du feu. Nous entrâmes dans ce bâtiment par une ouverture sans porte, et nous nous trouvâmes dans une salle immense où il y avait plusieurs groupes d'enfants, tous employés, me sembla-t-il, à divers travaux, comme dans une grande manufacture. Dans le mur, une énorme machine était en mouvement avec ses roues et ses cylindres ; elle ressemblait à nos machines à vapeur, si ce n'est qu'elle était ornée de pierres précieuses et de métaux et qu'elle paraissait émettre une pâle atmosphère phosphorescente de lumière changeante. Beaucoup de ces enfants travaillaient à quelque besogne mystérieuse près de cette machine, les autres étaient assis devant des tables. Je ne pus rester assez longtemps pour examiner la nature de leurs travaux. On n'entendait pas une voix ; pas un des jeunes visages ne se tourna vers nous. Ils étaient tous aussi tranquilles et aussi indifférents que pourraient l'être des spectres au milieu desquels passeraient inaperçues des formes vivantes.

En quittant cette salle, mon compagnon me conduisit dans une galerie garnie de panneaux richement peints ; les couleurs étaient mélangées d'or d'une façon barbare, comme les peintures de Louis Cranach. Les sujets de ces tableaux me parurent rappeler les événements historiques de la race au milieu de laquelle je me trouvais. Dans tous il y avait des personnages, dont la plupart étaient semblables à ceux que j'avais déjà vus, mais non pas tous habillés de la même façon, ni tous pourvus d'ailes. Il y avait aussi des effigies de divers animaux et d'oiseaux qui m'étaient complètement inconnus ;

with backgrounds depicting landscapes or buildings. So
far as my imperfect knowledge of the pictorial art would
allow me to form an opinion, these paintings seemed very
accurate in design and very rich in colouring, showing a
perfect knowledge of perspective, but their details not arranged according to the rules of composition acknowledged
by our artists—wanting, as it were, a centre; so that the
effect was vague, scattered, confused, bewildering—they
were like heterogeneous fragments of a dream of art.

We now came into a room of moderate size, in which was
assembled what I afterwards knew to be the family of my
guide, seated at a table spread as for repast. The forms thus
grouped were those of my guide's wife, his daughter, and
two sons. I recognised at once the difference between the
two sexes, though the two females were of taller stature and
ampler proportions than the males; and their countenances,
if still more symmetrical in outline and contour, were devoid
of the softness and timidity of expression which give charm
to the face of woman as seen on the earth above. The wife
wore no wings, the daughter wore wings longer than those
of the males.

My guide uttered a few words, on which all the persons
seated rose, and with that peculiar mildness of look and
manner which I have before noticed, and which is, in truth,
the common attribute of this formidable race, they saluted
me according to their fashion, which consists in laying
the right hand very gently on the head and uttering a soft
sibilant monosyllable—S.Si, equivalent to "Welcome."

l'arrière-plan de ces tableaux représentait des paysages ou des édifices. Autant que me permettait d'en juger ma connaissance imparfaite de l'art de la peinture, ces tableaux me paraissaient d'un dessin très exact et d'un très riche coloris ; mais les détails n'en étaient pas distribués d'après les règles de composition adoptées par nos artistes : on peut dire qu'ils manquaient d'unité ; de sorte que l'effet était vague, confus, embarrassant ; on eût dit les fragments hétérogènes d'un rêve d'artiste.

Nous entrâmes alors dans une chambre de dimension moyenne, dans laquelle était assemblée, comme je l'appris plus tard, la famille de mon guide ; tous étaient assis autour d'une table garnie comme pour le repas. Les formes qui y étaient groupées étaient la femme de mon guide, sa fille et ses deux fils. Je reconnus aussitôt la différence entre les deux sexes, bien que les deux femmes fussent plus grandes et plus fortes que les hommes, et leurs physionomies, peut-être encore plus symétriques de lignes et de contours, n'avaient ni la douceur, ni la timidité d'expression qui donne tant de charmes à la physionomie des femmes qu'on voit là-haut sur la terre. La femme n'avait pas d'ailes, la fille avait des ailes plus longues que celle des hommes.

Mon guide prononça quelques mots, et toutes les personnes assises se levèrent et, avec cette douceur particulière de regards et de manières que j'avais déjà remarquée et qui est vraiment l'attribut commun de cette race formidable, elles me saluèrent à leur façon, c'est-à-dire en posant légèrement la main droite sur la tête et en prononçant un monosyllabe sifflant et doux : « Si... » Si, qui équivaut à : « Soyez le bienvenu. »

The mistress of the house then seated me beside her, and heaped a golden platter before me from one of the dishes.

While I ate (and though the viands were new to me, I marvelled more at the delicacy than the strangeness of their flavour), my companions conversed quietly, and, so far as I could detect, with polite avoidance of any direct reference to myself, or any obtrusive scrutiny of my appearance. Yet I was the first creature of that variety of the human race to which I belong that they had ever beheld, and was consequently regarded by them as a most curious and abnormal phenomenon. But all rudeness is unknown to this people, and the youngest child is taught to despise any vehement emotional demonstration. When the meal was ended, my guide again took me by the hand, and, re-entering the gallery, touched a metallic plate inscribed with strange figures, and which I rightly conjectured to be of the nature of our telegraphs. A platform descended, but this time we mounted to a much greater height than in the former building, and found ourselves in a room of moderate dimensions, and which in its general character had much that might be familiar to the associations of a visitor from the upper world. There were shelves on the wall containing what appeared to be books, and indeed were so; mostly very small, like our diamond duodecimos, shaped in the fashion of our volumes, and bound in sheets of fine metal.

La maîtresse de la maison me fit asseoir alors auprès d'elle et remplit une assiette d'or placée devant moi des mets contenus dans un plat.

Pendant que je mangeais (et quoique les mets me fussent étrangers, je m'étonnais encore plus de leur délicatesse que de leur saveur nouvelle pour moi), mes compagnons causaient tranquillement et, autant que je pouvais le deviner, en évitant par politesse toute allusion directe à ma personne, ainsi que tout examen importun de mon extérieur. Cependant j'étais la première créature qu'ils eussent encore vue qui appartînt à notre variété terrestre de l'espèce humaine, et ils me regardaient, par conséquent, comme un phénomène curieux et anormal. Mais toute grossièreté est inconnue à ce peuple, et l'on enseigne aux plus jeunes enfants à mépriser toute démonstration véhémente d'émotion. Quand le repas fut terminé, mon guide me prit de nouveau par la main et, rentrant dans la galerie, il toucha une plaque métallique couverte de caractères bizarres et que je pensai avec raison devoir être du genre de nos télégraphes électriques. Une plate-forme descendit, mais cette fois elle remonta beaucoup plus haut que dans le premier édifice où j'étais entré, et nous nous trouvâmes dans une chambre de dimension médiocre et dont le caractère général se rapprochait de celui qui est familier aux habitants du monde supérieur. Contre le mur étaient placés des rayons qui me parurent contenir des livres, et je ne me trompais pas : beaucoup d'entre eux étaient petits comme nos in-12 diamant, ils étaient faits comme nos livres et reliés dans de jolies plaques de métal.

There were several curious-looking pieces of mechanism
scattered about, apparently models, such as might be
seen in the study of any professional mechanician. Four
automata (mechanical contrivances which, with these
people, answer the ordinary purposes of domestic service)
stood phantom-like at each angle in the wall. In a recess
was a low couch, or bed with pillows. A window, with
curtains of some fibrous material drawn aside, opened upon
a large balcony. My host stepped out into the balcony; I
followed him. We were on the uppermost story of one of
the angular pyramids; the view beyond was of a wild and
solemn beauty impossible to describe: — the vast ranges of
precipitous rock which formed the distant background, the
intermediate valleys of mystic many-coloured herbiage,
the flash of waters, many of them like streams of roseate
flame, the serene lustre diffused over all by myriads of
lamps, combined to form a whole of which no words of
mine can convey adequate description; so splendid was it,
yet so sombre; so lovely, yet so awful.

But my attention was soon diverted from these nether
landscapes. Suddenly there arose, as from the streets
below, a burst of joyous music; then a winged form
soared into the space; another as if in chase of the first,
another and another; others after others, till the crowd
grew thick and the number countless. But how describe
the fantastic grace of these forms in their undulating
movements! They appeared engaged in some sport

Çà et là étaient dispersées des pièces curieuses de mécanique ; des modèles sans doute, comme on peut en voir dans le cabinet de quelque mécanicien de profession. Quatre automates (ces pièces de mécanique remplacent chez ce peuple nos domestiques) étaient immobiles comme des fantômes aux quatre angles de la chambre. Dans un enfoncement se trouvait une couche basse, un lit garni de coussins. Une fenêtre, dont les rideaux, faits d'une sorte de tissu, étaient tirés de côté, ouvrait sur un grand balcon. Mon hôte s'avança sur ce balcon ; je l'y suivis. Nous étions à l'étage le plus élevé d'une des pyramides angulaires ; le coup d'œil était d'une beauté solennelle et sauvage impossible à décrire. Les vastes chaînes de rochers abrupts qui formaient l'arrière-plan, les vallées intermédiaires avec leurs mystérieux herbages multicolores, l'éclat des eaux, dont beaucoup ressemblaient à des ruisseaux de flammes rosées, la clarté sereine répandue sur cet ensemble par des myriades de lampes, tout cela formait un spectacle dont aucune parole ne peut rendre l'effet ; il était splendide dans sa sombre majesté, terrible et pourtant délicieux.

Mais mon attention fut bientôt distraite de ce paysage souterrain. Tout à coup s'éleva, comme venant de la rue au-dessous de nous, le fracas d'une joyeuse musique ; puis une forme ailée s'élança dans les airs ; une autre se mit à sa poursuite, puis une autre, puis une autre, jusqu'à ce qu'elles formassent une foule épaisse et innombrable. Mais comment décrire la grâce fantastique de ces formes dans leurs mouvements onduleux ? Elles paraissaient se livrer à une sorte de jeu

or amusement; now forming into opposite squadrons; now scattering; now each group threading the other, soaring, descending, interweaving, severing; all in measured time to the music below, as if in the dance of the fabled Peri.

I turned my gaze on my host in a feverish wonder. I ventured to place my hand on the large wings that lay folded on his breast, and in doing so a slight shock as of electricity passed through me. I recoiled in fear; my host smiled, and as if courteously to gratify my curiosity, slowly expanded his pinions. I observed that his garment beneath them became dilated as a bladder that fills with air. The arms seemed to slide into the wings, and in another moment he had launched himself into the luminous atmosphere, and hovered there, still, and with outspread wings, as an eagle that basks in the sun. Then, rapidly as an eagle swoops, he rushed downwards into the midst of one of the groups, skimming through the midst, and as suddenly again soaring aloft. Thereon, three forms, in one of which I thought to recognise my host's daughter, detached themselves from the rest, and followed him as a bird sportively follows a bird. My eyes, dazzled with the lights and bewildered by the throngs, ceased to distinguish the gyrations and evolutions of these winged playmates, till presently my host re-emerged from the crowd and alighted at my side.

The strangeness of all I had seen began now to operate fast on my senses; my mind itself began to wander.

ou d'amusement, tantôt se formant en escadrons opposés, tantôt se dispersant ; puis chaque groupe se mettait à la suite de l'autre, montant, descendant, se croisant, se séparant ; et tout cela en suivant la mesure de la musique qu'on entendait en bas : on eût dit la danse des Péris de la fable.

Je regardai mon hôte d'un air de fiévreux étonnement. Je m'aventurai à poser ma main sur les grandes ailes croisées sur sa poitrine et, en le faisant, je sentis passer en moi un léger choc électrique. Je me reculai avec terreur ; mon hôte sourit, et, comme pour satisfaire poliment ma curiosité, il étendit lentement ses ailes. Je remarquai que ses vêtements se gonflaient à proportion, comme une vessie qu'on remplit d'air. Les bras parurent se glisser dans les ailes et, au bout d'un instant, il se lança dans l'atmosphère lumineuse et se mit à planer, immobile, les ailes étendues comme un aigle qui se baigne dans les rayons du soleil. Puis il plongea, avec la même rapidité qu'un aigle, dans un des groupes inférieurs, volant au milieu des autres et remontant avec la même rapidité. Là-dessus trois formes, dans l'une desquelles je crus reconnaître celle de la fille de mon hôte, se détachèrent du groupe et le suivirent, comme les oiseaux se poursuivent en jouant dans les airs. Mes yeux, éblouis par la lumière et par les mouvements de la foule, cessèrent de distinguer les évolutions de ces joueurs ailés, jusqu'au moment où mon hôte se sépara de la multitude et vint se poser à côté de moi.

L'étrangeté de tout ce que j'avais vu commençait à agir sur mes sens ; mon esprit même commençait à s'égarer.

Though not inclined to be superstitious, nor hitherto believing that man could be brought into bodily communication with demons, I felt the terror and the wild excitement with which, in the Gothic ages, a traveller might have persuaded himself that he witnessed a 'sabbat' of fiends and witches. I have a vague recollection of having attempted with vehement gesticulation, and forms of exorcism, and loud incoherent words, to repel my courteous and indulgent host; of his mild endeavors to calm and soothe me; of his intelligent conjecture that my fright and bewilderment were occasioned by the difference of form and movement between us which the wings that had excited my marvelling curiosity had, in exercise, made still more strongly perceptible; of the gentle smile with which he had sought to dispel my alarm by dropping the wings to the ground and endeavouring to show me that they were but a mechanical contrivance. That sudden transformation did but increase my horror, and as extreme fright often shows itself by extreme daring, I sprang at his throat like a wild beast. On an instant I was felled to the ground as by an electric shock, and the last confused images floating before my sight ere I became wholly insensible, were the form of my host kneeling beside me with one hand on my forehead, and the beautiful calm face of his daughter, with large, deep, inscrutable eyes intently fixed upon my own.

Quoique peu porté à la superstition, quoique je n'eusse pas cru jusqu'alors que l'homme pût entrer en communication matérielle avec les démons, je fus saisi de cette terreur et de cette agitation violente qui persuadaient dans le moyen âge au voyageur solitaire qu'il assistait à un sabbat de diables et de sorcières. Je me souviens vaguement que j'essayai, par des gestes véhéments, des formules d'exorcisme et des mots incohérents, prononcés à haute voix, de repousser mon hôte complaisant et poli ; je me souviens de ses doux efforts pour me calmer et m'apaiser, de la sagacité avec laquelle il devina que ma terreur et ma surprise venaient de la différence de forme et de mouvement entre nous ; différence que le déploiement de ses ailes avait rendue plus visible ; de l'aimable sourire avec lequel il chercha à dissiper mes alarmes en laissant tomber ses ailes sur le sol, pour me montrer que ce n'était qu'une invention mécanique. Cette soudaine transformation ne fit qu'augmenter mon effroi, et comme l'extrême terreur se fait souvent jour par l'extrême témérité, je lui sautai à la gorge comme une bête sauvage. En un instant je fus jeté à terre comme par une commotion électrique, et les dernières images qui flottent devant mon souvenir, avant que je ne perdisse tout à fait connaissance, furent la forme de mon hôte agenouillé près de moi, une main appuyée sur mon front, et la belle figure calme de sa fille, avec ses grands yeux profonds, insondables, fixés attentivement sur les miens.

Chapter 6

I remained in this unconscious state, as I afterwards learned, for many days, even for some weeks according to our computation of time. When I recovered I was in a strange room, my host and all his family were gathered round me, and to my utter amaze my host's daughter accosted me in my own language with a slightly foreign accent.

"How do you feel?" she asked.

It was some moments before I could overcome my surprise enough to falter out, "You know my language? How? Who and what are you?"

My host smiled and motioned to one of his sons, who then took from a table a number of thin metallic sheets on which were traced drawings of various figures—a house, a tree, a bird, a man, &c.

Chapitre 6

Je demeurai dans cet état inconscient pendant plusieurs jours, et même pendant plusieurs semaines, selon notre manière de mesurer le temps. Quand je revins à moi, j'étais dans une chambre étrange, mon hôte et toute sa famille étaient réunis autour de moi et, à mon extrême étonnement, la fille de mon hôte m'adressa la parole dans ma langue maternelle, avec un léger accent étranger.

— Comment vous trouvez-vous ? me demanda-t-elle.

Je fus quelques minutes avant de pouvoir surmonter ma surprise et dire :

— Vous savez ma langue ?... Comment ?... Qui êtes-vous ?...

Mon hôte sourit et fit signe à l'un de ses fils qui prit alors sur la table un certain nombre de feuilles minces de métal sur lesquelles étaient tracés différents dessins : une maison, un arbre, un oiseau, un homme, etc.

In these designs I recognised my own style of drawing. Under each figure was written the name of it in my language, and in my writing; and in another handwriting a word strange to me beneath it.

Said the host, "Thus we began; and my daughter Zee, who belongs to the College of Sages, has been your instructress and ours too."

Zee then placed before me other metallic sheets, on which, in my writing, words first, and then sentences, were inscribed. Under each word and each sentence strange characters in another hand. Rallying my senses, I comprehended that thus a rude dictionary had been effected. Had it been done while I was dreaming? "That is enough now," said Zee, in a tone of command. "Repose and take food."

Dans ces dessins, je reconnus ma manière. Sous chaque figure était écrit son nom dans ma langue et de ma main ; et au-dessous, dans une autre écriture, un mot que je ne pouvais pas lire.

— C'est ainsi que nous avons commencé, me dit mon hôte, et ma fille Zee, qui appartient au Collège des Sages, a été votre professeur et le nôtre.

Zee plaça alors devant moi d'autres feuilles sur lesquelles étaient écrits de ma main, d'abord des mots, puis des phrases. Sous chaque mot et chaque phrase se trouvaient des caractères étranges tracés par une autre main. Je compris peu à peu, en rassemblant mes idées, qu'on avait ainsi créé un grossier dictionnaire. L'avait-on fait pendant que je dormais ?

— En voilà assez, dit Zee d'un ton d'autorité. Reposez-vous et mangez.

Chapter 7

A room to myself was assigned to me in this vast edifice. It was prettily and fantastically arranged, but without any of the splendour of metal-work or gems which was displayed in the more public apartments. The walls were hung with a variegated matting made from the stalks and fibers of plants, and the floor carpeted with the same.

The bed was without curtains, its supports of iron resting on balls of crystal; the coverings, of a thin white substance resembling cotton. There were sundry shelves containing books. A curtained recess communicated with an aviary filled with singing-birds, of which I did not recognise one resembling those I have seen on earth, except a beautiful species of dove, though this was distinguished from our doves by a tall crest of bluish plumes. All these birds had been trained to sing in artful tunes, and greatly exceeded the skill of our piping bullfinches, which can rarely achieve more than two tunes, and cannot, I believe, sing those in concert. One might have supposed one's self at an opera in listening to the voices in my aviary. There were duets and

On m'assigna une chambre dans ce vaste édifice. Elle était meublée d'une façon charmante et fantastique, mais sans cette magnificence de pierres et de métaux précieux, qui ornait les appartements plus publics. Les murs étaient tendus de nattes diverses, faites avec les tiges et les fibres des plantes, et le parquet était couvert de la même façon.

Le lit n'avait pas de rideaux. Ses supports en fer reposaient sur des boules de cristal. Les couvertures étaient d'une matière fine et blanche, qui ressemblait au coton. Plusieurs tablettes portaient des livres. Un enfoncement, fermé par des rideaux, communiquait avec une volière remplie d'oiseaux chanteurs, dans lesquels je ne reconnus pas une seule des espèces que j'avais vues sur la terre, si ce n'est une jolie espèce de tourterelles, différant cependant des nôtres en ce qu'elle avait sur la tête une huppe de plumes bleuâtres. On avait appris à tous ces oiseaux à chanter des airs réguliers, et ils dépassaient de beaucoup nos bouvreuils savants, qui ne peuvent guère aller au-delà de deux morceaux et ne peuvent pas, je crois, chanter en partie. On aurait pu se croire à l'Opéra quand on écoutait les concerts de cette volière. C'étaient des duos,

trios, and quartetts and choruses, all arranged as in one
piece of music. Did I want silence from the birds? I had but
to draw a curtain over the aviary, and their song hushed
as they found themselves left in the dark. Another opening
formed a window, not glazed, but on touching a spring, a
shutter ascended from the floor, formed of some substance
less transparent than glass, but still sufficiently pellucid
to allow a softened view of the scene without. To this
window was attached a balcony, or rather hanging garden,
wherein grew many graceful plants and brilliant flowers.
The apartment and its appurtenances had thus a character,
if strange in detail, still familiar, as a whole, to modern
notions of luxury, and would have excited admiration if
found attached to the apartments of an English duchess
or a fashionable French author. Before I arrived this was
Zee's chamber; she had hospitably assigned it to me.

Some hours after the waking up which is described in
my last chapter, I was lying alone on my couch trying to fix
my thoughts on conjecture as to the nature and genus of the
people amongst whom I was thrown, when my host and his
daughter Zee entered the room. My host, still speaking my
native language, inquired with much politeness, whether
it would be agreeable to me to converse, or if I preferred
solitude. I replied, that I should feel much honoured and
obliged by the opportunity offered me to express my
gratitude for the hospitality and civilities I had received in
a country to which I was a stranger, and to learn enough of
its customs and manners not to offend through ignorance.

des trios, des quatuors et des chœurs, tous notés et arrangés comme dans nos morceaux de musique. Si je voulais faire taire les oiseaux, je n'avais qu'à tirer un rideau sur la volière, et leur chant cessait dès qu'ils se trouvaient dans l'obscurité. Une autre ouverture servait de fenêtre, sans vitre, mais si l'on touchait un ressort, un volet s'élevait du plancher ; il était formé d'une substance moins transparente que le verre, assez cependant pour laisser passer le regard. À cette fenêtre était attaché un balcon, ou plutôt un jardin suspendu, où se trouvaient des plantes gracieuses et des fleurs brillantes. L'appartement et ses dépendances avaient donc un caractère étrange dans ses détails, et pourtant dans son ensemble il rappelait les habitudes de notre luxe moderne ; il eût excité l'admiration si on l'avait trouvé attaché à la demeure d'une duchesse anglaise ou au cabinet de travail d'un auteur français à la mode. Avant mon arrivée, c'était la chambre de Zee ; elle me l'avait gracieusement cédée.

Quelques heures après le réveil dont j'ai parlé dans le chapitre précédent, j'étais étendu seul sur ma couche, essayant de fixer mes pensées et mes conjectures sur la nature du peuple au milieu duquel je me trouvais, lorsque mon hôte et sa fille Zee entrèrent dans ma chambre. Mon hôte, parlant toujours ma langue, me demanda, avec beaucoup de politesse, s'il me serait agréable de causer ou si je préférais rester seul. Je répondis que je serais très honoré et très charmé de cette occasion d'exprimer ma gratitude pour l'hospitalité et les politesses dont on me comblait dans un pays où j'étais étranger, et d'en apprendre assez sur les mœurs et les coutumes pour ne pas risquer d'offenser mes hôtes par mon ignorance.

As I spoke, I had of course risen from my couch: but Zee, much to my confusion, curtly ordered me to lie down again, and there was something in her voice and eye, gentle as both were, that compelled my obedience. She then seated herself unconcernedly at the foot of my bed, while her father took his place on a divan a few feet distant.

"But what part of the world do you come from?" asked my host, "that we should appear so strange to you and you to us? I have seen individual specimens of nearly all the races differing from our own, except the primeval savages who dwell in the most desolate and remote recesses of uncultivated nature, unacquainted with other light than that they obtain from volcanic fires, and contented to grope their way in the dark, as do many creeping, crawling and flying things. But certainly you cannot be a member of those barbarous tribes, nor, on the other hand, do you seem to belong to any civilised people."

I was somewhat nettled at this last observation, and replied that I had the honour to belong to one of the most civilised nations of the earth; and that, so far as light was concerned, while I admired the ingenuity and disregard of expense with which my host and his fellow-citizens had contrived to illumine the regions unpenetrated by the rays of the sun, yet I could not conceive how any who had once beheld the orbs of heaven could compare to their lustre the artificial lights invented by the necessities of man. But my host said he had seen specimens of most of the races

En parlant, je m'étais naturellement levé ; mais Zee, à ma grande confusion, m'ordonna gracieusement de me recoucher, et il y avait dans sa voix et dans ses yeux, quelque doux qu'ils fussent d'ailleurs, quelque chose qui me força d'obéir. Elle s'assit alors sans façon au pied de mon lit, tandis que son père prenait place sur un divan à quelques pas de nous.

— Mais de quelle partie du monde venez-vous donc ? me demanda mon hôte, que nous nous semblons réciproquement si étranges ? J'ai vu des spécimens de presque toutes les races qui diffèrent de la nôtre, à l'exception des sauvages primitifs qui habitent les portions les plus désolées et les plus éloignées de notre monde, ne connaissant d'autre lumière que celle des feux volcaniques et se contentant d'errer à tâtons dans l'obscurité, comme font beaucoup d'êtres qui rampent, qui se traînent, ou même qui volent. Mais, à coup sûr, vous ne pouvez faire partie d'une de ces tribus barbares, et, d'un autre côté, vous ne paraissez appartenir à aucun peuple civilisé.

Je me sentis quelque peu piqué de cette dernière observation et je répondis que j'avais l'honneur d'appartenir à une des nations les plus civilisées de la terre ; et que, quant à la lumière, tout en admirant le génie et la magnificence avec lesquels mon hôte et ses concitoyens avaient réussi à illuminer leurs régions impénétrables au soleil, je ne pouvais cependant comprendre qu'après avoir vu les globes célestes, on pût comparer à leur éclat les lumières artificielles inventées pour les besoins des hommes. Mais mon hôte disait qu'il avait vu des spécimens de la plupart des races

differing from his own, save the wretched barbarians he had mentioned. Now, was it possible that he had never been on the surface of the earth, or could he only be referring to communities buried within its entrails?

My host was for some moments silent; his countenance showed a degree of surprise which the people of that race very rarely manifest under any circumstances, howsoever extraordinary. But Zee was more intelligent, and exclaimed, "So you see, my father, that there is truth in the old tradition; there always is truth in every tradition commonly believed in all times and by all tribes."

"Zee," said my host mildly, "you belong to the College of Sages, and ought to be wiser than I am; but, as chief of the Light-preserving Council, it is my duty to take nothing for granted till it is proved to the evidence of my own senses."

Then, turning to me, he asked me several questions about the surface of the earth and the heavenly bodies; upon which, though I answered him to the best of my knowledge, my answers seemed not to satisfy nor convince him. He shook his head quietly, and, changing the subject rather abruptly, asked how I had come down from what he was pleased to call one world to the other. I answered, that under the surface of the earth there were mines containing minerals, or metals, essential to our wants and our progress in all arts and industries; and I then briefly explained the manner in which,

différentes de la sienne, à l'exception des malheureux barbares dont il m'avait parlé. Était-il donc possible qu'il ne fût jamais venu à la surface de la terre, ou ne parlait-il que de races enfouies dans les entrailles du globe ?

Mon hôte garda quelque temps le silence ; sa physionomie montrait un degré de surprise que les gens de cette race manifestent rarement dans les circonstances même les plus extraordinaires. Mais Zee montra plus de sagacité.

— Tu vois bien, mon père, s'écria-t-elle, qu'il y a de la vérité dans les vieilles traditions ; il y a toujours de la vérité dans toutes les traditions qui ont cours en tout temps et chez toutes les tribus.

— Zee, dit mon hôte avec douceur, tu appartiens au Collège des Sages et tu dois être plus savante que je ne le suis ; mais comme Directeur du Conseil de la Conservation des Lumières, il est de mon devoir de ne rien croire que sur le témoignage de mes propres sens.

Alors, se tournant vers moi, il m'adressa plusieurs questions sur la surface de la terre et sur les corps célestes ; quelque soin que je prisse de lui répondre de mon mieux, je ne parus ni le satisfaire ni le convaincre. Il secoua tranquillement la tête et, changeant un peu brusquement de sujet, il me demanda comment, de ce qu'il se plaisait à appeler un monde, j'étais descendu dans un autre monde. Je répondis que sous la surface de la terre il y avait des mines contenant des minéraux ou métaux nécessaires à nos besoins et à nos progrès dans les arts et l'industrie ; je lui expliquai alors brièvement comment,

while exploring one of those mines, I and my ill-fated friend had obtained a glimpse of the regions into which we had descended, and how the descent had cost him his life; appealing to the rope and grappling-hooks that the child had brought to the house in which I had been at first received, as a witness of the truthfulness of my story.

My host then proceeded to question me as to the habits and modes of life among the races on the upper earth, more especially among those considered to be the most advanced in that civilisation which he was pleased to define "the art of diffusing throughout a community the tranquil happiness which belongs to a virtuous and well-ordered household." Naturally desiring to represent in the most favourable colours the world from which I came, I touched but slightly, though indulgently, on the antiquated and decaying institutions of Europe, in order to expatiate on the present grandeur and prospective pre-eminence of that glorious American Republic, in which Europe enviously seeks its model and tremblingly foresees its doom. Selecting for an example of the social life of the United States that city in which progress advances at the fastest rate, I indulged in an animated description of the moral habits of New York. Mortified to see, by the faces of my listeners, that I did not make the favourable impression I had anticipated, I elevated my theme; dwelling on the excellence of democratic institutions, their promotion of tranquil happiness by the government of party,

en explorant une de ces mines, mon malheureux ami et moi avions aperçu de loin les régions dans lesquelles nous étions descendus et comment notre tentative lui avait coûté la vie. Je donnai comme témoins de ma véracité la corde et les grappins que l'enfant avait rapportés dans l'édifice où j'avais d'abord été reçu.

Mon hôte se mit alors à me questionner sur les habitudes et les mœurs des races de la surface de la terre, surtout de celles que je regardais comme les plus avancées dans cette civilisation qu'il définissait volontiers : « l'art de répandre dans une communauté le tranquille bonheur qui est l'apanage d'une famille vertueuse et bien réglée ». Naturellement désireux de représenter sous les couleurs les plus favorables le monde d'où je venais, je passai légèrement, quoique avec indulgence, sur les institutions antiques et déjà en décadence de l'Europe, afin de m'étendre sur la grandeur présente et la prééminence future de cette glorieuse République américaine, dans laquelle l'Europe cherche, non sans jalousie, un modèle et devant laquelle elle tremble en prévoyant son destin. Choisissant comme exemple de la vie sociale aux États-Unis la ville où le progrès marche avec le plus de rapidité, je me lançai dans une description animée des mœurs de New-York. Mortifié de voir, à la physionomie de mes auditeurs, que je ne produisais pas l'impression favorable à laquelle je m'attendais, je m'élevai plus haut ; j'insistai sur l'excellence des institutions démocratiques, sur la manière dont elles faisaient régner un tranquille bonheur par le gouvernement d'un parti,

and the mode in which they diffused such happiness throughout the community by preferring, for the exercise of power and the acquisition of honours, the lowliest citizens in point of property, education, and character. Fortunately recollecting the peroration of a speech, on the purifying influences of American democracy and their destined spread over the world, made by a certain eloquent senator (for whose vote in the Senate a Railway Company, to which my two brothers belonged, had just paid 20,000 dollars), I wound up by repeating its glowing predictions of the magnificent future that smiled upon mankind—when the flag of freedom should float over an entire continent, and two hundred millions of intelligent citizens, accustomed from infancy to the daily use of revolvers, should apply to a cowering universe the doctrine of the Patriot Monroe.

When I had concluded, my host gently shook his head, and fell into a musing study, making a sign to me and his daughter to remain silent while he reflected. And after a time he said, in a very earnest and solemn tone, "If you think as you say, that you, though a stranger, have received kindness at the hands of me and mine, I adjure you to reveal nothing to any other of our people respecting the world from which you came, unless, on consideration, I give you permission to do so. Do you consent to this request?"

et sur la façon dont elles répandaient ce bonheur dans les masses en préférant, pour l'exercice du pouvoir et l'acquisition des honneurs, les citoyens les plus infimes sous le rapport de la fortune, de l'éducation et du caractère. Je me souvins heureusement de la péroraison d'un discours sur l'influence purifiante de la démocratie américaine et sur sa propagation future dans le monde entier ; discours prononcé par un certain sénateur éloquent (pour le vote sénatorial duquel une compagnie de chemin de fer, à laquelle appartenaient mes deux frères, venait de payer 20 000 dollars), et je terminai en répétant ses brillantes prédictions sur l'avenir magnifique qui souriait à l'humanité, quand le drapeau de la liberté flotterait sur tout un continent, alors que deux cents millions de citoyens intelligents, habitués dès l'enfance à l'usage quotidien du revolver, appliqueraient à l'Univers épouvanté les doctrines du patriote Monroe.

Quand j'eus fini, mon hôte secoua doucement la tête et tomba dans une rêverie profonde, en faisant signe à sa fille et à moi de rester silencieux pendant qu'il réfléchissait. Au bout d'un certain temps, il dit d'un ton sérieux et solennel :

— Si vous pensez, comme vous le dites, que, quoique étranger, vous avez été bien traité par moi et les miens, je vous adjure de ne rien révéler de votre monde à aucun de mes concitoyens, à moins que, après réflexion, je ne vous permette de le faire. Consentez-vous à cette demande ?

"Of course I pledge my word, to it," said I, somewhat
amazed; and I extended my right hand to grasp his. But
he placed my hand gently on his forehead and his own
right hand on my breast, which is the custom amongst this
race in all matters of promise or verbal obligations. Then
turning to his daughter, he said, "And you, Zee, will not
repeat to any one what the stranger has said, or may say,
to me or to you, of a world other than our own."

Zee rose and kissed her father on the temples, saying,
with a smile, "A Gy's tongue is wanton, but love can fetter
it fast. And if, my father, you fear lest a chance word from
me or yourself could expose our community to danger, by
a desire to explore a world beyond us, will not a wave
of the 'vril,' properly impelled, wash even the memory of
what we have heard the stranger say out of the tablets of
the brain?"

"What is the vril?" I asked.

Therewith Zee began to enter into an explanation of
which I understood very little, for there is no word in
any language I know which is an exact synonym for vril.
I should call it electricity, except that it comprehends
in its manifold branches other forces of nature, to
which, in our scientific nomenclature, differing names
are assigned, such as magnetism, galvanism, &c.

— Je vous donne ma parole de me conformer à vos désirs, dis-je un peu surpris.

Et j'étendis ma main droite pour saisir la sienne. Mais il plaça doucement ma main sur son front et sa main droite sur ma poitrine, ce qui est, pour cette race, une manière de s'engager pour toute espèce de promesse ou d'obligation verbale. Puis, se tournant vers sa fille, il dit :

— Et toi, Zee, tu ne répéteras à personne ce que l'étranger a dit, ou pourra dire, soit à toi, soit à moi, d'un monde autre que celui où nous vivons.

Zee se leva et baisa son père sur les tempes, en disant avec un sourire :

— La langue d'une Gy est légère, mais l'amour peut la lier. Et, mon père, si tu crains qu'un mot de toi ou de moi puisse exposer l'État au danger, par le désir d'explorer un monde inconnu, une vague du vril, convenablement arrangée, n'effacera-t-elle pas de notre mémoire ce que l'étranger nous a dit ?

— Qu'est-ce que le vril ? demandai-je.

Là-dessus Zee commença une explication dont je compris fort peu de chose, car il n'y a dans aucune langue que je connaisse un mot qui soit synonyme de *vril*. Je l'appellerais *électricité*, si ce n'est qu'il embrasse dans ses branches nombreuses d'autres forces de la nature, auxquelles, dans nos nomenclatures scientifiques, on assigne différents noms, tels que magnétisme, galvanisme, etc.

These people consider that in vril they have arrived at
the unity in natural energetic agencies, which has been
conjectured by many philosophers above ground, and
which Faraday thus intimates under the more cautious
term of correlation: —

"I have long held an opinion," says that illustrious
experimentalist, "almost amounting to a conviction, in
common, I believe, with many other lovers of natural
knowledge, that the various forms under which the
forces of matter are made manifest, have one common
origin; or, in other words, are so directly related and
mutually dependent that they are convertible, as it were
into one another, and possess equivalents of power in
their action. These subterranean philosophers assert that
by one operation of vril, which Faraday would perhaps
call 'atmospheric magnetism,' they can influence the
variations of temperature — in plain words, the weather;
that by operations, akin to those ascribed to mesmerism,
electro-biology, odic force, &c., but applied scientifically,
through vril conductors, they can exercise influence over
minds, and bodies animal and vegetable, to an extent not
surpassed in the romances of our mystics. To all such
agencies they give the common name of vril."

Zee asked me if, in my world, it was not
known that all the faculties of the mind could be
quickened to a degree unknown in the waking state,

Ces peuples croient avoir trouvé dans le vril l'unité des agents naturels, unité que beaucoup de philosophes terrestres ont soupçonnée et dont Faraday parle sous le nom plus réservé de corrélation.

« Je suis depuis longtemps d'avis, dit cet illustre expérimentateur, et mon opinion est devenue presque une conviction commune, je crois, à beaucoup d'autres amis des sciences naturelles, que les formes variées sous lesquelles les forces de la matière nous sont manifestées ont une commune origine ; ou, en d'autres termes, qu'elles sont en corrélation directe et dans une dépendance mutuelle, de sorte qu'elles sont pour ainsi dire convertibles les unes dans les autres, et que leur action peut être ramenée à une commune mesure, à un équivalent commun. Les philosophes souterrains affirment que par l'effet du vril, que Faraday appellerait peut-être le magnétisme atmosphérique, ils ont une influence sur les variations de la température, ou, en langage vulgaire, sur le temps ; que par d'autres effets, voisins de ceux qu'on attribue au mesmérisme, à l'électro-biologie, à la force odique, etc., mais appliqués scientifiquement par des conducteurs de vril, ils peuvent exercer sur les esprits et les corps animaux ou végétaux un pouvoir qui dépasse tous les contes fantastiques de nos rêveurs. Ils donnent à tous ces effets le nom commun de vril. »

Zee me demanda si, dans mon monde, on ne savait pas que toutes les facultés de l'esprit peuvent être surexcitées à un point dont on n'a pas l'idée pendant la veille,

by trance or vision, in which the thoughts of one brain
could be transmitted to another, and knowledge be
thus rapidly interchanged. I replied, that there were
amongst us stories told of such trance or vision, and
that I had heard much and seen something in mesmeric
clairvoyance; but that these practices had fallen much
into disuse or contempt, partly because of the gross
impostures to which they had been made subservient,
and partly because, even where the effects upon certain
abnormal constitutions were genuinely produced, the
effects when fairly examined and analysed, were very
unsatisfactory—not to be relied upon for any systematic
truthfulness or any practical purpose, and rendered very
mischievous to credulous persons by the superstitions
they tended to produce. Zee received my answers with
much benignant attention, and said that similar instances
of abuse and credulity had been familiar to their own
scientific experience in the infancy of their knowledge,
and while the properties of vril were misapprehended,
but that she reserved further discussion on this subject
till I was more fitted to enter into it. She contented herself
with adding, that it was through the agency of vril, while
I had been placed in the state of trance, that I had been
made acquainted with the rudiments of their language;
and that she and her father, who alone of the family,

au moyen de l'extase ou vision, pendant laquelle les pensées d'un cerveau peuvent être transmises à un autre et les connaissances s'échanger ainsi rapidement. Je répondis qu'on racontait parmi nous des histoires relatives à ces extases ou visions, que j'en avais beaucoup entendu parler et que j'avais vu quelque chose de la façon dont on les produisait artificiellement, par exemple, dans la clairvoyance magnétique ; mais que ces expériences étaient tombées dans l'oubli ou dans le mépris, en partie à cause des impostures grossières auxquelles elles donnaient lieu, en partie, parce que, même quand les effets sur certaines constitutions anormales se produisaient sans charlatanisme, cependant lorsqu'on les examinait de près et qu'on les analysait, les résultats en étaient peu satisfaisants ; qu'on ne pouvait s'y appuyer pour établir un système de connaissances vraies, ou s'en servir dans un but pratique ; de plus, que ces expériences étaient dangereuses pour les personnes crédules par les superstitions qu'elles tendaient à faire naître. Zee écouta ma réponse avec une attention pleine de bonté et me dit que des exemples semblables de tromperie et de crédulité avaient été fréquents dans leurs expériences scientifiques, quand la science était encore dans l'enfance, alors qu'on redoutait les propriétés du vril, mais qu'elle réservait une discussion plus approfondie de ce sujet pour le moment où je serais plus en état d'y prendre part. Elle se contenta d'ajouter que c'était par le moyen du vril, tandis que j'avais été mis en extase, qu'on m'avait enseigné les rudiments de leur langue ; et que son père et elle, qui, seuls de la famille,

took the pains to watch the experiment, had acquired a
greater proportionate knowledge of my language than I of
their own; partly because my language was much simpler
than theirs, comprising far less of complex ideas; and partly
because their organisation was, by hereditary culture,
much more ductile and more readily capable of acquiring
knowledge than mine. At this I secretly demurred; and
having had in the course of a practical life, to sharpen my
wits, whether at home or in travel, I could not allow that my
cerebral organisation could possibly be duller than that of
people who had lived all their lives by lamplight. However,
while I was thus thinking, Zee quietly pointed her forefinger
at my forehead, and sent me to sleep.

s'étaient donné la peine de surveiller l'expérience, avaient
acquis ainsi une connaissance plus grande de ma langue, que
moi de la leur ; d'abord parce que ma langue était beaucoup
plus simple que la leur et comprenait bien moins d'idées
complexes ; et ensuite parce que leur organisation était, grâce
à une culture héréditaire, beaucoup plus souple que la mienne
et plus capable d'acquérir promptement des connaissances.
Dans mon for intérieur, je doutai de cette dernière assertion ;
car ayant eu au cours d'une vie très active l'occasion d'aiguiser
mon esprit, soit chez moi, soit dans mes voyages, je ne
pouvais admettre que mon système cérébral fût plus lent que
celui de gens qui avaient passé toute leur vie à la clarté des
lampes. Pendant que je faisais cette réflexion, Zee dirigea
tranquillement son index vers mon front et m'endormit.

Chapter 8

When I once more awoke I saw by my bed-side the child who had brought the rope and grappling-hooks to the house in which I had been first received, and which, as I afterwards learned, was the residence of the chief magistrate of the tribe. The child, whose name was Taee (pronounced Tar-ee), was the magistrate's eldest son. I found that during my last sleep or trance I had made still greater advance in the language of the country, and could converse with comparative ease and fluency.

This child was singularly handsome, even for the beautiful race to which he belonged, with a countenance very manly in aspect for his years, and with a more vivacious and energetic expression than I had hitherto seen in the serene and passionless faces of the men. He brought me the tablet on which I had drawn the mode of my descent, and had also sketched the head of the horrible reptile that had scared me from my friend's corpse. Pointing to that part of the drawing, Taee put to me a few questions respecting the size and form of the monster, and the cave or chasm from which it had emerged.

En m'éveillant, je vis à côté de mon lit l'enfant qui avait apporté la corde et les grappins dans l'édifice où l'on m'avait fait entrer d'abord, et qui, comme je l'appris plus tard, était la résidence du magistrat principal de la tribu. L'enfant, dont le nom était Taë, prononcez Tar-ēē, était le fils aîné du magistrat. Je m'aperçus que pendant mon dernier sommeil, ou plutôt ma dernière extase, j'avais fait plus de progrès dans la langue du pays et que je pouvais causer avec une facilité relative.

Cet enfant était singulièrement beau, même pour la belle race à laquelle il appartenait ; il avait l'air très viril pour son âge, et l'expression de sa physionomie était plus vive et plus énergique que celle que j'avais remarquée sur les figures sereines et calmes des hommes. Il m'apportait les tablettes sur lesquelles j'avais dessiné ma descente et où j'avais aussi esquissé la tête du monstre qui m'avait fait quitter le cadavre de mon ami. En me montrant cette portion du dessin, Taë m'adressa quelques questions sur la taille et la forme du monstre, et sur la caverne ou gouffre dont il était sorti.

His interest in my answers seemed so grave as to divert him for a while from any curiosity as to myself or my antecedents. But to my great embarrassment, seeing how I was pledged to my host, he was just beginning to ask me where I came from, when Zee, fortunately entered, and, overhearing him, said, "Taee, give to our guest any information he may desire, but ask none from him in return. To question him who he is, whence he comes, or wherefore he is here, would be a breach of the law which my father has laid down in this house."

"So be it," said Taee, pressing his hand to his breast; and from that moment, till the one in which I saw him last, this child, with whom I became very intimate, never once put to me any of the questions thus interdicted.

L'intérêt qu'il prenait à mes réponses semblait assez sérieux pour le détourner quelque temps de toute curiosité sur ma personne et mes antécédents. Mais à mon grand embarras, car je me souvenais de la parole donnée à mon hôte, il me demanda d'où je venais. À cet instant même, Zee entra heureusement et entendit sa question.

— Taë, lui dit-elle, donne à notre hôte tous les renseignements qu'il te demandera, mais ne lui en demande aucun en retour. Lui demander qui il est, d'où il vient, ou pourquoi il est ici, serait manquer à la loi que mon père a établie pour cette maison.

— C'est bien, dit Taë, posant sa main sur son cœur.

À partir de ce moment, cet enfant, avec lequel je me liai très intimement, ne m'adressa jamais une seule des questions ainsi interdites.

Chapter 9

It was not for some time, and until, by repeated trances, if they are to be so called, my mind became better prepared to interchange ideas with my entertainers, and more fully to comprehend differences of manners and customs, at first too strange to my experience to be seized by my reason, that I was enabled to gather the following details respecting the origin and history of the subterranean population, as portion of one great family race called the Ana.

According to the earliest traditions, the remote progenitors of the race had once tenanted a world above the surface of that in which their descendants dwelt. Myths of that world were still preserved in their archives, and in those myths were legends of a vaulted dome in which the lamps were lighted by no human hand. But such legends were considered by most commentators as allegorical fables. According to these traditions the earth itself, at the date to which the traditions ascend, was not indeed in its infancy, but in the throes and travail of transition from one form of development to another, and subject to many violent revolutions of nature.

Chapitre 9

Plus tard seulement, après des extases répétées, mon esprit devint plus capable d'échanger des idées avec mes hôtes et de comprendre plus complètement des différences de mœurs ou de coutumes qui m'avaient d'abord trop étonné pour que ma raison pût les saisir ; alors seulement je pus recueillir les détails suivants sur l'origine et l'histoire de cette population souterraine, qui forme une partie d'une grande famille de nations appelée les Ana.

Suivant les traditions les plus anciennes, les ancêtres de cette race avaient habité un monde situé au-dessus de celui qu'habitaient leurs descendants. Ceux-ci conservaient encore dans leurs archives des légendes relatives à ce monde supérieur et où l'on parlait d'une voûte où les lampes n'étaient allumées par aucune main humaine. Mais ces légendes étaient regardées par la plupart des commentateurs comme des fables allégoriques. Suivant ces traditions, la terre elle-même, à la date où elles remontaient, n'était pas dans son enfance mais dans les douleurs et le travail d'une période de transition et sujette à de violentes révolutions de la nature.

By one of such revolutions, that portion of the upper world inhabited by the ancestors of this race had been subjected to inundations, not rapid, but gradual and uncontrollable, in which all, save a scanty remnant, were submerged and perished. Whether this be a record of our historical and sacred Deluge, or of some earlier one contended for by geologists, I do not pretend to conjecture; though, according to the chronology of this people as compared with that of Newton, it must have been many thousands of years before the time of Noah. On the other hand, the account of these writers does not harmonise with the opinions most in vogue among geological authorities, inasmuch as it places the existence of a human race upon earth at dates long anterior to that assigned to the terrestrial formation adapted to the introduction of mammalia. A band of the ill-fated race, thus invaded by the Flood, had, during the march of the waters, taken refuge in caverns amidst the loftier rocks, and, wandering through these hollows, they lost sight of the upper world forever. Indeed, the whole face of the earth had been changed by this great revulsion; land had been turned into sea — sea into land. In the bowels of the inner earth, even now, I was informed as a positive fact, might be discovered the remains of human habitation — habitation not in huts and caverns, but in vast cities whose ruins attest the civilisation of races which flourished before the age of Noah, and are not to be classified with those genera to which philosophy ascribes the use of flint and the ignorance of iron.

Par une de ces révolutions, la portion du monde supérieur habitée par les ancêtres de cette race avait été soumise à de grandes inondations, non pas subites, mais graduelles et irrésistibles ; quelques individus seulement échappèrent à la destruction. Est-ce là un soutenir de notre Déluge historique et sacré ou d'aucun autre des cataclysmes antérieurs au Déluge et sur lesquels les géologues discutent de nos jours ? Je ne sais, mais si l'on rapproche la chronologie de ce peuple de celle de Newton, on voit que la catastrophe dont il parle aurait dû arriver plusieurs milliers d'années avant Noé. D'autre part, l'opinion de ces écrivains souterrains ne s'accorde pas avec celle qui est la plus répandue parmi les géologues sérieux, en ce qu'elle suppose l'existence d'une race humaine sur la terre à une date bien antérieure à l'époque où les géologues placent la formation des mammifères. Quelques membres de la race infortunée, ainsi envahie par le Déluge, avaient, pendant la marche progressive des eaux, cherché un refuge dans des cavernes situées sur les plus hautes montagnes et, en errant dans ces profondeurs, ils perdirent pour toujours le ciel de vue. Toute la face de la terre avait été changée par cette grande révolution ; la terre était devenue mer et la mer était devenue terre. On m'apprit comme un fait incontestable que, même maintenant, dans les entrailles de la terre on pouvait trouver des restes d'habitations humaines ; non pas des huttes ou des antres, mais de vastes cités dont les ruines attestent la civilisation des races qui florissaient avant le temps de Noé ; ces races ne doivent donc pas être mises au rang de celles que l'histoire naturelle caractérise par l'usage du silex et l'ignorance du fer.

The fugitives had carried with them the knowledge of the arts they had practised above ground—arts of culture and civilisation. Their earliest want must have been that of supplying below the earth the light they had lost above it; and at no time, even in the traditional period, do the races, of which the one I now sojourned with formed a tribe, seem to have been unacquainted with the art of extracting light from gases, or manganese, or petroleum. They had been accustomed in their former state to contend with the rude forces of nature; and indeed the lengthened battle they had fought with their conqueror Ocean, which had taken centuries in its spread, had quickened their skill in curbing waters into dikes and channels. To this skill they owed their preservation in their new abode.

"For many generations," said my host, with a sort of contempt and horror, "these primitive forefathers are said to have degraded their rank and shortened their lives by eating the flesh of animals, many varieties of which had, like themselves, escaped the Deluge, and sought shelter in the hollows of the earth; other animals, supposed to be unknown to the upper world, those hollows themselves produced."

When what we should term the historical age emerged from the twilight of tradition, the Ana were already established in different communities, and had attained to a degree of civilisation very analogous to that which the more advanced nations above the earth now enjoy. They were familiar with most of our mechanical inventions,

Les fugitifs avaient emporté avec eux la connaissance des arts qu'ils exerçaient sur la terre, la tradition de leur culture et de leur civilisation. Leur premier besoin dut être de remplacer la lumière qu'ils avaient perdue ; et à aucune époque, même dans la période préhistorique, les races souterraines, dont faisait partie la tribu où je vivais, ne paraissent avoir été étrangères à l'art de se procurer de la lumière au moyen des gaz, du manganèse, ou du pétrole. Ils s'étaient habitués dans le monde supérieur à lutter contre les forces de la nature, et la longue bataille qu'ils avaient soutenue contre leur vainqueur, l'Océan, dont l'invasion avait mis des siècles à s'accomplir, les avait rendus habiles à dompter les eaux par des digues et des canaux. C'est à cette habileté qu'ils durent leur salut dans leur nouveau séjour.

« Pendant plusieurs générations, me dit mon hôte avec une sorte de mépris et d'horreur, nos ancêtres dégradèrent leur nature et abrégèrent leur vie en mangeant la chair des animaux, dont plusieurs espèces avaient, à leur exemple, échappé au Déluge, en cherchant un refuge dans les profondeurs de la terre ; d'autres animaux, qu'on suppose inconnus au monde supérieur, étaient une production de ces régions souterraines. »

À l'époque où ce que nous appellerons l'âge historique se dégageait du crépuscule de la tradition, les Ana étaient déjà établis en différents États et avaient atteint un degré de civilisation analogue à celui dont jouissent en ce moment sur la terre les peuples les plus avancés. Ils connaissaient presque toutes nos inventions modernes,

including the application of steam as well as gas. The
communities were in fierce competition with each other.
They had their rich and their poor; they had orators and
conquerors; they made war either for a domain or an
idea. Though the various states acknowledged various
forms of government, free institutions were beginning
to preponderate; popular assemblies increased in power;
republics soon became general; the democracy to which
the most enlightened European politicians look forward
as the extreme goal of political advancement, and which
still prevailed among other subterranean races, whom they
despised as barbarians, the loftier family of Ana, to which
belonged the tribe I was visiting, looked back to as one of
the crude and ignorant experiments which belong to the
infancy of political science. It was the age of envy and hate,
of fierce passions, of constant social changes more or less
violent, of strife between classes, of war between state and
state. This phase of society lasted, however, for some ages,
and was finally brought to a close, at least among the nobler
and more intellectual populations, by the gradual discovery
of the latent powers stored in the all-permeating fluid
which they denominate Vril.

According to the account I received from Zee, who,
as an erudite professor of the College of Sages, had
studied such matters more diligently than any other
member of my host's family, this fluid is capable of
being raised and disciplined into the mightiest agency

y compris l'emploi de la vapeur et du gaz. Les différents peuples étaient séparés par des rivalités violentes. Ils avaient des riches et des pauvres ; ils avaient des orateurs et des conquérants ; ils se faisaient la guerre pour une province ou pour une idée. Quoique les divers États reconnussent diverses formes de gouvernement, les institutions libres commençaient à avoir la prépondérance ; les assemblées populaires avaient plus de puissance ; la république exista bientôt partout ; la démocratie, que les politiques européens les plus éclairés regardent devant eux comme le terme extrême du progrès politique et qui domine encore parmi les autres tribus du monde souterrain, considérées comme barbares, n'a laissé aux Ana supérieurs, comme ceux chez lesquels je me trouvais, que le souvenir d'un des tâtonnements les plus grossiers et les plus ignorants de l'enfance de la politique. C'était l'âge de l'envie et de la haine, des perpétuelles révolutions sociales plus ou moins violentes, des luttes entre les classes, et des guerres d'État à État. Cette phase dura cependant quelques siècles, et fut terminée, au moins chez les populations les plus nobles et les plus intelligentes, par la découverte graduelle des pouvoirs latents enfermés dans ce fluide qui pénètre partout et qu'ils désignaient sous le nom de vril.

D'après ce que me dit Zee qui, en qualité de savant professeur du Collège des Sages, avait étudié ces matières avec plus de soin qu'aucun autre membre de la famille de mon hôte, on peut produire et discipliner ce fluide de façon à s'en servir comme d'un agent tout-puissant

over all forms of matter, animate or inanimate. It can destroy like the flash of lightning; yet, differently applied, it can replenish or invigorate life, heal, and preserve, and on it they chiefly rely for the cure of disease, or rather for enabling the physical organisation to re-establish the due equilibrium of its natural powers, and thereby to cure itself. By this agency they rend way through the most solid substances, and open valleys for culture through the rocks of their subterranean wilderness. From it they extract the light which supplies their lamps, finding it steadier, softer, and healthier than the other inflammable materials they had formerly used.

But the effects of the alleged discovery of the means to direct the more terrible force of vril were chiefly remarkable in their influence upon social polity. As these effects became familiarly known and skillfully administered, war between the vril-discoverers ceased, for they brought the art of destruction to such perfection as to annul all superiority in numbers, discipline, or military skill. The fire lodged in the hollow of a rod directed by the hand of a child could shatter the strongest fortress, or cleave its burning way from the van to the rear of an embattled host. If army met army, and both had command of this agency, it could be but to the annihilation of each. The age of war was therefore gone, but with the cessation of war other effects bearing upon the social state soon became apparent.

sur toutes les formes de la matière animée et inanimée. Il détruit comme la foudre ; appliqué d'autre façon, il donne à la vie plus de plénitude et de vigueur ; il guérit et préserve ; c'est surtout de ce fluide que l'on se sert pour guérir les maladies, ou plutôt pour aider l'organisation physique à recouvrer l'équilibre des forces naturelles, et par conséquent à se guérir elle-même. Par ce fluide on se fraye des chemins en fendant les substances les plus dures, on ouvre des vallées à la culture au milieu des rocs de ces déserts souterrains. C'est de ce fluide que ces peuples extraient la lumière de leurs lampes ; ils la trouvent plus régulière, plus douce et plus saine que la lumière produite par les autres matières inflammables dont ils se servaient jusque-là.

Mais la politique surtout fut transformée par la découverte de la terrible puissance du vril et des moyens de l'employer. Dès que les effets en furent mieux connus et plus habilement mis en œuvre, toute guerre cessa entre les peuples qui avaient découvert le vril, car ils avaient porté l'art de la destruction à un degré de perfection qui annulait toute supériorité de nombre, de discipline et de talent militaire. Le feu renfermé dans le creux d'une baguette maniée par un enfant pouvait abattre la forteresse la plus redoutable, ou sillonner d'un trait de flamme, du front à l'arrière-garde, une armée rangée en bataille. Si deux armées en venaient aux mains possédant le secret de ce fluide terrible, elles devaient s'anéantir réciproquement. L'âge de la guerre était donc fini, et quand la guerre eut disparu, une révolution non moins profonde ne tarda pas à se produire dans les relations sociales.

Man was so completely at the mercy of man, each whom he encountered being able, if so willing, to slay him on the instant, that all notions of government by force gradually vanished from political systems and forms of law. It is only by force that vast communities, dispersed through great distances of space, can be kept together; but now there was no longer either the necessity of self-preservation or the pride of aggrandisement to make one state desire to preponderate in population over another.

The Vril-discoverers thus, in the course of a few generations, peacefully split into communities of moderate size. The tribe amongst which I had fallen was limited to 12,000 families. Each tribe occupied a territory sufficient for all its wants, and at stated periods the surplus population departed to seek a realm of its own. There appeared no necessity for any arbitrary selection of these emigrants; there was always a sufficient number who volunteered to depart.

These subdivided states, petty if we regard either territory or population, — all appertained to one vast general family. They spoke the same language, though the dialects might slightly differ. They intermarried; They maintained the same general laws and customs; and so important a bond between these several communities was the knowledge of vril and the practice of its agencies, that the word A-Vril was synonymous with civilisation; and Vril-ya, signifying "The Civilised Nations," was the common name by which

L'homme se trouva si complètement à la merci de l'homme, chacun d'eux pouvant en un instant tuer son adversaire, que toute idée de gouvernement par la force disparut peu à peu du système politique et de la loi. Ce n'est que par la force que de grandes communautés, dispersées sur de vastes espaces, peuvent être maintenues dans l'unité ; mais ni la nécessité de la défense, ni l'orgueil des conquêtes ne firent plus désirer à un État de l'emporter sur un autre par sa population.

Ceux qui avaient découvert le vril arrivèrent ainsi, au bout de quelques générations, à se partager en communautés moins considérables. La tribu au milieu de laquelle je me trouvais était limitée à douze mille familles. Chaque tribu occupait un territoire suffisant à tous ses besoins, et à des périodes déterminées le surplus de la population émigrait pour aller chercher un domaine nouveau. Il ne paraissait pas nécessaire de faire choisir arbitrairement ces émigrants ; il y avait toujours un assez grand nombre d'émigrants volontaires.

Ces États subdivisés, peu importants à ne considérer que leur territoire ou leur population, appartenaient tous à une seule et grande famille. Ils parlaient la même langue, sauf quelques légères différences de dialecte. Le mariage était permis de tribu à tribu ; les lois et les coutumes les plus importantes étaient les mêmes ; la connaissance du vril et l'emploi des forces qu'il renfermait formait entre tous ces peuples un lien si important que le mot A-vril était pour eux synonyme de civilisation ; et Vril-ya, c'est-à-dire les Nations Civilisées, était le terme commun par lequel

the communities employing the uses of vril distinguished themselves from such of the Ana as were yet in a state of barbarism.

The government of the tribe of Vril-ya I am treating of was apparently very complicated, really very simple. It was based upon a principle recognised in theory, though little carried out in practice, above ground — viz., that the object of all systems of philosophical thought tends to the attainment of unity, or the ascent through all intervening labyrinths to the simplicity of a single first cause or principle. Thus in politics, even republican writers have agreed that a benevolent autocracy would insure the best administration, if there were any guarantees for its continuance, or against its gradual abuse of the powers accorded to it. This singular community elected therefore a single supreme magistrate styled Tur; he held his office nominally for life, but he could seldom be induced to retain it after the first approach of old age. There was indeed in this society nothing to induce any of its members to covet the cares of office. No honours, no insignia of higher rank, were assigned to it. The supreme magistrate was not distinguished from the rest by superior habitation or revenue. On the other hand, the duties awarded to him were marvellously light and easy, requiring no preponderant degree of energy or intelligence. There being no apprehensions of war, there were no armies to maintain; there being no government of force, there was no police to appoint and direct.

les tribus qui se servaient du vril se distinguaient des familles d'Ana encore plongées dans la barbarie.

Le gouvernement de la tribu des Vril-ya, dont je m'occupe ici, était en apparence très compliqué, en réalité très simple. Il était fondé sur un principe reconnu en théorie, quoique peu appliqué dans la pratique sur notre terre, c'est que l'objet de tout système philosophique est d'atteindre l'unité et de s'élever à travers le dédale des faits à la simplicité d'une cause première ou principe premier. Ainsi, en politique, les écrivains républicains eux-mêmes conviennent qu'une autocratie bienfaisante assurerait la meilleure des administrations, si on pouvait en garantir la durée, ou prendre des précautions contre l'abus graduel des pouvoirs qu'on lui accorde. Cette singulière communauté élisait donc un seul magistrat suprême appelé Tur ; il était nominalement investi du pouvoir pour la vie ; mais on pouvait rarement le détourner de s'en démettre aux approches de la vieillesse. Il n'y avait rien du reste dans cette société qui pût porter un de ses membres à convoiter les soucis de cette charge. Aucun honneur, aucun insigne d'un rang plus élevé n'étaient accordés au magistrat suprême que ne distinguait point la supériorité de son revenu ou de sa résidence. En revanche, les devoirs qu'il avait à remplir étaient singulièrement légers et faciles, et n'exigeaient pas un degré extraordinaire d'énergie ou d'intelligence. Point de guerre à craindre, pas d'armée à entretenir : le gouvernement ne pouvant s'appuyer sur la force, il n'y avait pas de police à payer et à diriger.

What we call crime was utterly unknown to the Vril-ya; and there were no courts of criminal justice. The rare instances of civil disputes were referred for arbitration to friends chosen by either party, or decided by the Council of Sages, which will be described later. There were no professional lawyers; and indeed their laws were but amicable conventions, for there was no power to enforce laws against an offender who carried in his staff the power to destroy his judges. There were customs and regulations to compliance with which, for several ages, the people had tacitly habituated themselves; or if in any instance an individual felt such compliance hard, he quitted the community and went elsewhere. There was, in fact, quietly established amid this state, much the same compact that is found in our private families, in which we virtually say to any independent grown-up member of the family whom we receive to entertain, "Stay or go, according as our habits and regulations suit or displease you." But though there were no laws such as we call laws, no race above ground is so law-observing. Obedience to the rule adopted by the community has become as much an instinct as if it were implanted by nature. Even in every household the head of it makes a regulation for its guidance, which is never resisted nor even cavilled at by those who belong to the family. They have a proverb, the pithiness of which is much lost in this paraphrase, "No happiness without order, no order without authority, no authority without unity."

Ce que nous appelons crime était absolument inconnu aux Vril-ya, et il n'existait pas de cour de justice criminelle. Les rares exemples de différends civils étaient confiés à l'arbitrage d'amis choisis par les deux parties, ou jugés par le Conseil des Sages que je décrirai plus loin. Il n'y avait pas d'hommes de loi de profession ; et l'on peut dire que leurs lois n'étaient que des conventions à l'amiable, car il n'existait pas de pouvoir en état de contraindre un délinquant qui portait dans une baguette le moyen d'anéantir ses juges. Il y avait des règles et des coutumes auxquelles le peuple, depuis plusieurs siècles, s'était tacitement habitué à obéir ; ou si, par hasard, un individu trouvait trop dur de s'y soumettre, il quittait la communauté et allait s'établir ailleurs. Enfin on s'était insensiblement soumis à une sorte de convention analogue à celle qui régit nos familles privées, où nous disons en quelque sorte à tout membre parvenu à l'indépendance que donne la virilité : « Reste ou vat-en, suivant que nos habitudes ou les règles que nous avons établies te conviennent ou te déplaisent. » Mais quoiqu'il n'y eût pas de lois dans le sens précis que nous donnons à ce mot, il n'y a pas dans le monde supérieur une race plus observatrice de la loi que les Vril-ya. L'obéissance à la règle adoptée par la communauté est devenue un instinct aussi puissant que ceux de la nature. Le chef de chaque famille établit pour la conduite de sa famille une règle qu'aucun de ses membres ne songe à violer ou à éluder. Ils ont un proverbe dont l'énergie perd beaucoup dans cette paraphrase : « Pas de bonheur sans ordre, pas d'ordre sans autorité, pas d'autorité sans unité. »

The mildness of all government among them, civil or domestic, may be signalised by their idiomatic expressions for such terms as illegal or forbidden—viz., "It is requested not to do so and so." Poverty among the Ana is as unknown as crime; not that property is held in common, or that all are equals in the extent of their possessions or the size and luxury of their habitations: but there being no difference of rank or position between the grades of wealth or the choice of occupations, each pursues his own inclinations without creating envy or vying; some like a modest, some a more splendid kind of life; each makes himself happy in his own way. Owing to this absence of competition, and the limit placed on the population, it is difficult for a family to fall into distress; there are no hazardous speculations, no emulators striving for superior wealth and rank. No doubt, in each settlement all originally had the same proportions of land dealt out to them; but some, more adventurous than others, had extended their possessions farther into the bordering wilds, or had improved into richer fertility the produce of their fields, or entered into commerce or trade. Thus, necessarily, some had grown richer than others, but none had become absolutely poor, or wanting anything which their tastes desired. If they did so, it was always in their power to migrate, or at the worst to apply, without shame and with certainty of aid, to the rich, for all the members of the community

La douceur de tout gouvernement civil ou domestique chez eux se reconnaît bien à l'expression habituelle dont ils usent pour désigner ce qui est illégal ou défendu : « On est prié de ne pas faire telle ou telle chose. » La pauvreté chez les Ana est aussi inconnue que le crime ; non pas que la propriété soit en commun, ou qu'ils soient tous égaux par l'étendue de leurs possessions, ou par la grandeur et le luxe de leurs habitations ; mais comme il n'y a aucune différence de rang ou de position entre les divers degrés de richesse ou les diverses professions, chacun fait ce qui lui convient sans inspirer ni ressentir d'envie. Les uns préfèrent un genre de vie plus modeste, les autres un genre de vie plus brillant ; chacun se rend heureux à sa manière. Grâce à cette absence de toute compétition et aux limites fixées pour la population, il est difficile qu'une famille tombe dans la misère ; il n'y a pas de spéculations hasardeuses, pas de rivalités et de luttes pour la conquête de la fortune ou d'un rang plus élevé. Sans doute, chaque fois qu'un établissement a été fondé, une portion égale a été attribuée à tous les colons ; mais les uns, plus entreprenants que les autres, avaient étendu leurs possessions aux dépens du désert qui les entourait, ou avaient augmenté la fertilité de leurs champs, ou s'étaient engagés dans le commerce. Ainsi, les uns étaient nécessairement devenus plus riches que les autres, mais nul n'était absolument pauvre, nul n'avait de privations à subir. À la rigueur, ils avaient toujours la ressource d'émigrer, ou de s'adresser sans honte et avec la certitude d'être écoutés à de plus riches qu'eux ; car tous les membres de la communauté

considered themselves as brothers of one affectionate
and united family. More upon this head will be treated of
incidentally as my narrative proceeds.

The chief care of the supreme magistrate was to
communicate with certain active departments charged
with the administration of special details. The most
important and essential of such details was that connected
with the due provision of light. Of this department my
host, Aph-Lin, was the chief. Another department, which
might be called the foreign, communicated with the
neighbouring kindred states, principally for the purpose of
ascertaining all new inventions; and to a third department
all such inventions and improvements in machinery were
committed for trial. Connected with this department was
the College of Sages—a college especially favoured by
such of the Ana as were widowed and childless, and by
the young unmarried females, amongst whom Zee was
the most active, and, if what we call renown or distinction
was a thing acknowledged by this people (which I
shall later show it is not), among the more renowned
or distinguished. It is by the female Professors of this
College that those studies which are deemed of least use
in practical life—as purely speculative philosophy, the
history of remote periods, and such sciences as entomology,
conchology, &c.—are the more diligently cultivated.
Zee, whose mind, active as Aristotle's, equally embraced
the largest domains and the minutest details of thought,

se regardaient comme des frères ne formant qu'une famille unie par l'affection. J'aurai, dans la suite de mon récit, l'occasion de revenir sur ce sujet.

Le soin principal du magistrat suprême était de communiquer avec certains départements actifs, chargés de l'administration de détails spéciaux. Le plus important et le plus essentiel de ces détails consistait dans les approvisionnements de lumière. Mon hôte, Aph-Lin, était le directeur de ce département. Un autre département, qu'on pourrait appeler celui des affaires étrangères, se maintenait en relation avec les États voisins, surtout pour s'assurer de toutes les inventions nouvelles ; toutes ces inventions et tous les perfectionnements des machines étaient soumis à un troisième département chargé d'en faire l'essai. C'est à ce département que se rattachait le Collège des Sages, collège particulièrement recherché des Ana veufs et sans enfants, et des jeunes filles. Parmi ces dernières, Zee était la plus active, et si nous admettons que ce peuple reconnut ce que nous appelons distinction ou renommée (et je démontrerai plus tard qu'il n'en est rien), elle était placée parmi les membres les plus renommés ou les plus distingués. Les membres féminins de ce Collège s'adonnaient surtout aux études qu'on regarde comme moins utiles à la vie pratique, telles que la philosophie purement spéculative, l'histoire des siècles primitifs, et les sciences telles que l'entomologie, la conchyliologie, etc. Zee, dont l'esprit, aussi actif que celui d'Aristote, embrassait également les domaines les plus vastes et les plus minces détails de la pensée,

had written two volumes on the parasite insect that dwells amid the hairs of a tiger's[1] paw, which work was considered the best authority on that interesting subject.

But the researches of the sages are not confined to such subtle or elegant studies. They comprise various others more important, and especially the properties of vril, to the perception of which their finer nervous organisation renders the female Professors eminently keen. It is out of this college that the Tur, or chief magistrate, selects Councillors, limited to three, in the rare instances in which novelty of event or circumstance perplexes his own judgment.

There are a few other departments of minor consequence, but all are carried on so noiselessly, and quietly that the evidence of a government seems to vanish altogether, and social order to be as regular and unobtrusive as if it were a law of nature. Machinery is employed to an inconceivable extent in all the operations of labour within and without doors, and it is the unceasing object of the department charged with its administration to extend its efficiency. There is no class of labourers or servants, but all who are required to assist or control the machinery are found in the children, from the time

---

1. The animal here referred to has many points of difference from the tiger of the upper world. It is larger, and with a broader paw, and still more receding frontal. It haunts the side of lakes and pools, and feeds principally on fishes, though it does not object to any terrestrial animal of inferior strength that comes in its way. It is becoming very scarce even in the wild districts, where it is devoured by gigantic reptiles. I apprehended that it clearly belongs to the tiger species, since the parasite animalcule found in its paw, like that in the Asiatic tiger, is a miniature image of itself.

avait écrit deux volumes sur l'insecte parasite qui habite dans les poils de la patte du tigre[1], ouvrage qui faisait autorité sur ce sujet intéressant.

Mais les recherches des Sages ne sont pas confinées à ces études subtiles ou élégantes. Elles comprennent d'autres études plus importantes, entre autres sur les propriétés du vril, à la perception desquelles le système nerveux plus délicat des Professeurs féminins les rend bien plus aptes. C'est dans ce collège que le Tur, ou magistrat principal, choisit ses conseillers, dont le nombre ne s'élève jamais au-dessus de trois ; il ne les consulte que dans les cas fort rares où un événement ou une circonstance extraordinaire embarrasse son propre jugement.

Il y a quelques autres départements d'une moindre importance, qui tous fonctionnent avec si peu de bruit et si tranquillement, qu'on ne se sent pas du tout gouverné : l'ordre social est aussi régulier et aussi peu gênant que si c'était une loi de la nature. On emploie la mécanique à presque toutes sortes de travaux intérieurs ou extérieurs, et le soin incessant du département chargé de cet objet est d'en perfectionner l'application. Il n'y a ni ouvriers ni domestiques ; on prend parmi les enfants tous ceux qui sont nécessaires pour surveiller ou seconder les machines ; et cela depuis l'âge où

---

1. L'animal dont il est ici question diffère en plusieurs points du tigre du monde supérieur. Il est plus grand, sa patte est plus large, son front plus fuyant. Il fréquente les bords des lacs et des marais et se nourrit de poissons, bien qu'il n'ait pas de répugnance pour tous les animaux terrestres de force inférieure qui se trouvent sur son chemin. Il devient rare, même dans les districts les plus sauvages, où il est dévoré par des reptiles gigantesques. Je suppose qu'il appartient à l'espèce du tigre, puisque l'animalcule parasite qu'on trouve dans sa patte est, comme celui qu'on trouve dans la patte du tigre asiatique, une miniature de l'animal lui-même.

they leave the care of their mothers to the marriageable age, which they place at sixteen for the Gy-ei (the females), twenty for the Ana (the males). These children are formed into bands and sections under their own chiefs, each following the pursuits in which he is most pleased, or for which he feels himself most fitted. Some take to handicrafts, some to agriculture, some to household work, and some to the only services of danger to which the population is exposed; for the sole perils that threaten this tribe are, first, from those occasional convulsions within the earth, to foresee and guard against which tasks their utmost ingenuity—irruptions of fire and water, the storms of subterranean winds and escaping gases. At the borders of the domain, and at all places where such peril might be apprehended, vigilant inspectors are stationed with telegraphic communications to the hall in which chosen sages take it by turns to hold perpetual sittings. These inspectors are always selected from the elder boys approaching the age of puberty, and on the principle that at that age observation is more acute and the physical forces more alert than at any other. The second service of danger, less grave, is in the destruction of all creatures hostile to the life, or the culture, or even the comfort, of the Ana. Of these the most formidable are the vast reptiles, of some of which antediluvian relics are preserved in our museums, and certain gigantic winged creatures, half bird, half reptile.

les enfants cessent d'être confiés au sein de leur mère jusqu'à l'époque de la nubilité, c'est-à-dire à seize ans pour les Gy-ei (les femmes) et vingt ans pour les Ana (les hommes). Ces enfants sont classés par bandes et sections sous la surveillance de leurs propres chefs et chacun s'adonne à l'occupation qui lui plaît le plus ou pour laquelle il se sent le plus de disposition. Les uns choisissent les arts manuels, l'agriculture, les travaux domestiques ; d'autres se consacrent à écarter les rares dangers qui menacent la population. Voici les seuls périls auxquels sont exposés ces tribus : d'abord ceux qu'occasionnent les convulsions accidentelles de la terre ; c'est à les prévoir et à s'en garder qu'on apporte le plus de soin ; tels sont les irruptions du feu et de l'eau, les ouragans souterrains et les gaz qui se dégagent avec violence. Des inspecteurs vigilants sont placés aux frontières de l'État et dans tous les endroits où de semblables périls sont à craindre ; ils ont à leur disposition des moyens de communications télégraphiques avec la salle où quelques Sages d'élite se relaient perpétuellement. Ces inspecteurs sont toujours choisis parmi les garçons qui approchent de l'âge de puberté, d'après ce principe qu'à cet âge les facultés d'observation sont plus vives et les forces physiques plus en éveil qu'à aucune autre époque de la vie. Le second service de sûreté, d'ailleurs moins important, consiste dans la destruction de toutes les créatures hostiles à la vie, à la culture, ou même au bien-être des Ana. Les plus formidables sont les énormes reptiles, dont on conserve dans nos musées quelques restes antédiluviens et certains animaux ailés gigantesques, moitié oiseaux, moitié serpents.

These, together with lesser wild animals, corresponding to our tigers or venomous serpents, it is left to the younger children to hunt and destroy; because, according to the Ana, here ruthlessness is wanted, and the younger the child the more ruthlessly he will destroy. There is another class of animals in the destruction of which discrimination is to be used, and against which children of intermediate age are appointed—animals that do not threaten the life of man, but ravage the produce of his labour, varieties of the elk and deer species, and a smaller creature much akin to our rabbit, though infinitely more destructive to crops, and much more cunning in its mode of depredation. It is the first object of these appointed infants, to tame the more intelligent of such animals into respect for enclosures signalised by conspicuous landmarks, as dogs are taught to respect a larder, or even to guard the master's property. It is only where such creatures are found untamable to this extent that they are destroyed. Life is never taken away for food or for sport, and never spared where untamably inimical to the Ana. Concomitantly with these bodily services and tasks, the mental education of the children goes on till boyhood ceases. It is the general custom, then, to pass though a course of instruction at the College of Sages, in which, besides more general studies, the pupil receives special lessons in such vocation or direction of intellect as he himself selects.

Le soin de chasser et de détruire ces derniers, ainsi que d'autres animaux sauvages plus petits et analogues à nos tigres et à nos serpents venimeux, est laissé à de jeunes enfants ; parce que, suivant les Ana, il faut pour cela être sans pitié, et que plus l'enfant est jeune moins il est accessible à la pitié. Il y a une autre classe d'animaux dans la destruction desquels il faut faire de certaines distinctions ; on y emploie des enfants de l'âge intermédiaire ; ce sont les animaux qui ne menacent pas la vie de l'homme, mais qui ravagent les produits de son travail, tels que l'élan et certaines variétés de l'espèce du daim ; de petits animaux qui ressemblent assez à nos lapins, mais qui sont bien plus nuisibles aux moissons et plus habiles dans leurs déprédations. Le premier soin de ces enfants doit être d'apprivoiser les plus intelligents de ces animaux et de les habituer à respecter les clôtures, rendues pour cela très visibles, comme on habitue les chiens à respecter les garde-manger et même à veiller sur le bien de leurs maîtres. Ce n'est que quand ces animaux se montrent incorrigibles qu'on les détruit. On ne les tue jamais pour en manger la chair, ni pour le plaisir de la chasse ; mais on ne les épargne jamais quand on n'a pas d'autre moyen de les empêcher de nuire. Tout en rendant ces divers services et en s'acquittant des tâches qui leur sont confiées, les enfants reçoivent sans interruption l'éducation dont ils ont besoin. Les jeunes gens suivent généralement au sortir de l'enfance un cours d'instruction au Collège des Sages, dans lequel, outre les études générales, les élèves reçoivent des leçons spéciales selon leur vocation et selon le genre d'études qu'ils choisissent eux-mêmes.

Some, however, prefer to pass this period of probation in travel, or to emigrate, or to settle down at once into rural or commercial pursuits. No force is put upon individual inclination.

Quelques-uns cependant préfèrent passer cette période d'épreuves en voyage, ou émigrer, ou s'appliquer aussitôt aux affaires commerciales ou agricoles. Nulle contrainte ne vient gêner leurs inclinations.

Chapter 10

The word Ana (pronounced broadly 'Arna') corresponds with our plural 'men;' An (pronounced 'Arn'), the singular, with 'man.' The word for woman is Gy (pronounced hard, as in Guy); it forms itself into Gy-ei for the plural, but the G becomes soft in the plural like Jy-ei. They have a proverb to the effect that this difference in pronunciation is symbolical, for that the female sex is soft in the concrete, but hard to deal with in the individual. The Gy-ei are in the fullest enjoyment of all the rights of equality with males, for which certain philosophers above ground contend.

In childhood they perform the offices of work and labour impartially with the boys, and, indeed, in the earlier age appropriated to the destruction of animals irreclaimably hostile, the girls are frequently preferred, as being by constitution more ruthless under the influence of fear or hate. In the interval between infancy and the marriageable age familiar intercourse between the sexes is suspended. At the marriageable age it is renewed, never with worse consequences than those which attend upon marriage.

Le mot *Ana* (prononcez : *Arna*) correspond à notre pluriel : *hommes* ; *An* (prononcez : *Arn*), le singulier, à : *homme*. Le mot qui signifie *femme* est *Gy* (le *G* est dur comme dans *Guy*) ; il fait au pluriel *Gy-ei*, mais le *G* devient doux au pluriel, on prononce : *Jy-ei*. Les Ana ont un proverbe qui donne à cette différence de prononciation un sens symbolique ; c'est que le sexe féminin est doux pris collectivement, mais que chaque femme est dure quand on a affaire individuellement à elle. Les Gy-ei jouissent d'une parfaite égalité de droits avec les Ana ; égalité que certains philosophes en sont encore à réclamer sur la terre.

Dans leur enfance, elles accomplissent exactement les mêmes travaux que les garçons ; et dans la classe la plus jeune, appliquée à la destruction des animaux hostiles, on préfère souvent les filles, parce qu'elles sont par leur constitution plus inaccessibles à la pitié sous l'influence de la terreur ou de la haine. Pendant l'intervalle qui s'écoule entre l'enfance et l'âge où l'on se marie, les rapports familiers entre les deux sexes sont suspendus. À l'époque du mariage, ils recommencent, sans autres conséquences plus graves que le mariage.

All arts and vocations allotted to the one sex are open
to the other, and the Gy-ei arrogate to themselves a
superiority in all those abstruse and mystical branches
of reasoning, for which they say the Ana are unfitted
by a duller sobriety of understanding, or the routine of
their matter-of-fact occupations, just as young ladies
in our own world constitute themselves authorities in
the subtlest points of theological doctrine, for which
few men, actively engaged in worldly business have
sufficient learning or refinement of intellect. Whether
owing to early training in gymnastic exercises, or to
their constitutional organisation, the Gy-ei are usually
superior to the Ana in physical strength (an important
element in the consideration and maintenance of female
rights). They attain to loftier stature, and amid their
rounder proportions are imbedded sinews and muscles as
hardy as those of the other sex. Indeed they assert that,
according to the original laws of nature, females were
intended to be larger than males, and maintain this dogma
by reference to the earliest formations of life in insects,
and in the most ancient family of the vertebrata—viz.,
fishes—in both of which the females are generally large
enough to make a meal of their consorts if they so desire.
Above all, the Gy-ei have a readier and more concentred
power over that mysterious fluid or agency which
contains the element of destruction, with a larger portion
of that sagacity which comprehends dissimulation.

Toutes les professions ouvertes à un sexe le sont à l'autre, et les Gy-ei s'attribuent la supériorité dans toutes les branches abstraites et profondes du raisonnement ; elles disent que les Ana sont peu propres à ce genre d'études, parce qu'ils ont l'intelligence plus lourde et plus calme, et à cause de la routine de leurs occupations matérielles ; c'est ainsi que les jeunes filles de notre monde s'érigent en autorité pour juger les questions les plus délicates de la doctrine théologique, pour lesquelles peu d'hommes, activement engagés dans les affaires de ce monde, ont assez de connaissances ou de finesse d'intelligence. Soit grâce aux exercices gymnastiques auxquels elles s'appliquent de bonne heure, soit par leur organisation, les Gy-ei sont supérieures aux Ana en force physique (détail important au point de vue du maintien des droits de la femme). Elles atteignent une stature plus élevée et leurs formes plus arrondies renferment des muscles et des nerfs aussi fermes que ceux des hommes. Elles prétendent que, suivant les lois primitives de la nature, les femelles devaient être plus grandes que les mâles ; elles appuient cette opinion en recherchant, parmi les premières créatures vivantes, l'exemple des insectes et de la plus ancienne famille des vertébrés, les poissons, chez lesquels les femelles sont généralement assez grandes pour ne faire qu'un repas de leur mâle si cela leur fait plaisir. Par-dessus tout, les Gy-ei ont un pouvoir plus prompt et plus énergique sur ce fluide ou agent mystérieux qui contient un si puissant élément de destruction ; elles ont aussi une plus large part de cette finesse qui comprend la dissimulation.

Thus they cannot only defend themselves against all aggressions from the males, but could, at any moment when he least expected his danger, terminate the existence of an offending spouse. To the credit of the Gy-ei no instance of their abuse of this awful superiority in the art of destruction is on record for several ages. The last that occurred in the community I speak of appears (according to their chronology) to have been about two thousand years ago. A Gy, then, in a fit of jealousy, slew her husband; and this abominable act inspired such terror among the males that they emigrated in a body and left all the Gy-ei to themselves. The history runs that the widowed Gy-ei, thus reduced to despair, fell upon the murderess when in her sleep (and therefore unarmed), and killed her, and then entered into a solemn obligation amongst themselves to abrogate forever the exercise of their extreme conjugal powers, and to inculcate the same obligation for ever and ever on their female children. By this conciliatory process, a deputation despatched to the fugitive consorts succeeded in persuading many to return, but those who did return were mostly the elder ones. The younger, either from too craven a doubt of their consorts, or too high an estimate of their own merits, rejected all overtures, and, remaining in other communities, were caught up there by other mates, with whom perhaps they were no better off. But the loss of so large a portion of the male youth operated as a salutary warning on the Gy-ei, and confirmed them in the pious resolution to which they pledged themselves.

Ainsi elles peuvent, non seulement se défendre contre toutes les agressions des hommes, mais elles pourraient à tout moment, et sans qu'il soupçonnât le moindre danger, mettre fin à l'existence de l'époux qui les offenserait. Disons à l'honneur des Gy-ei qu'on ne trouve pendant plusieurs siècles aucun exemple de l'abus de ce terrible pouvoir. Le dernier fait de ce genre, qui ait eu lieu dans la tribu dont je m'occupe, paraît remonter, suivant leur chronologie, à environ deux mille ans. Une Gy, dans un accès de jalousie, tua son mari, et cet acte abominable inspira une telle terreur aux hommes qu'ils émigrèrent en corps et laissèrent les Gy-ei toutes seules. L'histoire rapporte que les Gy-ei, devenues ainsi veuves et plongées dans le désespoir, tombèrent sur la coupable pendant son sommeil, et, par conséquent, alors qu'elle était désarmée, la tuèrent et s'engagèrent solennellement entre elles à supprimer pour toujours l'exercice de ce pouvoir conjugal si excessif et à élever leurs filles dans cette résolution. Après une démarche si conciliante, la députation envoyée aux Ana réussit à persuader à un grand nombre de revenir, mais ceux qui revinrent étaient généralement les plus âgés. Les plus jeunes, soit par défiance, soit par une trop haute opinion de leur propre mérite, rejetèrent toutes les propositions et restèrent dans d'autres communautés, où ils furent acceptés par d'autres femmes, avec lesquelles probablement ils ne se trouvèrent pas mieux. Mais la perte d'une si grande quantité de jeunes gens opéra comme un avertissement salutaire sur les Gy-ei et les confirma dans leur pieuse résolution.

Indeed it is now popularly considered that, by long hereditary disuse, the Gy-ei have lost both the aggressive and defensive superiority over the Ana which they once possessed, just as in the inferior animals above the earth many peculiarities in their original formation, intended by nature for their protection, gradually fade or become inoperative when not needed under altered circumstances. I should be sorry, however, for any An who induced a Gy to make the experiment whether he or she were the stronger.

From the incident I have narrated, the Ana date certain alterations in the marriage customs, tending, perhaps, somewhat to the advantage of the male. They now bind themselves in wedlock only for three years; at the end of each third year either male or female can divorce the other and is free to marry again. At the end of ten years the An has the privilege of taking a second wife, allowing the first to retire if she so please. These regulations are for the most part a dead letter; divorces and polygamy are extremely rare, and the marriage state now seems singularly happy and serene among this astonishing people;—the Gy-ei, notwithstanding their boastful superiority in physical strength and intellectual abilities, being much curbed into gentle manners by the dread of separation or of a second wife, and the Ana being very much the creatures of custom, and not, except under great aggravation, likely to exchange for hazardous novelties faces and manners to which they are reconciled by habit.

Il est admis aujourd'hui que, par le manque d'exercice, les Gy-ei ont perdu leur supériorité offensive et défensive sur les Ana, de même que sur la terre certains animaux inférieurs ont laissé certaines armes, que la nature leur avait données pour leur défense, s'émousser graduellement et devenir impuissantes, parce que les circonstances ne les obligeaient plus à s'en servir. Je serais cependant fort inquiet pour un An qui mesurerait ses forces avec une Gy.

Les Ana font remonter à l'incident que je viens de raconter certains changements dans les coutumes du mariage, qui donnent peut-être quelques avantages aux hommes. Ils ne se lient plus que pour trois ans ; à la fin de la troisième année, l'homme et la femme sont également libres de divorcer et de se remarier. Au bout de dix ans, l'An a le privilège de prendre une seconde femme et la première peut à son gré se retirer ou rester. Ces règles sont pour la plupart passées à l'état de lettre morte ; le divorce et la polygamie sont extrêmement rares, et les ménages paraissent très heureux et unis chez ce peuple étonnant ; les Gy-ei, malgré leur supériorité physique et intellectuelle, sont fort adoucies par la crainte de la séparation ou d'une seconde femme, et comme les An sont très attachés à leurs habitudes, ils n'aiment pas, à moins de considérations très graves, à changer pour des nouveautés hasardeuses, les figures et les manières auxquelles ils sont habitués.

But there is one privilege the Gy-ei carefully retain, and
the desire for which perhaps forms the secret motive of
most lady asserters of woman rights above ground. They
claim the privilege, here usurped by men, of proclaiming
their love and urging their suit; in other words, of being the
wooing party rather than the wooed. Such a phenomenon
as an old maid does not exist among the Gy-ei. Indeed it is
very seldom that a Gy does not secure any An upon whom
she sets her heart, if his affections be not strongly engaged
elsewhere. However coy, reluctant, and prudish, the male
she courts may prove at first, yet her perseverance, her
ardour, her persuasive powers, her command over the
mystic agencies of vril, are pretty sure to run down his
neck into what we call "the fatal noose." Their argument
for the reversal of that relationship of the sexes which
the blind tyranny of man has established on the surface
of the earth, appears cogent, and is advanced with a
frankness which might well be commended to impartial
consideration. They say, that of the two the female is
by nature of a more loving disposition than the male—
that love occupies a larger space in her thoughts, and is
more essential to her happiness, and that therefore she
ought to be the wooing party; that otherwise the male is
a shy and dubitant creature—that he has often a selfish
predilection for the single state—that he often pretends
to misunderstand tender glances and delicate hints—that,
in short, he must be resolutely pursued and captured.

Les Gy-ei cependant conservent soigneusement un de leurs privilèges ; c'est peut-être le désir secret d'obtenir ce privilège qui porte beaucoup de dames sur la terre à se faire les champions des droits de la femme. Les Gy-ei ont donc le droit, usurpé sur la terre par les hommes, de proclamer leur amour et de faire elles-mêmes leur cour ; en un mot, ce sont elles qui demandent et non pas qui sont demandées. Les vieilles filles sont un phénomène inconnu parmi elles. Il est très rare qu'une Gy n'obtienne pas l'An auquel elle a donné son cœur, à moins que les affections de celui-ci ne soient fortement engagées ailleurs. Quelque froid, ou prude, ou de mauvaise volonté que se montre l'homme qu'elle courtise, sa persévérance, son ardeur, sa puissance persuasive, son pouvoir sur les mystérieux effets du vril, décident presque sûrement l'homme à tendre le cou à ce que nous appelons le nœud fatal. La raison qui porte les Gy-ei à renverser les rapports des sexes, que l'aveugle tyrannie des hommes a établis sur la terre, paraît concluante, et elles la donnent avec une franchise qui mérite un jugement impartial. Elles disent que, des deux époux, c'est la femme qui est d'une nature plus aimante, que l'amour occupe plus de place dans ses pensées, est plus essentiel à son bonheur, et que, par conséquent, c'est elle qui doit faire sa cour ; qu'en outre, l'homme est un être timide et vacillant, qu'il a souvent une prédilection égoïste pour le célibat, qu'il prétend souvent ne pas comprendre les regards tendres et les insinuations délicates, bref, qu'il doit être résolument poursuivi et capturé.

They add, moreover, that unless the Gy can secure the An of her choice, and one whom she would not select out of the whole world becomes her mate, she is not only less happy than she otherwise would be, but she is not so good a being, that her qualities of heart are not sufficiently developed; whereas the An is a creature that less lastingly concentrates his affections on one object; that if he cannot get the Gy whom he prefers he easily reconciles himself to another Gy; and, finally, that at the worst, if he is loved and taken care of, it is less necessary to the welfare of his existence that he should love as well as be loved; he grows contented with his creature comforts, and the many occupations of thought which he creates for himself.

Whatever may be said as to this reasoning, the system works well for the male; for being thus sure that he is truly and ardently loved, and that the more coy and reluctant he shows himself, the more determination to secure him increases, he generally contrives to make his consent dependent on such conditions as he thinks the best calculated to insure, if not a blissful, at least a peaceful life. Each individual An has his own hobbies, his own ways, his own predilections, and, whatever they may be, he demands a promise of full and unrestrained concession to them. This, in the pursuit of her object, the Gy readily promises; and as the characteristic of this extraordinary people is an implicit veneration for truth, and her word once given is never broken even by the giddiest Gy, the conditions stipulated for are religiously observed.

Elles ajoutent que si la Gy ne peut s'assurer l'An de son choix et en épouse un qu'elle n'aurait pas préféré au reste du monde, elle est non seulement moins heureuse, mais moins bonne, parce que les qualités de son cœur ne se développent pas assez ; tandis que l'An est une créature qui concentre d'une manière moins durable ses affections sur un seul objet ; que, s'il ne peut obtenir la Gy qu'il préfère, il se console aisément avec une autre, et enfin, qu'en mettant les choses au pire, s'il est aimé et bien soigné, il n'est pas indispensable au bonheur de sa vie qu'il aime de son côté ; il se contente du bien-être matériel et des nombreuses occupations d'esprit qu'il se crée.

Quoi qu'on puisse dire de ce raisonnement, le système est favorable à l'homme ; il est aimé avec ardeur ; il sait que plus il montrera de froideur et de résistance, plus la détermination de se l'attacher deviendra forte chez la Gy qui le courtise ; il s'arrange généralement pour n'accorder son consentement qu'aux conditions qu'il croit les meilleures pour s'assurer une vie, sinon très heureuse, du moins très tranquille. Tous les Ana ont leur dada, leurs habitudes, leurs goûts, et quels qu'ils soient ils exigent la promesse de les respecter absolument. Pour arriver à son but, la Gy promet sans hésiter, et, comme un des caractères distinctifs de ce peuple extraordinaire est un respect absolu de la vérité et la religion de la parole donnée, la Gy, même la plus étourdie, observe toujours les conditions stipulées avant le mariage.

In fact, notwithstanding all their abstract rights and powers, the Gy-ei are the most amiable, conciliatory, and submissive wives I have ever seen even in the happiest households above ground. It is an aphorism among them, that "where a Gy loves it is her pleasure to obey." It will be observed that in the relationship of the sexes I have spoken only of marriage, for such is the moral perfection to which this community has attained, that any illicit connection is as little possible amongst them as it would be to a couple of linnets during the time they agree to live in pairs.

Dans le fait, et en dépit de leurs droits abstraits et de leur puissance, les Gy-ei sont les plus aimables et les plus soumises des femmes que j'aie jamais rencontrées, même dans les ménages les plus heureux qui soient sur la terre. C'est une maxime reçue parmi elles que quand une Gy aime, son bonheur est d'obéir. On remarquera que dans les rapports des sexes je n'ai parlé que du mariage, car telle est la perfection morale que cette communauté a atteinte, que tout rapport illicite est aussi impossible parmi ce peuple, qu'il serait impossible à un couple de linottes de se séparer au temps des amours.

Chapter 11

Nothing had more perplexed me in seeking to reconcile my sense to the existence of regions extending below the surface of the earth, and habitable by beings, if dissimilar from, still, in all material points of organism, akin to those in the upper world, than the contradiction thus presented to the doctrine in which, I believe, most geologists and philosophers concur — viz., that though with us the sun is the great source of heat, yet the deeper we go beneath the crust of the earth, the greater is the increasing heat, being, it is said, found in the ratio of a degree for every foot, commencing from fifty feet below the surface. But though the domains of the tribe I speak of were, on the higher ground, so comparatively near to the surface, that I could account for a temperature, therein, suitable to organic life, yet even the ravines and valleys of that realm were much less hot than philosophers would deem possible at such a depth — certainly not warmer than the south of France, or at least of Italy. And according to all the accounts I received, vast tracts immeasurably deeper beneath the surface, and in which one might have thought only salamanders

Chapitre 11

Quand je cherchais à revenir de la surprise que me causait l'existence de régions souterraines habitées par une race à la fois différente et distincte de la nôtre, rien ne m'embarrassait plus que le démenti infligé par ce fait à la plupart des géologues et des physiciens. Ceux-ci affirment généralement que, bien que le soleil soit pour nous la principale source de chaleur, cependant plus on pénètre sous la surface de la terre, plus la chaleur augmente ; le taux de cette progression étant fixé, je crois, à un degré de plus par pied, en commençant à cinquante pieds de profondeur. Bien que les domaines de la tribu dont je parle fussent situés à des hauteurs assez rapprochées de la surface de la terre pour jouir d'une température convenable à la vie organique, cependant les ravins et les vallées de cet empire étaient beaucoup moins chauds que les savants ne le supposeraient, eu égard à leur profondeur ; ils n'étaient certainement pas d'une température plus élevée que le midi de la France ou que l'Italie. Et suivant tous les renseignements que je pus recueillir, de vastes districts, s'enfonçant à des profondeurs où j'aurais cru que les salamandres seules

could exist, were inhabited by innumerable races organised like ourselves, I cannot pretend in any way to account for a fact which is so at variance with the recognised laws of science, nor could Zee much help me towards a solution of it. She did but conjecture that sufficient allowance had not been made by our philosophers for the extreme porousness of the interior earth — the vastness of its cavities and irregularities, which served to create free currents of air and frequent winds — and for the various modes in which heat is evaporated and thrown off. She allowed, however, that there was a depth at which the heat was deemed to be intolerable to such organised life as was known to the experience of the Vril-ya, though their philosophers believed that even in such places life of some kind, life sentient, life intellectual, would be found abundant and thriving, could the philosophers penetrate to it.

"Wherever the All-Good builds," said she, "there, be sure, He places inhabitants. He loves not empty dwellings."

She added, however, that many changes in temperature and climate had been effected by the skill of the Vril-ya, and that the agency of vril had been successfully employed in such changes. She described a subtle and life-giving medium called Lai, which I suspect to be identical with the ethereal oxygen of Dr. Lewins, wherein work all the correlative forces united under the name of vril; and contended that wherever this medium could be expanded, as it were, sufficiently for the various agencies of vril

pouvaient vivre, étaient habités par des races innombrables organisées comme nous le sommes. Je ne puis prétendre à donner la raison d'un fait si en contradiction avec les lois reconnues de la science et Zee ne pouvait m'aider beaucoup à trouver la solution de cette difficulté. Elle supposait seulement que nos savants n'avaient pas assez tenu compte de l'extrême porosité de l'intérieur de la terre, de l'immensité des cavités qu'elle renferme et qui créent des courants d'air et des vents fréquents, des différentes façons dont la chaleur s'évapore, ou est rejetée à l'extérieur. Elle convenait cependant qu'il existait des profondeurs où la chaleur était regardée comme intolérable pour les êtres organisés comme ceux que connaissaient les Vril-ya ; mais leurs savants croyaient que, même là, la vie existait sous une forme quelconque ; que si l'on y pouvait pénétrer, on y trouverait des êtres doués de sensibilité et d'intelligence.

— Là où le Tout-Puissant bâtit, disait-elle, soyez sûr qu'il place des habitants. Il n'aime pas les maisons vides.

Elle ajoutait cependant que beaucoup de changements dans la température et le climat avaient été produits par la science des Vril-ya, et que les forces du vril avaient été employées avec succès dans ce sens. Elle me décrivit un milieu subtil et vital qu'elle appelait Lai, que je soupçonne devoir être identique avec l'oxygène éthéré du docteur Lewins, et dans lequel agissent les forces réunies sous le nom de vril ; elle affirmait que, partout où ce milieu pouvait s'étendre de façon à donner aux différentes propriétés du vril

to have ample play, a temperature congenial to the highest forms of life could be secured. She said also, that it was the belief of their naturalists that flowers and vegetation had been produced originally (whether developed from seeds borne from the surface of the earth in the earlier convulsions of nature, or imported by the tribes that first sought refuge in cavernous hollows) through the operations of the light constantly brought to bear on them, and the gradual improvement in culture. She said also, that since the vril light had superseded all other light-giving bodies, the colours of flower and foliage had become more brilliant, and vegetation had acquired larger growth.

Leaving these matters to the consideration of those better competent to deal with them, I must now devote a few pages to the very interesting questions connected with the language of the Vril-ya.

toute leur énergie, on pourrait s'assurer d'une température favorable aux formes les plus élevées de la vie. Zee me dit aussi que, d'après les naturalistes de son pays, les fleurs et les végétaux, produits par les semences que la terre avait jetées à cette profondeur dans les premières convulsions de la nature, ou importés par les premiers hommes qui avaient cherché un refuge dans les cavernes, devaient leur existence à la lumière qui les éclairait constamment et aux progrès de la culture. Elle me dit encore que depuis que la lumière du vril avait remplacé tous les autres modes d'éclairage, le coloris des fleurs et du feuillage était devenu plus brillant, et que la végétation avait pris plus de vigueur.

Mais je laisse ce sujet aux réflexions des gens compétents et je vais consacrer quelques pages à l'intéressante question de la langue des Vril-ya.

Chapter 12

The language of the Vril-ya is peculiarly interesting, because it seems to me to exhibit with great clearness the traces of the three main transitions through which language passes in attaining to perfection of form.

One of the most illustrious of recent philologists, Max Muller, in arguing for the analogy between the strata of language and the strata of the earth, lays down this absolute dogma:

"No language can, by any possibility, be inflectional without having passed through the agglutinative and isolating stratum. No language can be agglutinative without clinging with its roots to the underlying stratum of isolation." —*'On the Stratification of Language,' p.* 20.

Taking then the Chinese language as the best existing type of the original isolating stratum, "as the faithful photograph of man in his leading-strings trying the muscles of his mind, groping his way, and so delighted with his first successful grasps that he repeats them again and again,"[1] —we have,

1. Max Muller, 'On the Stratification of Language,' p. 13

Chapitre 12

La langue des Vril-ya est particulièrement intéressante, parce qu'elle me paraît montrer avec une grande clarté les traces des trois transitions principales par lesquelles passe une langue avant d'arriver à sa perfection.

Un des plus illustres philologues modernes, Max Müller, cherchant à établir une analogie entre les couches du langage et les stratifications géologiques, énonce ce principe absolu :

« Aucun langage ne peut, dans aucun cas, être inflexionnel sans avoir passé par le stratum agglutinatif et le stratum isolant. Aucune langue ne peut être agglutinative sans être attachée par ses racines au stratum inférieur d'isolement[1]. »

Prenant la langue chinoise comme le meilleur type existant du stratum isolant originel, « comme la photographie fidèle de l'homme à la lisière essayant les muscles de son esprit, cherchant sa route à tâtons, et si ravi de son premier succès qu'il le répète sans cesse[2] », nous trouvons

1. Max Müller, *Stratification des langues*, p. 20.

2. Max Müller, *Stratification des langues*, p. 13.

in the language of the Vril-ya, still "clinging with its
roots to the underlying stratum," the evidences of the
original isolation. It abounds in monosyllables, which
are the foundations of the language. The transition into
the agglutinative form marks an epoch that must have
gradually extended through ages, the written literature of
which has only survived in a few fragments of symbolical
mythology and certain pithy sentences which have passed
into popular proverbs. With the extant literature of the
Vril-ya the inflectional stratum commences. No doubt at
that time there must have operated concurrent causes, in
the fusion of races by some dominant people, and the rise
of some great literary phenomena by which the form of
language became arrested and fixed. As the inflectional
stage prevailed over the agglutinative, it is surprising
to see how much more boldly the original roots of the
language project from the surface that conceals them. In
the old fragments and proverbs of the preceding stage the
monosyllables which compose those roots vanish amidst
words of enormous length, comprehending whole sentences
from which no one part can be disentangled from the other
and employed separately. But when the inflectional form
of language became so far advanced as to have its scholars
and grammarians, they seem to have united in extirpating
all such polysynthetical or polysyllabic monsters, as
devouring invaders of the aboriginal forms. Words
beyond three syllables became proscribed as barbarous
and in proportion as the language grew thus simplified

dans la langue des Vril-ya, « encore attachée par ses racines au stratum inférieur d'isolement », la preuve de l'isolement originel. Elle abonde en monosyllabes, car les monosyllabes sont le fond des langues. La transition à la forme agglutinative marque une période qui a dû s'étendre graduellement à travers les siècles, et dont la littérature écrite a survécu seulement dans quelques fragments de mythologie symbolique et dans certaines phrases énergiques qui sont devenues des dictons populaires. Avec la littérature des Vril-ya commence le stratum inflexionnel. Sans doute, à cette époque, différentes causes doivent avoir concouru à ce résultat, comme la fusion des races par la domination d'un peuple et l'apparition de quelques grands génies littéraires qui ont arrêté et fixé la forme du langage. À mesure que l'âge inflexionnel prévaut sur l'âge agglutinatif, il est surprenant de voir avec quelle hardiesse croissante les racines originelles de la langue sortent de la surface qui les cache. Dans les fragments et les proverbes de l'âge précédent les monosyllabes qui forment ces racines disparaissent dans des mots d'une longueur énorme, comprenant des phrases entières dont aucune portion ne peut être séparée du reste pour être employée séparément. Mais quand la forme inflexionnelle de la langue prit assez le dessus pour être étudiée et avoir une grammaire, les savants et les grammairiens semblent s'être unis pour extirper tous les monstres polysynthétiques ou polysyllabiques, comme des envahisseurs qui dévoraient les formes aborigènes. Les mots de plus de trois syllabes furent proscrits comme barbares, et, à mesure que la langue se simplifiait ainsi,

it increased in strength, in dignity, and in sweetness.
Though now very compressed in sound, it gains in clearness
by that compression. By a single letter, according to its
position, they contrive to express all that with civilised
nations in our upper world it takes the waste, sometimes of
syllables, sometimes of sentences, to express. Let me here
cite one or two instances: An (which I will translate man),
Ana (men); the letter 's' is with them a letter implying
multitude, according to where it is placed; Sana means
mankind; Ansa, a multitude of men. The prefix of certain
letters in their alphabet invariably denotes compound
significations. For instance, Gl (which with them is a
single letter, as 'th' is a single letter with the Greeks) at the
commencement of a word infers an assemblage or union of
things, sometimes kindred, sometimes dissimilar — as Oon,
a house; Gloon, a town (i. e., an assemblage of houses).
Ata is sorrow; Glata, a public calamity. Aur-an is the
health or wellbeing of a man; Glauran, the wellbeing of the
state, the good of the community; and a word constantly
in ther mouths is A-glauran, which denotes their political
creed—viz., that "the first principle of a community is
the good of all." Aub is invention; Sila, a tone in music.
Glaubsila, as uniting the ideas of invention and of musical
intonation, is the classical word for poetry—abbreviated,
in ordinary conversation, to Glaubs. Na, which with them
is, like Gl, but a single letter, always, when an initial,
implies something antagonistic to life or joy or comfort,

elle acquérait plus de force, de dignité et de douceur. Quoiqu'elle soit très concise, cette concision même lui donne plus de clarté. Une seule lettre, suivant sa position, exprimait ce que nous autres, dans notre monde supérieur, nous exprimons quelquefois par des syllabes, d'autres fois par des phrases entières. En voici un ou deux exemples : *An* (que je traduirai *homme*), *Ana* (*les hommes*) ; la lettre *S* signifie chez eux *multitude*, suivant l'endroit où elle est placée ; *Sana* signifie *l'humanité* ; *Ansa*, une multitude d'hommes. Certaines lettres de leur alphabet placées devant les mots dénotent une signification composée. Par exemple, *Gl* (qui pour eux n'est qu'une seule lettre, comme le *th* des Grecs, placée au commencement d'un mot, marque un assemblage ou une union de choses, soit semblables, soit différentes, comme *Oon*, *une maison* ; *Gloon*, *une ville* (c'est-à-dire un assemblage de maisons). *Ata*, *douleur* ; *Glata*, *calamité publique*. *Aur-an*, la *santé* ou le *bien-être* d'un homme ; *Glaur-an*, le bien de l'État, la prospérité de la communauté ; un mot qu'ils ont sans cesse à la bouche est *A-glauran*, qui indique le principe de leur politique, c'est-à-dire que le bien-être de chacun est le premier principe d'une communauté. *Aub*, *invention* ; *Sila*, un ton en musique. *Glaubsila*, réunissant l'idée de l'invention et des intonations musicales, est le mot classique pour *poésie* ; on l'abrège ordinairement, dans la conversation, en *Glaubs*. *Na*, qui, pour eux, n'est, comme *Gl*, qu'une lettre simple, quand il est placé au commencement d'un mot, signifie « quelque chose de contraire à la vie, à la joie, ou au bien-être, »

resembling in this the Aryan root Nak, expressive of perishing or destruction. Nax is darkness; Narl, death; Naria, sin or evil. Nas—an uttermost condition of sin and evil—corruption. In writing, they deem it irreverent to express the Supreme Being by any special name. He is symbolized by what may be termed the heiroglyphic of a pyramid, ∧. In prayer they address Him by a name which they deem too sacred to confide to a stranger, and I know it not. In conversation they generally use a periphrastic epithet, such as the All-Good. The letter V, symbolical of the inverted pyramid, where it is an initial, nearly always denotes excellence of power; as Vril, of which I have said so much; Veed, an immortal spirit; Veed-ya, immortality; Koom, pronounced like the Welsh Cwm, denotes something of hollowness. Koom itself is a cave; Koom-in, a hole; Zi-koom, a valley; Koom-zi, vacancy or void; Bodh-koom, ignorance (literally, knowledge-void). Koom-posh is their name for the government of the many, or the ascendancy of the most ignorant or hollow. Posh is an almost untranslatable idiom, implying, as the reader will see later, contempt. The closest rendering I can give to it is our slang term, "bosh;" and this Koom-Posh may be loosely rendered "Hollow-Bosh." But when Democracy or Koom-Posh degenerates from popular ignorance into that popular passion or ferocity which precedes its decease, as (to cite illustrations

ressemblant en cela à la racine aryenne *Nak*, qui exprime la *mort* ou la *destruction*. *Nax, obscurité* ; *Narl, la mort* ; *Naria*, le *péché* ou le *mal*. *Nas*, le comble du péché et de la mort, la *corruption*. Quand ils écrivent, ils regardent comme irrespectueux de désigner l'Être Suprême par un nom spécial. Il est représenté par un symbole hiéroglyphique qui a la forme d'une pyramide : ∧. Dans la prière, ils s'adressent à Lui sous un nom qu'ils regardent comme trop sacré pour le confier à un étranger et que je ne connais pas. Dans la conversation, ils se servent généralement d'une périphrase, telle que la Bonté-Suprême. La lettre *V*, symbole de la pyramide renversée, au commencement d'un mot, signifie presque toujours l'excellence ou la puissance ; comme *Vril*, dont j'ai déjà tant parlé ; *Veed*, un *esprit immortel* ; *Veed-ya*, *l'immortalité* ; *Koom*, prononcé comme le *Cwm* des Gallois, signifie *quelque chose de creux*, de *vide*. Le mot *Koom* lui-même signifie *un trou profond, une caverne. Koom-in, un trou* ; *Zi-koom, une vallée* ; *Koom-zi, le vide, le néant* ; *Bodh-koom*, *l'ignorance* (littéralement, *vide des connaissances*). *Koom-Posh* est le nom qu'ils donnent au gouvernement de tous, ou à la domination des plus ignorants, des plus vides. *Posh* est un mot presque intraduisible, signifiant, comme le lecteur le verra plus tard, le mépris. La traduction la plus rapprochée que j'en puisse donner est le mot vulgaire : *gâchis* ; on peut donc traduire librement *Koom-Posh* par *atroce gâchis*. Mais quand la Démocratie ou *Koom-Posh* dégénère et qu'à l'ignorance succèdent les passions et les fureurs populaires qui précèdent la fin de la démocratie, comme (pour prendre des exemples

from the upper world) during the French Reign of Terror, or for the fifty years of the Roman Republic preceding the ascendancy of Augustus, their name for that state of things is Glek-Nas. Ek is strife — Glek, the universal strife. Nas, as I before said, is corruption or rot; thus, Glek-Nas may be construed, "the universal strife-rot." Their compounds are very expressive; thus, Bodh being knowledge, and Too a participle that implies the action of cautiously approaching, — Too-bodh is their word for Philosophy; Pah is a contemptuous exclamation analogous to our idiom, "stuff and nonsense;" Pah-bodh (literally stuff and nonsense-knowledge) is their term for futile and false philosophy, and applied to a species of metaphysical or speculative ratiocination formerly in vogue, which consisted in making inquiries that could not be answered, and were not worth making; such, for instance, as "Why does an An have five toes to his feet instead of four or six? Did the first An, created by the All-Good, have the same number of toes as his descendants? In the form by which an An will be recognised by his friends in the future state of being, will he retain any toes at all, and, if so, will they be material toes or spiritual toes?" I take these illustrations of Pahbodh, not in irony or jest, but because the very inquiries I name formed the subject of controversy by the latest cultivators of that 'science,' — 4000 years ago.

dans le monde supérieur) pendant le règne de la Terreur en France, ou pendant les cinquante années de République Romaine qui précédèrent l'avènement d'Auguste, ils ont un autre mot pour désigner cet état de choses : ce mot est *Glek-Nas*. *Ek* veut dire *discorde* ; *Glek, discorde universelle*. *Nas*, comme je l'ai déjà dit, signifie *corruption, pourriture* ; ainsi *Glek-Nas* peut être traduit : la *discorde universelle dans la corruption*. Leurs termes composés sont très expressifs ; ainsi *Bodh*, signifiant *connaissances*, et *Too* étant un participe qui implique l'idée d'approcher avec prudence, *Too-bodh* est le mot qu'ils emploient pour *Philosophie* ; *Pah* est une exclamation de mépris analogue à notre expression : *Absurde !* ou, *quelle bêtise !* *Pah-bodh* (littéralement, *connaissance absurde*) s'emploie pour désigner une philosophie fausse ou futile et s'applique à une espèce de raisonnement métaphysique ou spéculatif autrefois en vogue, qui consistait à faire des questions auxquelles on ne pouvait pas répondre et qui, du reste, étaient oiseuses, ne valaient pas la peine d'être faites ; telles que, par exemple : Pourquoi un An a-t-il cinq orteils au lieu de quatre ou de six ? Le premier An créé par la Bonté Suprême avait-il le même nombre d'orteils que ses descendants ? Dans la forme sous laquelle un An pourra être reconnu de ses amis dans l'autre monde conservera-t-il des orteils, et s'il en est ainsi seront-ils matériels ou immatériels ? Je choisis ces exemples de Pah-bodh non par ironie ou par plaisanterie, mais parce que les questions que je cite ont fourni le sujet d'une controverse aux derniers amateurs de cette « science »... il y a quatre mille ans.

In the declension of nouns I was informed that anciently there were eight cases (one more than in the Sanskrit Grammar); but the effect of time has been to reduce these cases, and multiply, instead of these varying terminations, explanatory propositions. At present, in the Grammar submitted to my study, there were four cases to nouns, three having varying terminations, and the fourth a differing prefix.

SINGULAR.			*PLURAL.*		
Nom.	An:	*Man*	*Nom.*	Ana:	*Men*
Dat.	Ano:	*to Man*	*Dat.*	Anoi:	*to Men*
Ac.	Anan:	*Man*	*Ac.*	Ananda:	*Men*
Voc.	Hil-an:	*O Man*	*Voc.*	Hil-ananda:	*O Man*

In the elder inflectional literature the dual form existed — it has long been obsolete.

The genitive case with them is also obsolete; the dative supplies its place: they say the House 'to' a Man, instead of the House 'of' a Man. When used (sometimes in poetry), the genitive in the termination is the same as the nominative; so is the ablative, the preposition that marks it being a prefix or suffix at option, and generally decided by ear, according to the sound of the noun. It will be observed that the prefix Hil marks the vocative case. It is always retained

On m'apprit que, dans la déclinaison des noms, il y avait autrefois huit cas (un de plus que dans la grammaire sanskrite) ; mais l'effet du temps a réduit ces cas et a multiplié, à la place des terminaisons différentes, les prépositions explicatives. Dans la grammaire soumise à mes études, il y avait pour les noms quatre cas, trois marqués par leur terminaison et le quatrième par un préfixe.

	SINGULIER		PLURIEL
Nom.	An: *l'homme*	*Nom.*	Ana: *les hommes*
Dat.	Ano: *à l'homme*	*Dat.*	Anoi: *aux hommes*
Ac.	Anan: *l'homme*	*Ac.*	Ananda: *les hommes*
Voc.	Hil-an: *ô homme*	*Voc.*	Hil-ananda: *ô hommes*

Dans la première période de la littérature inflexionnelle, le duel existait : mais on a depuis longtemps abandonné cette forme.

Le génitif est aussi hors d'usage ; le datif prend sa place : ils disent *la Maison à un Homme*, au lieu de *la Maison d'un Homme*. Quand ils se servent du génitif (il est quelquefois usité en poésie), la terminaison est la même que celle du nominatif ; il en est de même de l'ablatif ; la préposition qui le désigne peut être un préfixe ou un affixe au goût de chacun ; le choix est déterminé par l'euphonie. On remarquera que le préfixe *Hil* désigne le vocatif. On s'en sert toujours

in addressing another, except in the most intimate domestic relations; its omission would be considered rude: just as in our of forms of speech in addressing a king it would have been deemed disrespectful to say "King," and reverential to say "O King." In fact, as they have no titles of honour, the vocative adjuration supplies the place of a title, and is given impartially to all. The prefix Hil enters into the composition of words that imply distant communications, as Hil-ya, to travel.

In the conjugation of their verbs, which is much too lengthy a subject to enter on here, the auxiliary verb Ya, "to go," which plays so considerable part in the Sanskrit, appears and performs a kindred office, as if it were a radical in some language from which both had descended. But another auxiliary or opposite signification also accompanies it and shares its labours — viz., Zi, to stay or repose. Thus Ya enters into the future tense, and Zi in the preterite of all verbs requiring auxiliaries. Yam, I shall go — Yiam, I may go — Yani-ya, I shall go (literally, I go to go), Zampoo-yan, I have gone (literally, I rest from gone). Ya, as a termination, implies by analogy, progress, movement, efflorescence. Zi, as a terminal, denotes fixity, sometimes in a good sense, sometimes in a bad, according to the word with which it is coupled. Iva-zi, eternal goodness; Nan-zi, eternal evil. Poo (from) enters as a prefix to words that denote repugnance, or things from which we ought to be averse.

en s'adressant à quelqu'un, excepté dans les relations domestiques les plus intimes ; l'omettre serait regardé comme une grossièreté ; de même que, dans notre vieille langue, il eût été peu respectueux de dire *Roi*, au lieu de *ô Roi*. Bref, comme ils n'ont aucun titre d'honneur, la forme du vocatif en tient lieu et se donne impartialement à tout le monde. Le préfixe *Hil* entre dans la composition des mots qui impliquent l'éloignement, comme *Hil-ya*, *voyager*.

Dans la conjugaison de leurs verbes, sujet trop long pour que je m'y étende ici, le verbe auxiliaire *Ya*, *aller*, qui joue un rôle si considérable dans le Sanskrit, est employé d'une façon analogue, comme si c'était un radical emprunté à une langue dont fussent descendues à la fois la langue sanskrite et celle des Vril-ya. D'autres auxiliaires, ayant des significations opposées, l'accompagnent et partagent son utilité, par exemple : *Zi*, *s'arrêter* ou *se reposer*. Ainsi *Ya* entre dans les temps futurs, et *Zi* dans les prétérits de tous les verbes qui demandent des auxiliaires. *Yam, je vais* ; *Yiam, je puis aller* ; *Yani-ya, j'irai* (littéralement, *je vais aller*) ; *Zampoo-yan, je suis allé* (littéralement, *je me repose d'être allé*). *Ya*, comme terminaison, implique, par analogie, la progression, le mouvement, la floraison. *Zi*, comme terminaison, dénote la fixité, quelquefois en bonne part, d'autres fois en mauvaise part, suivant le mot auquel il est accouplé. *Iva-zi, bonté éternelle* ; *Nan-zi, malheur éternel*. *Poo* (*de*) entre comme préfixe dans les mots qui dénotent la répugnance ou le nom des choses que nous devons craindre.

Poo-pra, disgust; Poo-naria, falsehood, the vilest kind
of evil. Poosh or Posh I have already confessed to be
untranslatable literally. It is an expression of contempt not
unmixed with pity. This radical seems to have originated
from inherent sympathy between the labial effort and
the sentiment that impelled it, Poo being an utterance in
which the breath is exploded from the lips with more or
less vehemence. On the other hand, Z, when an initial, is
with them a sound in which the breath is sucked inward,
and thus Zu, pronounced Zoo (which in their language
is one letter), is the ordinary prefix to words that signify
something that attracts, pleases, touches the heart—as
Zummer, lover; Zutze, love; Zuzulia, delight. This indrawn
sound of Z seems indeed naturally appropriate to fondness.
Thus, even in our language, mothers say to their babies,
in defiance of grammar, "Zoo darling;" and I have heard a
learned professor at Boston call his wife (he had been only
married a month) "Zoo little pet."

I cannot quit this subject, however, without observing
by what slight changes in the dialects favoured by different
tribes of the same race, the original signification and
beauty of sounds may become confused and deformed.
Zee told me with much indignation that Zummer (lover)
which in the way she uttered it, seemed slowly taken down
to the very depths of her heart, was, in some not very
distant communities of the Vril-ya, vitiated into the half-
hissing, half-nasal, wholly disagreeable, sound of Subber.

Poo-pra, *dégoût* ; *Poo-naria*, *mensonge*, la plus vile espèce de mal. J'ai déjà confessé que *Poosh* ou *Posh* était intraduisible littéralement. C'est l'expression d'un mépris joint à une certaine dose de pitié. Ce radical semble avoir pris son origine dans l'analogie qui existe entre l'effort labial et le sentiment qu'il exprime, *Poo* étant un son dans lequel la respiration est poussée au dehors avec une certaine violence. D'un autre côté, *Z*, placé en initiale, est chez les Ana, un son aspiré ; ainsi *Zu*, prononcé *Zoo* (pour eux c'est une seule lettre), est le préfixe ordinaire des mots qui signifient quelque chose qui attire, qui plaît, qui touche le cœur, comme *Zummer*, amoureux ; *Zutze*, *l'amour* ; *Zuzulia*, *délices*. Ce son adouci du *Z* semble approprié à la tendresse. C'est ainsi que, dans notre langue, les mères disent à leurs « babies », en dépit de la grammaire, « mon céri » ; et j'ai entendu un savant professeur de Boston appeler sa femme (il n'était marié que depuis un mois) « mon cer amour ».

Je ne puis quitter ce sujet, cependant, sans faire observer par quels légers changements dans les dialectes adoptés par les différentes tribus la signification originelle et la beauté des sons peuvent disparaître. Zee me dit avec une grande indignation que Zūmmer (*amoureux*) qui, de la façon dont elle le prononçait, semblait sortir lentement des profondeurs de son cœur, était, dans quelques districts peu éloignés des Vril-ya, vicié par une prononciation moitié nasale, moitié sifflante, et tout à fait désagréable, qui en faisait *Sūbber*.

I thought to myself it only wanted the introduction of 'n' before 'u' to render it into an English word significant of the last quality an amorous Gy would desire in her Zummer.

I will but mention another peculiarity in this language which gives equal force and brevity to its forms of expressions.

A is with them, as with us, the first letter of the alphabet, and is often used as a prefix word by itself to convey a complex idea of sovereignty or chiefdom, or presiding principle. For instance, Iva is goodness; Diva, goodness and happiness united; A-Diva is unerring and absolute truth. I have already noticed the value of A in A-glauran, so, in vril (to whose properties they trace their present state of civilisation), A-vril, denotes, as I have said, civilisation itself.

The philologist will have seen from the above how much the language of the Vril-ya is akin to the Aryan or Indo-Germanic; but, like all languages, it contains words and forms in which transfers from very opposite sources of speech have been taken. The very title of Tur, which they give to their supreme magistrate, indicates theft from a tongue akin to the Turanian. They say themselves that this is a foreign word borrowed from a title which their historical records show to have been borne by the chief of a nation with whom the ancestors of the Vril-ya were, in very remote periods,

Je pensai en moi-même qu'il ne manquait que d'y introduire un *n* devant l'*u* pour en faire un mot anglais désignant la dernière des qualités qu'une Gy amoureuse peut désirer de rencontrer dans son *Zummer*[1].

Je me bornerai maintenant à mentionner une particularité de cette langue qui donne de la force et de la brièveté à ses expressions.

La lettre A est pour eux, comme pour nous, la première lettre de l'alphabet, et ils s'en servent souvent comme d'un mot destiné à marquer une idée complexe de souveraineté, de puissance, de principe dirigeant. Par exemple : *Iva*, signifie *bonté* ; *Diva*, la bonté et le bonheur réunis ; *A-Diva*, c'est la vérité absolue et infaillible. J'ai déjà fait remarquer la valeur de l'*A* dans *A-glauran*, de même dans *Vril* (aux vertus duquel ils attribuent leur degré actuel de civilisation) ; *A-vril*, signifie, comme je l'ai déjà dit, la civilisation même.

Les philologues ont pu voir par les exemples ci-dessus combien le langage Vril-ya se rapproche du langage Aryen ou Indo-Germanique ; mais comme toutes les langues, il contient des mots et des formes empruntés à des sources toutes différentes. Le titre même de Tur, qu'ils donnent à leur magistrat suprême, indique un larcin fait à une langue sœur du Turanien. Ils disent eux-mêmes que c'est un nom étranger emprunté à un titre que leurs annales historiques disent avoir appartenu au chef d'une nation avec laquelle les ancêtres des Vril-ya étaient, à une période très éloignée,

---

1. Du verbe *To snub*, brusquer, gourmander, réprimander.

on friendly terms, but which has long become extinct, and they say that when, after the discovery of vril, they remodelled their political institutions, they expressly adopted a title taken from an extinct race and a dead language for that of their chief magistrate, in order to avoid all titles for that office with which they had previous associations.

Should life be spared to me, I may collect into systematic form such knowledge as I acquired of this language during my sojourn amongst the Vril-ya. But what I have already said will perhaps suffice to show to genuine philological students that a language which, preserving so many of the roots in the aboriginal form, and clearing from the immediate, but transitory, polysynthetical stage so many rude incumbrances, has attained to such a union of simplicity and compass in its final inflectional forms, must have been the gradual work of countless ages and many varieties of mind ; that it contains the evidence of fusion between congenial races, and necessitated, in arriving at the shape of which I have given examples, the continuous culture of a highly thoughtful people.

That, nevertheless, the literature which belongs to this language is a literature of the past; that the present felicitous state of society at which the Ana have attained forbids the progressive cultivation of literature, especially in the two main divisions of fiction and history, — I shall have occasion to show.

en commerce d'amitié, mais qu'elle était depuis longtemps éteinte ; ils ajoutent que, lorsque, après la découverte du vril, ils remanièrent leurs institutions politiques, ils adoptèrent exprès un titre appartenant à une race éteinte et à une langue morte, et le donnèrent à leur premier magistrat, afin d'éviter de donner à cet office un nom qui leur fût déjà familier.

Si Dieu me prête vie, je pourrai peut-être réunir sous une forme systématique les connaissances que j'ai acquises sur cette langue pendant mon séjour chez les Vril-ya. Mais ce que j'en ai dit suffira peut-être pour démontrer aux étudiants philologues qu'une langue qui, en conservant tant de racines de sa forme originaire, s'est déchargée des grossières surcharges de la période synthétique plus ancienne mais transitoire, et qui est arrivée à réunir ainsi tant de simplicité et de force dans sa forme inflexionnelle, doit être l'œuvre graduelle de siècles innombrables et de plusieurs révolutions intellectuelles ; qu'elle contient la preuve d'une fusion entre des races de même origine et qu'elle n'a pu parvenir au degré de perfection, dont j'ai donné quelques exemples, qu'après avoir été cultivée sans relâche par un peuple profondément réfléchi.

J'aurai plus tard l'occasion de montrer que, néanmoins, la littérature qui appartient à cette langue est une littérature morte, et que l'état actuel de félicité sociale auquel sont parvenus les Ana interdit toute culture progressive de la littérature, surtout dans les deux branches principales : la fiction et l'histoire.

Chapter 13

This people have a religion, and, whatever may be said against it, at least it has these strange peculiarities: firstly, that all believe in the creed they profess; secondly, that they all practice the precepts which the creed inculcates. They unite in the worship of one divine Creator and Sustainer of the universe. They believe that it is one of the properties of the all-permeating agency of vril, to transmit to the well-spring of life and intelligence every thought that a living creature can conceive; and though they do not contend that the idea of a Diety is innate, yet they say that the An (man) is the only creature, so far as their observation of nature extends, to whom 'the capacity of conceiving that idea,' with all the trains of thought which open out from it, is vouchsafed. They hold that this capacity is a privilege that cannot have been given in vain, and hence that prayer and thanksgiving are acceptable to the divine Creator, and necessary to the complete development of the human creature. They offer their devotions both in private and public. Not being considered one of their species,

Chapitre 13

Ce peuple a une religion et, quoi qu'on puisse dire contre lui, il présente du moins ces deux particularités étranges : les individus croient tout ce qu'ils font profession de croire et ils pratiquent tous les préceptes de leur croyance. Ils s'unissent dans l'adoration d'un Créateur divin, soutien de l'univers. Ils croient qu'une des propriétés du tout-puissant vril est de transmettre à la source de la vie et de l'intelligence toutes les pensées qu'une créature humaine peut concevoir ; et quoiqu'ils ne prétendent pas que l'idée de Dieu est innée, cependant ils disent que l'An (l'homme) est la seule créature, autant que leurs observations sur la nature leur permettent d'en juger, à qui ait été donnée la faculté de concevoir cette idée, avec toutes les pensées qui en découlent. Ils affirment que cette faculté est un privilège qui n'a pu être donné en vain et que, par conséquent, la prière et la reconnaissance sont acceptées par le Créateur et nécessaires au complet développement de la créature humaine. Ils offrent leurs prières en public et en particulier. N'étant pas considéré comme appartenant à leur race,

I was not admitted into the building or temple in which the public worship is rendered; but I am informed that the service is exceedingly short, and unattended with any pomp of ceremony. It is a doctrine with the Vril-ya, that earnest devotion or complete abstraction from the actual world cannot, with benefit to itself, be maintained long at a stretch by the human mind, especially in public, and that all attempts to do so either lead to fanaticism or to hypocrisy. When they pray in private, it is when they are alone or with their young children.

They say that in ancient times there was a great number of books written upon speculations as to the nature of the Diety, and upon the forms of belief or worship supposed to be most agreeable to Him. But these were found to lead to such heated and angry disputations as not only to shake the peace of the community and divide families before the most united, but in the course of discussing the attributes of the Diety, the existence of the Diety Himself became argued away, or, what was worse, became invested with the passions and infirmities of the human disputants.

"For," said my host, "since a finite being like an An cannot possibly define the Infinite, so, when he endeavours to realise an idea of the Divinity, he only reduces the Divinity into an An like himself."

During the later ages, therefore, all theological speculations, though not forbidden, have been so discouraged as to have fallen utterly into disuse.

je ne fus pas admis dans le temple où l'on célèbre le culte en public ; mais on m'a dit que les offices étaient très courts et sans aucune pompe ni cérémonie. C'est une doctrine admise par les Vril-ya que la dévotion profonde ou l'abstraction complète du monde actuel n'est pas un état où l'esprit humain se puisse maintenir longtemps, surtout en public, et que toute tentative faite dans ce but conduit au fanatisme ou à l'hypocrisie. Ils ne prient dans leur intérieur que seuls ou avec leurs enfants.

Ils disent que dans les temps anciens il y avait un grand nombre de livres consacrés à des spéculations sur la nature de la Divinité et sur les croyances et le culte qu'on supposait lui être les plus agréables. Mais il se trouva que ces spéculations conduisaient à des discussions si chaudes et si violentes que non seulement elles troublaient la paix de la communauté et divisaient les familles les plus unies, mais encore que, dans le cours de la discussion sur les attributs de la Divinité, on en venait à discuter l'existence même de la Divinité ; ou, ce qui était encore pire, on lui attribuait les passions et les infirmités des humains qui se livraient à ces disputes.

— Car, disait mon hôte, puisqu'un être fini comme l'An ne peut en aucune façon définir l'Infini, quand il essaie de se faire une idée de la Divinité, il réduit la Divinité à n'être qu'un An comme lui.

Aussi, dans ces derniers siècles, les spéculations théologiques, sans être interdites, avaient été si peu encouragées qu'elles étaient tombées dans l'oubli.

The Vril-ya unite in a conviction of a future state, more felicitous and more perfect than the present. If they have very vague notions of the doctrine of rewards and punishments, it is perhaps because they have no systems of rewards and punishments among themselves, for there are no crimes to punish, and their moral standard is so even that no An among them is, upon the whole, considered more virtuous than another. If one excels, perhaps in one virtue, another equally excels in some other virtue; If one has his prevalent fault or infirmity, so also another has his. In fact, in their extraordinary mode of life. There are so few temptations to wrong, that they are good (according to their notions of goodness) merely because they live. They have some fanciful notions upon the continuance of life, when once bestowed, even in the vegetable world, as the reader will see in the next chapter.

Les Vril-ya s'accordent à croire à une existence future, plus heureuse et plus parfaite que la vie présente. S'ils ont des notions très vagues sur la doctrine des récompenses et des punitions, c'est peut-être parce qu'ils n'ont parmi eux aucun système de punitions, ni de récompenses ; car ils n'ont pas de crimes à punir, et leur moralité est si égale qu'il n'y a pas un An qui soit regardé en somme comme plus vertueux qu'un autre. Si l'un excelle dans une vertu, l'autre arrivera à la perfection d'une autre vertu ; si l'un a ses faiblesses ou ses défauts dominants, son voisin a aussi les siens. Bref, dans leur vie si extraordinaire, il y a si peu de tentations qu'ils sont bons, selon l'idée qu'ils se font de la bonté, uniquement parce qu'ils vivent. Ils ont quelques notions confuses sur la perpétuité de la vie, une fois accordée, même dans le monde végétal, comme le lecteur pourra en juger dans le chapitre suivant.

Chapter 14

Though, as I have said, the Vril-ya discourage all speculations on the nature of the Supreme Being, they appear to concur in a belief by which they think to solve that great problem of the existence of evil which has so perplexed the philosophy of the upper world. They hold that wherever He has once given life, with the perceptions of that life, however faint it be, as in a plant, the life is never destroyed; it passes into new and improved forms, though not in this planet (differing therein from the ordinary doctrine of metempsychosis), and that the living thing retains the sense of identity, so that it connects its past life with its future, and is 'conscious' of its progressive improvement in the scale of joy. For they say that, without this assumption, they cannot, according to the lights of human reason vouchsafed to them, discover the perfect justice which must be a constituent quality of the All-Wise and the All-Good. Injustice, they say, can only emanate from three causes: want of wisdom to perceive what is just, want of benevolence to desire, want of power to fulfill it; and that each of these three wants is incompatible in

Chapitre 14

Les Vril-ya, comme je l'ai déjà dit, évitent toute discussion sur la nature de l'Être Suprême ; cependant ils paraissent se réunir dans une croyance par laquelle ils pensent résoudre ce grand problème de l'existence du mal, qui a tant troublé la philosophie du monde supérieur. Ils disent que lorsqu'Il a donné la vie, avec le sentiment de cette vie, si faible qu'il soit, comme dans la plante, la vie n'est jamais détruite ; elle passe à une forme nouvelle et meilleure, non pas sur cette planète (ils s'écartent en cela de la méthode vulgaire de la métempsycose), et que l'être vivant garde le sentiment de son identité, de sorte qu'il lie sa vie passée à sa vie future et qu'il a conscience de ses progrès dans l'échelle du bonheur. Car ils disent que, sans cette supposition, ils ne peuvent, suivant les lumières de la raison qui leur ont été accordées, découvrir la parfaite justice qui doit être une des qualités principales de la Sagesse et de la Bonté Suprêmes. L'injustice, disent-ils, ne peut venir que de trois causes : le manque d'intelligence pour discerner ce qui est juste, le manque de bonté pour le désirer, le manque de puissance pour l'accomplir ; et que chacun de ces défauts est incompatible avec

the All-Wise, the All-Good, the All-Powerful. But that, while even in this life, the wisdom, the benevolence, and the power of the Supreme Being are sufficiently apparent to compel our recognition, the justice necessarily resulting from those attributes, absolutely requires another life, not for man only, but for every living thing of the inferior orders. That, alike in the animal and the vegetable world, we see one individual rendered, by circumstances beyond its control, exceedingly wretched compared to its neighbours—one only exists as the prey of another—even a plant suffers from disease till it perishes prematurely, while the plant next to it rejoices in its vitality and lives out its happy life free from a pang. That it is an erroneous analogy from human infirmities to reply by saying that the Supreme Being only acts by general laws, thereby making his own secondary causes so potent as to mar the essential kindness of the First Cause; and a still meaner and more ignorant conception of the All-Good, to dismiss with a brief contempt all consideration of justice for the myriad forms into which He has infused life, and assume that justice is only due to the single product of the An. There is no small and no great in the eyes of the divine Life-Giver. But once grant that nothing, however humble, which feels that it lives and suffers, can perish through the series of ages, that all its suffering here,

la Sagesse, la Bonté et la Toute-Puissance Suprêmes. Mais, même pendant cette vie, la sagesse, la bonté et la puissance de l'Être Suprême étant suffisamment apparentes pour nous forcer à les reconnaître, la justice, résultant nécessairement de ces trois attributs, demande d'une façon absolue une autre vie, non seulement pour l'homme, mais pour tous les êtres vivants d'un ordre inférieur. Même dans le monde végétal et animal, nous voyons certains individus devenir, par suite de circonstances tout à fait indépendantes d'eux-mêmes, extrêmement malheureux par rapport à leurs voisins, puisqu'ils n'existent que pour être la proie les uns des autres ; des plantes même sont sujettes à la maladie et périssent d'une façon prématurée, tandis que les plantes qui se trouvent à côté se réjouissent de leur vitalité et passent toute leur existence à l'abri de toute douleur. Selon les Vril-ya, on attribue à tort nos propres faiblesses à l'Être Suprême, quand on prétend qu'il agit par des lois générales, donnant ainsi aux causes secondaires assez de puissance pour tenir en échec la bonté essentielle de la Cause Première ; et c'est concevoir la Bonté Suprême d'une façon plus basse et plus ignorante encore, que d'écarter avec dédain toute considération de justice à l'égard des myriades de formes en qui le Tout-Puissant a infusé la vie, pour dire que la justice est due seulement à l'An. Il n'y a ni grand ni petit aux yeux du divin Créateur. Mais si l'on reconnaît qu'aucun être, si humble qu'il soit, qui a conscience de sa vie et de sa souffrance, ne peut périr à travers la suite des siècles ; que toutes les souffrances d'ici-bas,

if continuous from the moment of its birth to that of its trans-
fer to another form of being, would be more brief compared
with eternity than the cry of the new-born is compared to the
whole life of a man; and once suppose that this living thing
retains its sense of identity when so transformed (for without
that sense it could be aware of no future being), and though,
indeed, the fulfilment of divine justice is removed from the
scope of our ken, yet we have a right to assume it to be uniform and universal, and not varying and partial, as it would
be if acting only upon general and secondary laws; because
such perfect justice flows of necessity from perfectness of
knowledge to conceive, perfectness of love to will, and perfectness of power to complete it.

However fantastic this belief of the Vril-ya may be,
it tends perhaps to confirm politically the systems of
government which, admitting different degrees of wealth,
yet establishes perfect equality in rank, exquisite mildness
in all relations and intercourse, and tenderness to all created
things which the good of the community does not require
them to destroy. And though their notion of compensation
to a tortured insect or a cankered flower may seem to some
of us a very wild crotchet, yet, at least, is not a mischievous
one; and it may furnish matter for no unpleasing reflection
to think that within the abysses of earth, never lit by a ray
from the material heavens, there should have penetrated
so luminous a conviction of the ineffable goodness of the
Creator—so fixed an idea that the general laws by which
He acts cannot admit of any partial injustice or evil,

même si elles durent du moment de la naissance à celui du passage à un meilleur monde, durent moins, comparées à l'éternité, que le cri du nouveau-né comparé à la vie de l'homme ; si l'on admet que l'être vivant garde à l'époque de sa transmigration le sentiment de son identité, sans lequel il n'aurait pas connaissance de sa vie nouvelle, et bien que les voies de la justice divine soient au-dessus de la portée de notre intelligence, cependant nous avons le droit de croire qu'elles sont uniformes et universelles, et non pas variables et partiales, comme elles le seraient si elles n'agissaient que par les lois de la nature ; car cette justice est nécessairement parfaite, puisque la Suprême Sagesse doit la concevoir, la Suprême Bonté la vouloir, et la Suprême Puissance l'accomplir.

Quelque fantastique que puisse paraître cette croyance des Vril-ya, elle tend peut-être à fortifier le système politique qui, admettant divers degrés de richesse, établit cependant une parfaite égalité de rangs, une douceur extrême dans toutes les relations, et une grande tendresse pour toutes les créatures que le bien de la communauté n'oblige pas à détruire. Cette idée d'une réparation due à un insecte torturé, à une fleur piquée par un ver, peut nous sembler une bizarrerie puérile, du moins elle ne peut faire aucun mal. Il est doux de penser que dans les profondeurs de la terre, que n'ont jamais éclairées un rayon de lumière de notre ciel matériel, a pénétré une conviction si lumineuse de l'ineffable bonté du Créateur, qu'on y croit si fermement que les lois générales par lesquelles Il agit ne peuvent admettre aucune injuste partialité, aucun mal,

and therefore cannot be comprehended without reference
to their action over all space and throughout all time. And
since, as I shall have occasion to observe later, the intellectual
conditions and social systems of this subterranean race
comprise and harmonise great, and apparently antagonistic,
varieties in philosophical doctrine and speculation which
have from time to time been started, discussed, dismissed,
and have re-appeared amongst thinkers or dreamers in the
upper world, — so I may perhaps appropriately conclude
this reference to the belief of the Vril-ya, that self-conscious
or sentient life once given is indestructible among inferior
creatures as well as in man, by an eloquent passage from
the work of that eminent zoologist, Louis Agassiz, which I
have only just met with, many years after I had committed
to paper these recollections of the life of the Vril-ya which I
now reduce into something like arrangement and form:

"The relations which individual animals bear to one
another are of such a character that they ought long ago to
have been considered as sufficient proof that no organised
being could ever have been called into existence by other
agency than by the direct intervention of a reflective
mind. This argues strongly in favour of the existence
in every animal of an immaterial principle similar to
that which by its excellence and superior endowments
places man so much above the animals; yet the principle
unquestionably exists, and whether it be called sense,
reason, or instinct, it presents in the whole range of organised
beings a series of phenomena closely linked together,

et ne peuvent être comprises que si l'on embrasse leur action dans l'infini de l'espace et du temps. Et puisque, comme j'aurai occasion de le faire observer plus tard, le système politique et social de cette race souterraine réunit et réconcilie les grandes doctrines en apparence opposées, qui de temps en temps sur cette terre apparaissent, sont discutées, puis oubliées, et reparaissent encore parmi les philosophes ou les rêveurs, je puis me permettre de placer ici quelques lignes d'un savant terrestre. En regard de cette croyance des Vril-ya à la perpétuité de la vie et de la conscience chez les créatures inférieures aussi bien que chez l'homme, je veux mettre un passage éloquent de l'ouvrage d'un éminent zoologiste, Louis Agassiz. Je viens de le retrouver, bien des années après que j'avais confié au papier ces souvenirs de la vie des Vril-ya, dans lesquels j'essaie aujourd'hui de mettre un peu d'ordre.

« Les relations de chaque individu animal avec son semblable sont telles qu'elles devraient depuis longtemps être regardées comme une preuve suffisante qu'aucun être organisé n'a pu être appelé à l'existence que par l'intervention directe d'une volonté réfléchie. C'est là un puissant argument en faveur de l'existence, dans chaque animal, d'un principe immatériel semblable à celui qui, par son excellence et ses dons supérieurs, place l'homme à un rang si élevé au-dessus de l'animal ; cependant le principe existe certainement, et, qu'on l'appelle sens, raison, ou instinct, il présente dans toute la chaîne des êtres organisés une série de phénomènes étroitement enchaînés les uns aux autres.

and upon it are based not only the higher manifestations of the mind, but the very permanence of the specific differences which characterise every organism. Most of the arguments in favour of the immortality of man apply equally to the permanency of this principle in other living beings. May I not add that a future life in which man would be deprived of that great source of enjoyment and intellectual and moral improvement which results from the contemplation of the harmonies of an organic world would involve a lamentable loss? And may we not look to a spiritual concert of the combined worlds and ALL their inhabitants in the presence of their Creator as the highest conception of paradise?" — 'Essay on Classification,' sect. XVII. p. 97-99.

C'est de ce principe que dérivent, non seulement les manifestations les plus élevées de l'esprit, mais la permanence même des différences spécifiques qui caractérisent chaque organisme. La plupart des arguments en faveur de l'immortalité de l'homme s'appliquent également à la permanence de ce principe chez les autres êtres vivants. Ne puis-je pas ajouter que si, dans la vie future, l'homme était privé de cette grande source de jouissance et de progrès moral et intellectuel, qui consiste dans la contemplation des harmonies d'un monde organisé, ce serait là une perte immense ? Et ne pouvons-nous considérer le concert spirituel des mondes et de tous leurs habitants réunis en présence de leur Créateur comme la plus haute conception du Paradis ? » (*Essai sur la Classification*, *Sect.* xvii, p. 97-99.)

Chapter 15

Kind to me as I found all in this household, the young daughter of my host was the most considerate and thoughtful in her kindness. At her suggestion I laid aside the habiliments in which I had descended from the upper earth, and adopted the dress of the Vril-ya, with the exception of the artful wings which served them, when on foot, as a graceful mantle. But as many of the Vril-ya, when occupied in urban pursuits, did not wear these wings, this exception created no marked difference between myself and the race among whom I sojourned, and I was thus enabled to visit the town without exciting unpleasant curiosity. Out of the household no one suspected that I had come from the upper world, and I was but regarded as one of some inferior and barbarous tribe whom Aph-Lin entertained as a guest.

The city was large in proportion to the territory round it, which was of no greater extent than many an English or Hungarian nobleman's estate; but the whole if it, to the verge of the rocks which constituted its boundary, was cultivated to the nicest degree, except where certain allotments of mountain and pasture were humanely left free

Malgré la bonté de tous mes hôtes, la fille d'Aph-Lin se montrait encore plus délicate et plus prévoyante que les autres dans ses attentions pour moi. Sur son conseil, je quittai les vêtements sous lesquels j'étais descendu du monde supérieur et j'adoptai le costume des Vril-ya, à l'exception des ailes mécaniques, qui leur servaient comme d'un gracieux manteau quand ils marchaient. Mais comme à la ville beaucoup de Vril-ya ne portaient pas ces ailes, cette exception ne créait pas une différence marquée entre moi et la race au milieu de laquelle je séjournais, et je pus ainsi visiter la cité sans exciter une curiosité désagréable. Hors de la famille, personne ne savait que je venais du monde supérieur, et je n'étais regardé que comme un membre de quelque tribu inférieure et barbare, auquel Aph-Lin donnait l'hospitalité.

La ville était grande, eu égard au territoire qui l'entourait et qui n'était pas beaucoup plus vaste que les propriétés de certains nobles anglais ou hongrois ; mais toute cette étendue, jusqu'à la chaîne de rochers qui en formait la frontière, était cultivée avec le plus grand soin, excepté dans certaines portions des montagnes ou des pâturages abandonnées

to the sustenance of the harmless animals they had tamed, though not for domestic use. So great is their kindness towards these humbler creatures, that a sum is devoted from the public treasury for the purpose of deporting them to other Vril-ya communities willing to receive them (chiefly new colonies), whenever they become too numerous for the pastures allotted to them in their native place. They do not, however, multiply to an extent comparable to the ratio at which, with us, animals bred for slaughter, increase. It seems a law of nature that animals not useful to man gradually recede from the domains he occupies, or even become extinct. It is an old custom of the various sovereign states amidst which the race of the Vril-ya are distributed, to leave between each state a neutral and uncultivated border-land. In the instance of the community I speak of, this tract, being a ridge of savage rocks, was impassable by foot, but was easily surmounted, whether by the wings of the inhabitants or the air-boats, of which I shall speak hereafter. Roads through it were also cut for the transit of vehicles impelled by vril. These intercommunicating tracts were always kept lighted, and the expense thereof defrayed by a special tax, to which all the communities comprehended in the denomination of Vril-ya contribute in settled proportions. By these means a considerable commercial traffic with other states, both near and distant, was carried on. The surplus wealth on this special community was chiefly agricultural. The community was also eminent for skill in constructing implements connected with the arts of husbandry.

aux animaux que les Vril-ya apprivoisaient, mais dont ils ne se servaient pour aucun usage domestique. Leur bonté envers ces créatures plus humbles est si grande, qu'une somme est consacrée par le trésor public à les transporter dans d'autres tribus de Vril-ya disposées à les recevoir (surtout dans les nouvelles colonies), quand ils deviennent trop nombreux pour les pâturages qu'on leur a abandonnés. Ils ne se multiplient cependant pas aussi vite que le font chez nous les animaux destinés à être mangés. Il semble que ce soit une loi de la nature que les animaux inutiles à l'homme s'éloignent des pays qu'il occupe et même disparaissent complètement. Il existe dans les divers États, entre lesquels se partagent les Vril-ya, une vieille coutume qui est de laisser entre les frontières de deux États un terrain neutre et non cultivé. Pour la tribu dont je m'occupe, cette frontière, composée d'une chaîne de rochers sauvages, ne pouvait pas être franchie à pied, mais on la passait aisément à l'aide des ailes ou des bateaux aériens dont je parlerai plus loin. On y avait aussi ouvert des routes pour des véhicules mus par le vril. Ces chemins de communication étaient toujours éclairés et la dépense en était couverte par une taxe spéciale, à laquelle toute la communauté participait sous la dénomination de contribution Vril-ya dans une proportion convenue. Par le moyen de ces routes, un commerce considérable se faisait avec les États voisins ou même éloignés. La richesse de ce peuple venait surtout de l'agriculture. Il est aussi remarquable pour son adresse à fabriquer les outils qui servent au labourage.

In exchange for such merchandise it obtained articles more of luxury than necessity. There were few things imported on which they set a higher price than birds taught to pipe artful tunes in concert. These were brought from a great distance, and were marvellous for beauty of song and plumage. I understand that extraordinary care was taken by their breeders and teachers in selection, and that the species had wonderfully improved during the last few years. I saw no other pet animals among this community except some very amusing and sportive creatures of the Batrachian species, resembling frogs, but with very intelligent countenances, which the children were fond of, and kept in their private gardens. They appear to have no animals akin to our dogs or horses, though that learned naturalist, Zee, informed me that such creatures had once existed in those parts, and might now be found in regions inhabited by other races than the Vril-ya. She said that they had gradually disappeared from the more civilised world since the discovery of vril, and the results attending that discovery had dispensed with their uses. Machinery and the invention of wings had superseded the horse as a beast of burden; and the dog was no longer wanted either for protection or the chase, as it had been when the ancestors of the Vril-ya feared the aggressions of their own kind, or hunted the lesser animals for food. Indeed, however, so far as the horse was concerned, this region was so rocky that a horse could have been, there, of little use either for pastime or burden.

En échange de ces marchandises, il recevait des articles de luxe plutôt que de nécessité. Il ne payait presque aucune marchandise d'importation aussi cher que les oiseaux élevés à chanter des airs compliqués. Ces oiseaux venaient de fort loin ; leur chant et leur plumage étaient également admirables. On me dit que ceux qui les élevaient et leur apprenaient à chanter mettaient un grand soin à les choisir, et que les espèces s'étaient beaucoup améliorées depuis quelques années. Je ne vis chez ce peuple aucun autre animal destiné à l'amusement, à l'exception de quelques êtres très curieux de la famille des Batraciens, semblables à nos grenouilles, mais avec une physionomie très intelligente ; les enfants les aimaient beaucoup et les gardaient dans leurs jardins particuliers. Ils ne paraissent pas avoir d'animaux analogues à nos chiens et à nos chevaux, bien que Zee, ce savant naturaliste, me dit que des créatures pareilles avaient existé autrefois dans ces parages et qu'on en trouvait encore dans certaines régions habitées par d'autres races que celle des Vril-ya. Elle me dit qu'ils avaient disparu peu à peu du monde plus civilisé depuis la découverte du vril, qui les avait rendus inutiles. La mécanique et l'emploi des ailes avaient détrôné le cheval comme bête de somme, et l'on n'avait plus besoin du chien, soit pour se protéger, soit pour aller à la chasse, comme cela arrivait aux ancêtres des Vril-ya, quand ils craignaient les agressions de leurs semblables ou chassaient pour se procurer leur nourriture. Cependant, en ce qui concernait le cheval, cette région était si montagneuse qu'un cheval n'y aurait pas été d'une grande utilité, comme animal de luxe ou comme bête de somme.

The only creature they use for the latter purpose is a kind of large goat which is much employed on farms. The nature of the surrounding soil in these districts may be said to have first suggested the invention of wings and air-boats. The largeness of space in proportion to the space occupied by the city, was occasioned by the custom of surrounding every house with a separate garden. The broad main street, in which Aph-Lin dwelt, expanded into a vast square, in which were placed the College of Sages and all the public offices; a magnificent fountain of the luminous fluid which I call naptha (I am ignorant of its real nature) in the centre. All these public edifices have a uniform character of massiveness and solidity. They reminded me of the architectural pictures of Martin. Along the upper stories of each ran a balcony, or rather a terraced garden, supported by columns, filled with flowering plants, and tenanted by many kinds of tame birds.

From the square branched several streets, all broad and brilliantly lighted, and ascending up the eminence on either side. In my excursions in the town I was never allowed to go alone; Aph-Lin or his daughter was my habitual companion. In this community the adult Gy is seen walking with any young An as familiarly as if there were no difference of sex.

The retail shops are not very numerous; the persons who attend on a customer are all children of various ages, and exceedingly intelligent and courteous, but without the least touch of importunity or cringing. The shopkeeper

Le seul animal qu'ils emploient à ce dernier usage est une espèce de grande chèvre dont ils se servent dans leurs fermes. On peut dire que la nature du sol dans ces districts a donné la première idée des ailes et des bateaux aériens. L'étendue de la ville est due à l'habitude d'entourer chaque maison d'un jardin séparé. La rue principale, dans laquelle habitait Aph-Lin, s'élargissait en une vaste place carrée sur laquelle se trouvaient le Collège des Sages et toutes les administrations publiques ; une magnifique fontaine du fluide lumineux, que j'appellerai naphte (j'en ignore la véritable nature), occupait le centre de cette place. Tous ces édifices publics ont un caractère uniforme de solidité massive. Ils me rappelaient l'architecture des tableaux de Martin. Tout le long de l'étage supérieur courait un vaste balcon, ou jardin suspendu, soutenu par des colonnes ; ce jardin était rempli de plantes en fleurs et habité par différentes espèces d'oiseaux apprivoisés.

Diverses rues partaient de cette place, toutes larges et brillamment illuminées ; elles remontaient de chaque côté vers les hauteurs. Dans mes excursions à travers la ville, j'étais toujours accompagné par Aph-Lin ou par sa fille. Dans cette tribu, la Gy adulte peut se promener aussi familièrement avec un jeune An qu'avec une femme.

Les magasins de détail ne sont pas nombreux ; les chalands sont servis par des enfants de divers âges, extrêmement intelligents et polis, mais sans la plus légère nuance d'importunité ou de servilité. Le marchand

himself might or might not be visible; when visible, he seemed rarely employed on any matter connected with his professional business; and yet he had taken to that business from special liking for it, and quite independently of his general sources of fortune.

The Ana of the community are, on the whole, an indolent set of beings after the active age of childhood. Whether by temperament or philosophy, they rank repose among the chief blessings of life. Indeed, when you take away from a human being the incentives to action which are found in cupidity or ambition, it seems to me no wonder that he rests quiet.

In their ordinary movements they prefer the use of their feet to that of their wings. But for their sports or (to indulge in a bold misuse of terms) their public 'promenades,' they employ the latter, also for the aerial dances I have described, as well as for visiting their country places, which are mostly placed on lofty heights; and, when still young, they prefer their wings for travel into the other regions of the Ana, to vehicular conveyances.

Those who accustom themselves to flight can fly, if less rapidly than some birds, yet from twenty-five to thirty miles an hour, and keep up that rate for five or six hours at a stretch. But the Ana generally, on reaching middle age, are not fond of rapid movements requiring violent exercise. Perhaps for this reason, as they hold a doctrine

n'est pas toujours présent ; quand il est là, il ne paraît pas fort occupé de ses affaires ; cependant il n'a choisi cette profession que parce qu'elle lui plaisait et nullement pour accroître sa fortune.

Les Ana de cette tribu sont, en somme, fort indolents après l'âge actif de l'enfance. Soit par tempérament, soit par philosophie, ils mettent le repos au rang des plus grandes bénédictions de la vie. Il est vrai que quand on enlève à un être humain les motifs d'activité qu'il puise dans la cupidité ou l'ambition, il ne paraît pas étrange qu'il se repose tranquillement.

Dans leurs mouvements ordinaires, ils aiment mieux marcher que voler. Mais dans leurs jeux, et pour me servir d'une figure un peu hardie, dans leurs promenades, ils se servent de leurs ailes, comme aussi dans les danses aériennes que j'ai décrites et dans les visites à leurs maisons de campagne, qui sont presque toutes situées sur des hauteurs ; quand ils sont jeunes, ils préfèrent aussi leurs ailes à tout autre moyen de locomotion, pour accomplir leurs voyages dans les autres régions des Ana.

Ceux qui s'exercent au vol peuvent voler, sinon aussi vite que certains oiseaux voyageurs, du moins de façon à faire quarante à cinquante kilomètres à l'heure et conservent cette vitesse pendant cinq ou six heures. Mais la plupart des Ana parvenus à l'âge adulte n'aiment plus les mouvements rapides qui exigent un effort vigoureux. C'est peut-être pour cette raison, comme ils pensent,

which our own physicians will doubtless approve—viz., that regular transpiration through the pores of the skin is essential to health, they habitually use the sweating-baths to which we give the name Turkish or Roman, succeeded by douches of perfumed waters. They have great faith in the salubrious virtue of certain perfumes.

It is their custom also, at stated but rare periods, perhaps four times a-year when in health, to use a bath charged with vril.[1]

They consider that this fluid, sparingly used, is a great sustainer of life; but used in excess, when in the normal state of health, rather tends to reaction and exhausted vitality. For nearly all their diseases, however, they resort to it as the chief assistant to nature in throwing off their complaint.

In their own way they are the most luxurious of people, but all their luxuries are innocent. They may be said to dwell in an atmosphere of music and fragrance. Every room has its mechanical contrivances for melodious sounds, usually tuned down to soft-murmured notes, which seem like sweet whispers from invisible spirits. They are too accustomed to these gentle sounds to find them a hindrance to conversation, nor, when alone, to reflection. But they have a notion that to breathe an air

---

1. I once tried the effect of the vril bath. It was very similar in its invigorating powers to that of the baths at Gastein, the virtues of which are ascribed by many physicians to electricity; but though similar, the effect of the vril bath was more lasting.

d'accord sans doute avec la plupart de nos médecins, que la transpiration régulière par les pores de la peau est essentielle à la santé, qu'ils font usage des bains de vapeur que nous nommons bains turcs ou bains russes, suivis de douches d'eau parfumée. Ils ont une grande foi dans l'influence salutaire de certains parfums.

Ils ont aussi l'habitude, à des périodes déterminées mais rares, peut-être quatre fois par an, quand ils sont en bonne santé, de faire usage d'un bain chargé de vril[1].

Ils disent que ce fluide, employé avec ménagement, fortifie la santé ; mais que si l'en en fait un trop grand usage, lorsqu'on se porte bien, il produit une réaction qui épuise la vitalité. Toutefois, dans presque toutes leurs maladies, ils recourent au vril comme au plus actif des remèdes qui puissent aider la nature à repousser le mal.

Ils sont, à leur façon, le plus luxueux des peuples, mais toutes les délicatesses de leur luxe sont innocentes. On peut dire qu'ils vivent dans une atmosphère de musique et de parfums. Toutes les chambres ont des appareils mécaniques destinés à produire des sons mélodieux, dans des tons si doux qu'on dirait des murmures d'esprits invisibles. Ils sont trop accoutumés à ces sons légers pour en être gênés dans leurs conversations, ou même, quand ils sont seuls, dans leurs réflexions. Mais ils pensent que respirer un air

---

1. J'ai fait usage une fois du bain de vril. Il ressemblait beaucoup par ses propriétés fortifiantes aux bains de Gastein, dont beaucoup de médecins attribuent la puissance à l'électricité ; mais les effets du bain de vril sont plus durables.

filled with continuous melody and perfume has necessarily an effect at once soothing and elevating upon the formation of character and the habits of thought. Though so temperate, and with total abstinence from other animal food than milk, and from all intoxicating drinks, they are delicate and dainty to an extreme in food and beverage; and in all their sports even the old exhibit a childlike gaiety. Happiness is the end at which they aim, not as the excitement of a moment, but as the prevailing condition of the entire existence; and regard for the happiness of each other is evinced by the exquisite amenity of their manners.

Their conformation of skull has marked differences from that of any known races in the upper world, though I cannot help thinking it a development, in the course of countless ages of the Brachycephalic type of the Age of Stone in Lyell's 'Elements of Geology,' C. X., p. 113, as compared with the Dolichocephalic type of the beginning of the Age of Iron, correspondent with that now so prevalent amongst us, and called the Celtic type. It has the same comparative massiveness of forehead, not receding like the Celtic—the same even roundness in the frontal organs; but it is far loftier in the apex, and far less pronounced in the hinder cranial hemisphere where phrenologists place the animal organs. To speak as a phrenologist, the cranium common to the Vril-ya has the organs

constamment chargé de mélodies et de parfums a pour effet d'adoucir et d'élever le caractère et les pensées. Quoiqu'ils soient très sobres, ils ne mangent d'autre nourriture animale que le lait et s'abstiennent absolument de toute boisson enivrante ; ils sont extrêmement délicats et difficiles à l'endroit de la nourriture et de la boisson. Dans tous leurs amusements, les vieillards montrent une gaieté enfantine. Le but auquel ils tendent est le bonheur, qu'ils ne cherchent pas dans l'excitation d'un plaisir passager, mais dans les conditions habituelles de leur existence tout entière, et l'exquise aménité de leurs manières montre quel respect ils ont pour le bonheur des autres.

La conformation de leur crâne présente des différences marquées à l'égard de toutes les races connues du monde supérieur, et je ne puis m'empêcher de penser que la forme du leur est un développement, produit par des siècles sans nombre, du type Brachycéphalique de l'Âge de pierre dont parle Lyell dans ses *Éléments de Géologie*, ch. x, p. 113, en le comparant avec le type Dolichocéphalique du commencement de l'Âge de fer, correspondant à celui qui est aujourd'hui si commun parmi nous, et qu'on appelle type Celtique. Le crâne des Vril-ya a le même front massif et non pas fuyant comme dans le type Celtique, la même rondeur égale dans les organes frontaux, mais il est plus élevé au sommet, et moins prononcé dans l'hémisphère postérieur où les phrénologues placent les organes animaux. Pour parler la langue des phrénologues, le crâne commun aux Vril-ya a les organes

of weight, number, tune, form, order, causality, very largely developed; that of construction much more pronounced than that of ideality. Those which are called the moral organs, such as conscientiousness and benevolence, are amazingly full; amativeness and combativeness are both small; adhesiveness large; the organ of destructiveness (i.e., of determined clearance of intervening obstacles) immense, but less than that of benevolence; and their philoprogenitiveness takes rather the character of compassion and tenderness to things that need aid or protection than of the animal love of offspring.

I never met with one person deformed or misshapen. The beauty of their countenances is not only in symmetry of feature, but in a smoothness of surface, which continues without line or wrinkle to the extreme of old age, and a serene sweetness of expression, combined with that majesty which seems to come from consciousness of power and the freedom of all terror, physical or moral. It is that very sweetness, combined with that majesty, which inspired in a beholder like myself, accustomed to strive with the passions of mankind, a sentiment of humiliation, of awe, of dread. It is such an expression as a painter might give to a demi-god, a genius, an angel. The males of the Vril-ya are entirely beardless; the Gy-ei sometimes, in old age, develop a small moustache.

du poids, du nombre, de la musique, de la forme, de l'ordre, de la causalité, très largement développés ; ceux de la constructivité beaucoup plus prononcés que ceux de l'idéalité. Ceux qu'on appelle les organes moraux, comme ceux de la conscience ou de la bienfaisance, sont extraordinairement pleins ; ceux de l'amativité et de la combativité sont très petits ; celui de la ténacité très grand ; l'organe de la destructivité (c'est-à-dire de la disposition à supprimer tous les obstacles) est immense, moins pourtant que celui de la bienfaisance, et celui de la philogéniture prend plutôt le caractère de la compassion et de la tendresse pour les êtres qui ont besoin de protection et de secours, que celui de l'amour animal de la progéniture.

Je n'ai pas rencontré une seule personne difforme ou boiteuse. La beauté de leur physionomie ne consiste pas seulement dans la symétrie des traits, mais dans l'égalité de la peau, qui se maintient sans rides jusqu'à la vieillesse la plus avancée, et dans une douce sérénité d'expression jointe à cette majesté que donne le sentiment de la force et d'une complète sécurité physique et morale. C'est cette douceur même, jointe à cette majesté, qui inspirait à un spectateur comme moi, accoutumé à lutter avec les passions de l'humanité, un sentiment d'humilité et de crainte respectueuse. C'est une expression qu'un peintre pourrait donner à un demi-dieu, à un génie, à un ange. Les hommes, chez les Vril-ya, sont entièrement imberbes, les Gy-ei en vieillissant ont quelquefois une petite moustache.

I was surprised to find that the colour of their skin was not uniformly that which I had remarked in those individuals whom I had first encountered, — some being much fairer, and even with blue eyes, and hair of a deep golden auburn, though still of complexions warmer or richer in tone than persons in the north of Europe.

I was told that this admixture of colouring arose from intermarriage with other and more distant tribes of the Vril-ya, who, whether by the accident of climate or early distinction of race, were of fairer hues than the tribes of which this community formed one. It was considered that the dark-red skin showed the most ancient family of Ana; but they attached no sentiment of pride to that antiquity, and, on the contrary, believed their present excellence of breed came from frequent crossing with other families differing, yet akin; and they encourage such intermarriages, always provided that it be with the Vril-ya nations. Nations which, not conforming their manners and institutions to those of the Vril-ya, nor indeed held capable of acquiring the powers over the vril agencies which it had taken them generations to attain and transmit, were regarded with more disdain than the citizens of New York regard the negroes.

I learned from Zee, who had more lore in all matters than any male with whom I was brought into familiar converse, that the superiority of the Vril-ya was supposed to have originated in the intensity of their earlier struggles against obstacles in nature amidst the localities in which they had first settled.

Je remarquai avec surprise que la couleur de leur peau n'était pas uniformément celle que j'avais remarquée chez les premiers individus que j'avais rencontrés ; quelques-uns l'avaient beaucoup plus blanche, avec des yeux bleus et des cheveux d'un brun doré ; cependant leur teint était d'un ton plus chaud et plus riche que celui des peuples du nord de l'Europe.

On me dit que ce mélange de couleurs venait de mariages contractés avec les membres d'autres tribus lointaines des Vril-ya qui, soit par suite de la différence des climats, soit à cause de la diversité d'origine, étaient plus blanches que la tribu chez laquelle j'habitais. On regardait comme une preuve d'antiquité la couleur rouge la plus foncée ; mais les Ana n'attachaient aucune idée d'orgueil à cette antiquité ; ils étaient au contraire persuadés que leur supériorité venait de croisements fréquents avec d'autres familles différentes et cependant parentes, ils encourageaient ces mariages pourvu que les conjoints fussent toujours des membres de la famille des Vril-ya. Quant aux nations qui n'adoptaient pas les mœurs et les institutions des Vril-ya et qui passaient pour incapables d'acquérir sur les forces du vril cet empire que tant de générations s'étaient employées à acquérir et à conserver, on les regardait avec plus de dédain que les citoyens de New-York ne regardent les nègres.

J'appris de Zee, plus instruite en toutes choses qu'aucun des hommes avec lesquels j'eus l'occasion de m'entretenir familièrement, que la supériorité des Vril-ya était attribuée à l'intensité de leurs anciennes luttes contre les obstacles de la nature dans les premiers lieux où ils s'étaient fixés.

"Wherever," said Zee, moralising, "wherever goes on that early process in the history of civilisation, by which life is made a struggle, in which the individual has to put forth all his powers to compete with his fellow, we invariably find this result—viz., since in the competition a vast number must perish, nature selects for preservation only the strongest specimens. With our race, therefore, even before the discovery of vril, only the highest organisations were preserved; and there is among our ancient books a legend, once popularly believed, that we were driven from a region that seems to denote the world you come from, in order to perfect our condition and attain to the purest elimination of our species by the severity of the struggles our forefathers underwent; and that, when our education shall become finally completed, we are destined to return to the upper world, and supplant all the inferior races now existing therein."

Aph-Lin and Zee often conversed with me in private upon the political and social conditions of that upper world, in which Zee so philosophically assumed that the inhabitants were to be exterminated one day or other by the advent of the Vril-ya. They found in my accounts,— in which I continued to do all I could (without launching into falsehoods so positive that they would have been easily detected by the shrewdness of my listeners) to present our powers and ourselves in the most flattering point of view,—perpetual subjects of comparison

— Partout, disait Zee, avec profondeur, partout où nous rencontrons dans l'histoire de la civilisation cet état où la vie devient une lutte, où l'individu est obligé d'appeler à lui toute son énergie pour rivaliser avec ses compagnons, nous trouvons invariablement le même résultat ; c'est-à-dire que, puisqu'un grand nombre doit périr dans cette lutte, la nature choisit pour les conserver les spécimens les plus vigoureux. Par conséquent, dans notre race, même avant la découverte du vril, les organisations supérieures furent seules conservées, et nos anciens livres contiennent une légende autrefois populaire selon laquelle nous fûmes chassés d'une région qui semblerait être votre monde supérieur, afin de nous perfectionner et d'arriver à l'épuration complète de notre race par l'âpreté des luttes que nos pères eurent à soutenir ; et lorsque notre éducation sera achevée, nous sommes destinés à retourner dans le monde supérieur pour y supplanter toutes les races inférieures qui l'occupent aujourd'hui.

Aph-Lin et Zee causaient souvent avec moi de la condition politique et sociale de ce monde supérieur, dont Zee supposait si philosophiquement que les habitants seraient détruits un jour ou l'autre par l'avènement des Vril-ya. Dans mes récits, je continuais à faire tout ce que je pouvais (sans me lancer dans des mensonges assez positifs pour être aisément aperçus par la sagacité de mes auditeurs) pour représenter notre puissance et nous-mêmes sous les couleurs les plus flatteuses. Ils y trouvaient pourtant de perpétuels sujets de comparaison

between our most civilised populations and the meaner
subterranean races which they considered hopelessly
plunged in barbarism, and doomed to gradual if certain
extinction. But they both agreed in desiring to conceal from
their community all premature opening into the regions
lighted by the sun; both were humane, and shrunk from
the thought of annihilating so many millions of creatures;
and the pictures I drew of our life, highly coloured as
they were, saddened them. In vain I boasted of our great
men—poets, philosophers, orators, generals—and defied
the Vril-ya to produce their equals.

"Alas," said Zee, "this predominance of the few
over the many is the surest and most fatal sign of a
race incorrigibly savage. See you not that the primary
condition of mortal happiness consists in the extinction
of that strife and competition between individuals, which,
no matter what forms of government they adopt, render
the many subordinate to the few, destroy real liberty to
the individual, whatever may be the nominal liberty
of the state, and annul that calm of existence, without
which, felicity, mental or bodily, cannot be attained?
Our notion is, that the more we can assimilate life to the
existence which our noblest ideas can conceive to be that
of spirits on the other side of the grave, why, the more
we approximate to a divine happiness here, and the more
easily we glide into the conditions of being hereafter.

entre les populations les plus civilisées de notre monde et les races souterraines les plus inférieures qu'ils regardaient comme plongées dans une barbarie sans espoir et condamnées à une destruction graduelle, mais certaine. Mais tous deux désiraient dérober à leurs concitoyens toute connaissance prématurée des régions éclairées par le soleil ; tous deux étaient humains et frémissaient à la pensée de détruire tant de millions de créatures, et les peintures que je faisais de notre vie, si fortement colorées qu'elles fussent, les attristaient. En vain, je vantais nos grands hommes : poètes, philosophes, orateurs, généraux, et défiais les Vril-ya de nous en présenter autant.

— Hélas ! disait Zee, dont la figure majestueuse prenait une expression d'angélique compassion, cette domination du petit nombre sur la foule est le signe le plus sûr et le plus fatal d'une sauvagerie incorrigible. Ne voyez-vous pas que la première condition du bonheur mortel consiste à supprimer cette lutte et cette compétition entre les individus, car cette lutte, quelle que soit la forme du gouvernement, subordonne le grand nombre au petit nombre, détruit la liberté réelle des individus en dépit de la liberté nominale de l'État, et ôte à l'existence ce calme sans lequel on ne peut atteindre la félicité spirituelle ou corporelle ? Nous pensons, nous, que plus nous pouvons rapprocher notre existence de celle que nos idées les plus nobles nous représentent comme le partage des âmes au-delà du tombeau, plus nous nous rapprochons sur terre d'un bonheur divin, et plus la transition devient facile de cette vie à la vie future.

For, surely, all we can imagine of the life of gods, or of blessed immortals, supposes the absence of self-made cares and contentious passions, such as avarice and ambition. It seems to us that it must be a life of serene tranquility, not indeed without active occupations to the intellectual or spiritual powers, but occupations, of whatsoever nature they be, congenial to the idiosyncrasies of each, not forced and repugnant — a life gladdened by the untrammelled interchange of gentle affections, in which the moral atmosphere utterly kills hate and vengeance, and strife and rivalry. Such is the political state to which all the tribes and families of the Vril-ya seek to attain, and towards that goal all our theories of government are shaped. You see how utterly opposed is such a progress to that of the uncivilised nations from which you come, and which aim at a systematic perpetuity of troubles, and cares, and warring passions aggravated more and more as their progress storms its way onward. The most powerful of all the races in our world, beyond the pale of the Vril-ya, esteems itself the best governed of all political societies, and to have reached in that respect the extreme end at which political wisdom can arrive, so that the other nations should tend more or less to copy it. It has established, on its broadest base, the Koom-Posh — viz., the government of the ignorant upon the principle of being the most numerous. It has placed the supreme bliss in the vying with each other in all things, so that the evil passions are never in repose — vying for power, for wealth,

Car, assurément, tout ce que nous pouvons imaginer de la vie des dieux ou des élus suppose l'absence de soucis personnels et de passions rivales, telles que l'avarice et l'ambition. Il nous semble que ce doit être une vie de sereine tranquillité. Sans doute, les facultés intellectuelles ou spirituelles n'y manquent point d'activité, mais cette activité, conforme au tempérament de chacun, n'a rien de forcé ni de répugnant ; dans cette vie charmée par l'échange le plus libre des plus douces affections, l'atmosphère morale doit tuer la haine, la vengeance, l'esprit de contention et de rivalité. Tel est l'état politique auquel toutes les familles et toutes les tribus des Vril-ya cherchent à atteindre, et c'est vers ce but que tendent toutes nos théories gouvernementales. Vous voyez combien une pareille marche est opposée à celle des nations non civilisées d'où vous venez, et qui tendent systématiquement à perpétuer les troubles, les soucis, les passions belliqueuses, de plus en plus funestes à mesure que le progrès de ces peuples devient plus rapide dans la voie où ils marchent. La plus puissante de toutes les races de notre monde, en dehors de la famille des Vril-ya, se regarde comme la mieux gouvernée des sociétés politiques et croit avoir atteint à cet égard le plus haut degré de la sagesse politique, de sorte que les autres nations devraient essayer plus ou moins de l'imiter. Elle a établi, sur ses bases les plus larges, le Koom-Posh, c'est-à-dire le gouvernement des ignorants, d'après ce principe qu'ils sont les plus nombreux. Elle a fait consister le suprême bonheur en une rivalité universelle de sorte que les passions mauvaises ne sont jamais en repos ; les citoyens sont en lutte pour le pouvoir, pour la richesse,

for eminence of some kind; and in this rivalry it is horrible to hear the vituperation, the slanders, and calumnies which even the best and mildest among them heap on each other without remorse or shame."

"Some years ago," said Aph-Lin, "I visited this people, and their misery and degradation were the more appalling because they were always boasting of their felicity and grandeur as compared with the rest of their species. And there is no hope that this people, which evidently resembles your own, can improve, because all their notions tend to further deterioration. They desire to enlarge their dominion more and more, in direct antagonism to the truth that, beyond a very limited range, it is impossible to secure to a community the happiness which belongs to a well-ordered family; and the more they mature a system by which a few individuals are heated and swollen to a size above the standard slenderness of the millions, the more they chuckle and exact, and cry out, 'See by what great exceptions to the common littleness of our race we prove the magnificent results of our system!'"

"In fact," resumed Zee, "if the wisdom of human life be to approximate to the serene equality of immortals, there can be no more direct flying off into the opposite direction than a system which aims at carrying to the utmost the inequalities and turbulences of mortals. Nor do I see how, by any forms of religious belief, mortals, so acting, could fit themselves

pour tous les genres de supériorité, et dans cette rivalité, c'est quelque chose d'horrible que d'entendre les reproches, les médisances et les calomnies que les meilleurs mêmes et les plus doux d'entre eux accumulent les uns sur les autres sans honte et sans remords.

— Il y a quelques années, dit Aph-Lin, j'ai visité ce peuple. Leur misère et leur dégradation étaient d'autant plus effroyables qu'ils se vantaient sans cesse de leur félicité, de leur grandeur comparées à celles du reste des autres peuples de leur race. Il n'y a aucun espoir que ce peuple, qui évidemment ressemble au vôtre, puisse s'améliorer, parce que toutes ses idées tendent à une décadence plus complète. Il désire augmenter de plus en plus son empire en dépit de cette vérité qu'au-delà de limites assez restreintes il devient impossible d'assurer à un État le bonheur qui appartient à une famille bien réglée ; et plus ils perfectionnent un système par lequel certains individus sont chauffés et gonflés à une taille qui dépasse la petitesse de millions de créatures, plus ils se frottent les mains, et s'écrient fièrement : « Voyez par quelles grandes exceptions à la petitesse commune de notre race, nous prouvons l'excellence de notre système ! »

— Bref, conclut Zee, si la sagesse de la vie humaine consiste à se rapprocher de la tranquillité sereine des immortels, il ne peut y avoir de système plus opposé à celui-là que celui qui tend à pousser à leur plus haut point les inégalités et les turbulences des mortels. Et je ne vois pas par quelle croyance religieuse des mortels agissant ainsi peuvent arriver à se faire

even to appreciate the joys of immortals to which they still expect to be transferred by the mere act of dying. On the contrary, minds accustomed to place happiness in things so much the reverse of godlike, would find the happiness of gods exceedingly dull, and would long to get back to a world in which they could quarrel with each other."

même une idée des joies des immortels auxquels ils espèrent atteindre directement par la mort. Au contraire, des esprits habitués à placer le bonheur dans des choses si antipathiques à la nature divine trouveraient le bonheur des dieux très ennuyeux et désireraient revenir dans un monde où ils pourraient du moins se quereller.

Chapter 16

I have spoken so much of the Vril Staff that my reader may expect me to describe it. This I cannot do accurately, for I was never allowed to handle it for fear of some terrible accident occasioned by my ignorance of its use; and I have no doubt that it requires much skill and practice in the exercise of its various powers. It is hollow, and has in the handle several stops, keys, or springs by which its force can be altered, modified, or directed — so that by one process it destroys, by another it heals — by one it can rend the rock, by another disperse the vapour — by one it affects bodies, by another it can exercise a certain influence over minds. It is usually carried in the convenient size of a walking-staff, but it has slides by which it can be lengthened or shortened at will. When used for special purposes, the upper part rests in the hollow of the palm with the fore and middle fingers protruded. I was assured, however, that its power was not equal in all, but proportioned to the amount of certain vril properties in the wearer in affinity, or 'rapport' with the purposes to be effected. Some were more potent to destroy,

Chapitre 16

J'ai tant parlé de la baguette de vril que mes lecteurs s'attendent peut-être à ce que je la décrive. Je ne puis le faire avec exactitude, car on ne me permit jamais d'en toucher une, de peur que mon ignorance n'occasionnât quelque terrible accident. Elle est creuse ; la poignée est garnie de plusieurs arrêts, clefs ou ressorts, par lesquels on peut en changer la force, la modifier et la diriger. Selon la manière dont on s'en sert elle tue ou elle guérit ; elle perce un roc, ou chasse les vapeurs ; elle affecte les corps, ou exerce une certaine influence sur les esprits. On la porte souvent sous la forme commode d'une canne de promeneur, mais elle est garnie de coulisses qui permettent de l'allonger ou de le raccourcir à volonté. Quand on s'en sert dans un but spécial, on en tient la poignée dans la paume de la main, l'index et le médius en avant. On m'assura, cependant, que la puissance de la baguette n'était pas la même dans toutes les mains, mais proportionnée à ce que l'organisme de chacun contient de vril, ou plutôt de celle des propriétés du vril qui a le plus d'affinité ou de rapport avec l'œuvre à accomplir. Quelques-uns ont plus de puissance pour détruire,

others to heal, &c.; much also depended on the calm and steadiness of volition in the manipulator. They assert that the full exercise of vril power can only be acquired by the constitutional temperament—i.e., by hereditarily transmitted organisation—and that a female infant of four years old belonging to the Vril-ya races can accomplish feats which a life spent in its practice would not enable the strongest and most skilled mechanician, born out of the pale of the Vril-ya to achieve. All these wands are not equally complicated; those intrusted to children are much simpler than those borne by sages of either sex, and constructed with a view to the special object on which the children are employed; which as I have before said, is among the youngest children the most destructive. In the wands of wives and mothers the correlative destroying force is usually abstracted, the healing power fully charged. I wish I could say more in detail of this singular conductor of the vril fluid, but its machinery is as exquisite as its effects are marvellous.

I should say, however, that this people have invented certain tubes by which the vril fluid can be conducted towards the object it is meant to destroy, throughout a distance almost indefinite; at least I put it modestly when I say from 500 to 1000 miles. And their mathematical science as applied to such purpose is so nicely accurate, that on the report of some observer

d'autres pour guérir, etc., et le résultat dépend beaucoup aussi du calme et de la sûreté de mouvement de l'opérateur. Ils affirment que le plein exercice de la puissance du vril ne peut être atteint que par un tempérament constitutionnel, c'est-à-dire par une organisation héréditairement transmise, et qu'une fille de quatre ans appartenant aux races Vril-ya peut accomplir, avec la baguette mise pour la première fois dans sa main, des effets que le mécanicien le plus fort et le plus habile ne parviendrait pas à exécuter, même quand il se serait exercé toute sa vie, s'il n'appartenait à la race des Vril-ya. Toutes ces baguettes ne sont pas également compliquées ; celles qu'on donne aux enfants sont beaucoup plus simples que celles des adultes des deux sexes ; elles sont construites pour l'occupation spéciale à laquelle les enfants sont attachés ; et, comme je l'ai déjà dit, les plus jeunes enfants sont surtout occupés à détruire. Dans la baguette des femmes et des mères, la force de destruction est généralement supprimée, le pouvoir de guérir atteint son plus haut degré. Je voudrais pouvoir parler plus en détail de ce singulier conducteur du fluide vril, mais le mécanisme en est aussi délicat que les effets en sont merveilleux.

Je dirai cependant que ces peuples ont inventé certains tubes par lesquels le fluide vril peut être conduit vers l'objet qu'il doit détruire, à travers des distances presque indéfinies ; du moins je n'exagère rien en parlant de cinq cents ou six cents kilomètres. Leur science mathématique appliquée à cet objet est si parfaitement exacte, que sur le rapport d'un observateur

in an air-boat, any member of the vril department can estimate unerringly the nature of intervening obstacles, the height to which the projectile instrument should be raised, and the extent to which it should be charged, so as to reduce to ashes within a space of time too short for me to venture to specify it, a capital twice as vast as London.

Certainly these Ana are wonderful mathematicians — wonderful for the adaptation of the inventive faculty to practical uses.

I went with my host and his daughter Zee over the great public museum, which occupies a wing in the College of Sages, and in which are hoarded, as curious specimens of the ignorant and blundering experiments of ancient times, many contrivances on which we pride ourselves as recent achievements. In one department, carelessly thrown aside as obsolete lumber, are tubes for destroying life by metallic balls and an inflammable powder, on the principle of our cannons and catapults, and even still more murderous than our latest improvements.

My host spoke of these with a smile of contempt, such as an artillery officer might bestow on the bows and arrows of the Chinese. In another department there were models of vehicles and vessels worked by steam, and of an air-balloon which might have been constructed by Montgolfier.

placé dans un bateau aérien, un membre quelconque du vril peut apprécier sans se tromper la nature des obstacles, la hauteur à laquelle on doit élever l'instrument, le point auquel on doit le charger, de façon à réduire en cendres une ville deux fois grande comme Londres ou New-York, dans un espace de temps trop court pour que j'ose l'indiquer.

Assurément ces Ana sont des mécaniciens d'une adresse merveilleuse, merveilleuse dans l'application de leurs facultés inventives aux usages pratiques.

J'allai avec mon hôte et sa fille Zee visiter le grand musée public, qui occupe une aile du Collège des Sages, et dans lequel sont conservées, comme spécimens curieux de l'ignorance et des tâtonnements des anciens temps, beaucoup de machines que nous regardons avec orgueil comme des chefs-d'œuvre de notre génie. Dans une des salles, jetés de côté, comme des choses oubliées, se trouvent des tubes destinés à ôter la vie au moyen de boules métalliques et d'une poudre inflammable, dans le genre de nos canons et de nos catapultes, et plus meurtriers que nos inventions les plus modernes.

Mon hôte en parlait avec un sourire de mépris, comme pourrait le faire un officier d'artillerie en voyant les arcs et les flèches des Chinois. Dans une autre salle se trouvaient des modèles de voitures et de vaisseaux mus par la vapeur, et un ballon digne de Montgolfier. Zee prit la parole d'un air pensif.

"Such," said Zee, with an air of meditative wisdom —
"such were the feeble triflings with nature of our savage
forefathers, ere they had even a glimmering perception of
the properties of vril!"

This young Gy was a magnificent specimen of the
muscular force to which the females of her country
attain. Her features were beautiful, like those of all her
race: never in the upper world have I seen a face so
grand and so faultless, but her devotion to the severer
studies had given to her countenance an expression
of abstract thought which rendered it somewhat stern
when in repose; and such a sternness became formidable
when observed in connection with her ample shoulders
and lofty stature. She was tall even for a Gy, and I saw
her lift up a cannon as easily as I could lift a pocket-
pistol. Zee inspired me with a profound terror — a terror
which increased when we came into a department of the
museum appropriated to models of contrivances worked
by the agency of vril; for here, merely by a certain play
of her vril staff, she herself standing at a distance, she
put into movement large and weighty substances. She
seemed to endow them with intelligence, and to make
them comprehend and obey her command. She set
complicated pieces of machinery into movement, arrested
the movement or continued it, until, within an incredibly
short time, various kinds of raw material were reproduced
as symmetrical works of art, complete and perfect.

— Tels étaient, dit-elle, les faibles essais de nos sauvages ancêtres, avant qu'ils eussent la plus légère idée des propriétés du vril !

Cette jeune Gy était un magnifique exemple de la force musculaire à laquelle peuvent parvenir les femmes de son pays. Ses traits étaient beaux comme ceux de toute sa race ; je n'ai jamais vu dans le monde supérieur un visage plus majestueux et plus parfait, mais son amour pour les études austères avait donné à sa physionomie une expression pensive qui la rendait un peu sévère quand elle ne parlait pas ; et cette sévérité avait quelque chose de formidable quand on faisait attention à ses amples épaules et à sa grande taille. Elle était grande même pour une Gy et je l'ai vue soulever un canon avec autant d'aisance que j'en pourrais mettre à manier un pistolet de poche. Zee m'inspirait une terreur profonde, qui ne fit que s'accroître quand nous arrivâmes dans la salle du musée où l'on conservait les modèles des machines mues par le vril ; par un certain mouvement de sa baguette, et en se tenant à distance elle mit en mouvement des corps pesants et énormes. Elle semblait les douer d'intelligence, elle s'en faisait comprendre et les contraignait d'obéir. Elle mit en mouvement des machines fort compliquées, arrêta ou continua le mouvement, jusqu'à ce que, dans un espace de temps prodigieusement court, elle eût changé des matériaux grossiers de diverses sortes en œuvres d'art, régulières, complètes et parfaites.

Whatever effect mesmerism or electro-biology produces over the nerves and muscles of animated objects, this young Gy produced by the motions of her slender rod over the springs and wheels of lifeless mechanism.

When I mentioned to my companions my astonishment at this influence over inanimate matter—while owning that, in our world, I had witnessed phenomena which showed that over certain living organisations certain other living organisations could establish an influence genuine in itself, but often exaggerated by credulity or craft—Zee, who was more interested in such subjects than her father, bade me stretch forth my hand, and then, placing it beside her own, she called my attention to certain distinctions of type and character. In the first place, the thumb of the Gy (and, as I afterwards noticed, of all that race, male or female) was much larger, at once longer and more massive, than is found with our species above ground. There is almost, in this, as great a difference as there is between the thumb of a man and that of a gorilla. Secondly, the palm is proportionally thicker than ours—the texture of the skin infinitely finer and softer—its average warmth is greater. More remarkable than all this, is a visible nerve, perceptible under the skin, which starts from the wrist skirting the ball of the thumb, and branching, fork-like, at the roots of the fore and middle fingers.

Tous les effets que produisent le mesmérisme ou l'électro-
biologie sur les nerfs et les muscles des êtres vivants, Zee les
produisit par un simple mouvement de sa baguette sur les
roues et les ressorts de machines inanimées.

Comme je faisais part à mes compagnons de la surprise
que me causait cette influence sur les objets inanimés,
avouant que dans notre monde j'avais vu que certaines
organisations vivantes exercent sur d'autres organisations
vivantes une influence réelle, mais souvent exagérée par la
crédulité ou le mensonge, Zee, qui s'intéressait plus que son
père à ces questions, me pria d'étendre la main et, plaçant
la sienne à côté, elle appela mon attention sur certaines
différences de type et de caractère. D'abord, le pouce de la
Gy (et dans toute cette race, comme je l'observai plus tard, il
en est de même pour les deux sexes) est beaucoup plus large,
plus long et plus massif que le nôtre. Il y a presque autant
de différence qu'entre le pouce d'un homme et celui d'un
gorille. Secondement, la paume est proportionnellement
plus épaisse que la nôtre, la texture de la peau est infiniment
plus fine et plus douce, la chaleur moyenne plus intense.
Ce que je remarquai surtout, c'est un nerf visible et facile à
sentir sous la peau, qui part du poignet, contourne le gras
du pouce, et se partage comme une fourche à la racine de
l'index et du médius.

"With your slight formation of thumb," said the philosophical young Gy, "and with the absence of the nerve which
you find more or less developed in the hands of our race, you
can never achieve other than imperfect and feeble power
over the agency of vril; but so far as the nerve is concerned,
that is not found in the hands of our earliest progenitors,
nor in those of the ruder tribes without the pale of the Vril-
ya. It has been slowly developed in the course of generations, commencing in the early achievements, and increasing
with the continuous exercise, of the vril power; therefore,
in the course of one or two thousand years, such a nerve
may possibly be engendered in those higher beings of your
race, who devote themselves to that paramount science
through which is attained command over all the subtler
forces of nature permeated by vril. But when you talk of
matter as something in itself inert and motionless, your parents or tutors surely cannot have left you so ignorant as
not to know that no form of matter is motionless and inert:
every particle is constantly in motion and constantly acted
upon by agencies, of which heat is the most apparent and
rapid, but vril the most subtle, and, when skilfully wielded,
the most powerful. So that, in fact, the current launched
by my hand and guided by my will does but render quic-
ker and more potent the action which is eternally at work
upon every particle of matter, however inert and stubborn
it may seem. If a heap of metal be not capable of originating
a thought of its own, yet, through its internal susceptibility
to movement, it obtains the power to receive the thought

— Avec votre faible pouce, me dit la jeune savante, et sans ce nerf, que vous trouvez plus ou moins développé dans notre race, vous ne pouvez obtenir qu'une influence faible et imparfaite sur le vril ; mais en ce qui regarde le nerf, on ne le trouve pas chez nos premiers ancêtres ni chez les tribus les plus grossières qui n'appartiennent pas aux Vril-ya. Il s'est lentement développé dans le cours des générations, commençant avec les premiers progrès et s'accroissant par un exercice continuel de la puissance du vril ; par conséquent, dans le cours de mille ou deux mille ans un nerf semblable pourrait se former chez les êtres supérieurs de votre race qui se consacreraient à cette science par excellence, qui soumet au vril les forces les plus subtiles de la nature. Mais vous parlez de la matière comme d'une chose en elle-même inerte et immobile ; assurément vos parents ou vos institutions n'ont pu vous laisser ignorer qu'il n'y a pas de matière inerte : chaque particule est constamment en mouvement et constamment soumise aux agents parmi lesquels la chaleur est la plus apparente et la plus rapide, mais le vril est le plus subtil et le plus puissant quand on sait s'en servir. En fait, le courant, lancé par ma main et guidé par ma volonté, ne fait que rendre plus prompte et plus forte l'action qui agit éternellement sur toutes les particules de la matière, quelque inerte et immobile qu'elle paraisse. Si une masse de métal n'est pas capable de produire une pensée par elle-même, son mouvement intérieur la rend pénétrable à la pensée

of the intellectual agent at work on it; by which, when conveyed with a sufficient force of the vril power, it is as much compelled to obey as if it were displaced by a visible bodily force. It is animated for the time being by the soul thus infused into it, so that one may almost say that it lives and reasons. Without this we could not make our automata supply the place of servants."

I was too much in awe of the thews and the learning of the young Gy to hazard the risk of arguing with her. I had read somewhere in my schoolboy days that a wise man, disputing with a Roman Emperor, suddenly drew in his horns; and when the emperor asked him whether he had nothing further to say on his side of the question, replied, "Nay, Caesar, there is no arguing against a reasoner who commands ten legions."

Though I had a secret persuasion that, whatever the real effects of vril upon matter, Mr. Faraday could have proved her a very shallow philosopher as to its extent or its causes, I had no doubt that Zee could have brained all the Fellows of the Royal Society, one after the other, with a blow of her fist. Every sensible man knows that it is useless to argue with any ordinary female upon matters he comprehends; but to argue with a Gy seven feet high upon the mysteries of vril, —as well argue in a desert, and with a simoon!

de l'agent intellectuel qui le travaille ; et lorsque cette pensée est accompagnée d'une force suffisante de vril, le métal est aussi contraint d'obéir que s'il était transporté par une force matérielle visible. Il est animé pendant ce temps par l'âme qui le pénètre, de sorte qu'on peut presque dire qu'il vit et qu'il raisonne. Sans cela nous ne pourrions pas remplacer les domestiques par nos automates.

Je respectais trop les muscles et la science de la jeune Gy pour me hasarder à discuter avec elle. J'avais lu quelque part, quand j'étais écolier, qu'un sage, discutant avec un empereur romain, s'était brusquement arrêté, et comme l'empereur lui demandait s'il n'avait plus rien à dire en faveur de son opinion, il répondit :

— Non, César, il est inutile de discuter contre un homme qui commande à vingt-cinq légions.

J'étais secrètement persuadé que quels que fussent les effets réels du vril sur la matière, M. Faraday aurait pu prouver à la jeune Gy qu'elle en comprenait mal la nature et les causes ; mais je n'en restais pas moins convaincu que Zee aurait pu assommer tous les Membres de la Société Royale des Sciences, les uns après les autres, d'un coup de poing. Tout homme raisonnable sait qu'il est inutile de discuter avec une femme ordinaire sur des choses qu'on comprend ; mais discuter avec une Gy de sept pieds sur les mystères du vril, autant eût valu discuter dans le désert avec le simoun !

Amid the various departments to which the vast building of the College of Sages was appropriated, that which interested me most was devoted to the archaeology of the Vril-ya, and comprised a very ancient collection of portraits. In these the pigments and groundwork employed were of so durable a nature that even pictures said to be executed at dates as remote as those in the earliest annals of the Chinese, retained much freshness of colour. In examining this collection, two things especially struck me:—first, that the pictures said to be between 6000 and 7000 years old were of a much higher degree of art than any produced within the last 3000 or 4000 years; and, second, that the portraits within the former period much more resembled our own upper world and European types of countenance. Some of them, indeed reminded me of the Italian heads which look out from the canvases of Titian—speaking of ambition or craft, of care or of grief, with furrows in which the passions have passed with iron ploughshare. These were the countenances of men who had lived in struggle and conflict before the discovery of the latent forces of vril had changed the character of society—men who had fought with each other for power or fame as we in the upper world fight.

Parmi les salles du musée du Collège des Sages, celle qui m'intéressa le plus était la salle consacrée à l'archéologie des Vril-ya et renfermant une très ancienne collection de portraits. Les couleurs et les corps sur lesquels elles étaient appliquées étaient si indestructibles, que les tableaux, qu'on faisait remonter à une date presque aussi ancienne que celles que mentionnent les plus vieilles annales des Chinois, conservaient une grande fraîcheur de coloris. Comme j'examinais cette collection, deux choses me frappèrent surtout : la première, c'est que les peintures qu'on disait vieilles de six ou sept mille ans étaient bien supérieures, sous le rapport de l'art, à celles qui avaient été exécutées depuis trois ou quatre mille ans ; la seconde, c'est que les portraits de la première période se rapprochaient beaucoup du type de la race européenne du monde supérieur. Quelques-uns me rappelèrent vraiment les têtes italiennes des peintures du Titien, qui expriment si bien l'ambition ou la ruse, les soucis ou le chagrin, avec des rides qui sont comme des sillons creusés par les passions sur le visage qu'elles labourent. C'étaient bien là des portraits d'hommes qui avaient vécu dans la lutte et la guerre avant que la découverte des forces latentes du vril eût changé le caractère de la société, d'hommes qui avaient combattu pour la gloire ou pour le pouvoir, comme nous le faisons maintenant dans notre monde.

The type of face began to evince a marked change about a thousand years after the vril revolution, becoming then, with each generation, more serene, and in that serenity more terribly distinct from the faces of labouring and sinful men; while in proportion as the beauty and the grandeur of the countenance itself became more fully developed, the art of the painter became more tame and monotonous.

But the greatest curiosity in the collection was that of three portraits belonging to the pre-historical age, and, according to mythical tradition, taken by the orders of a philosopher, whose origin and attributes were as much mixed up with symbolical fable as those of an Indian Budh or a Greek Prometheus.

From this mysterious personage, at once a sage and a hero, all the principal sections of the Vril-ya race pretend to trace a common origin.

The portraits are of the philosopher himself, of his grandfather, and great-grandfather. They are all at full length. The philosopher is attired in a long tunic which seems to form a loose suit of scaly armour, borrowed, perhaps, from some fish or reptile, but the feet and hands are exposed: the digits in both are wonderfully long, and webbed. He has little or no perceptible throat, and a low receding forehead, not at all the ideal of a sage's.

Le type commence visiblement à se modifier environ mille ans après la découverte du vril. Il devient dès lors de plus en plus calme à chaque génération nouvelle, et ce calme marque une différence de plus en plus profonde entre les Vril-ya et les hommes livrés au travail et au péché ; mais à mesure que la beauté et la grandeur de la physionomie s'accentuaient davantage, l'art du peintre devenait plus froid et plus monotone.

Mais la plus grande curiosité de la collection c'étaient trois portraits appartenant aux âges anté-historiques et, suivant la tradition mythologique, faits par les ordres d'un philosophe, dont l'origine et les attributs étaient autant mêlés de fables symboliques, que ceux d'un Bouddha indien ou d'un Prométhée grec.

C'est à ce personnage mystérieux, à la fois un sage et un héros, que toutes les principales races des Vril-ya font remonter leur origine.

Les portraits dont je parle sont ceux du philosophe lui-même, de son grand-père et de son arrière-grand-père. Ils sont tous de grandeur naturelle. Le philosophe est vêtu d'une longue tunique qui semble former un vêtement lâche et comme une armure écailleuse, empruntée peut-être à quelque poisson ou à quelque reptile, mais les pieds et les mains sont nus ; les doigts des uns et des autres sont très longs et palmés. La gorge est à peine visible, le front bas et fuyant ; ce n'est pas du tout l'idée qu'on se·fait d'un sage.

He has bright brown prominent eyes, a very wide mouth and high cheekbones, and a muddy complexion. According to tradition, this philosopher had lived to a patriarchal age, extending over many centuries, and he remembered distinctly in middle life his grandfather as surviving, and in childhood his great-grandfather; the portrait of the first he had taken, or caused to be taken, while yet alive—that of the latter was taken from his effigies in mummy. The portrait of his grandfather had the features and aspect of the philosopher, only much more exaggerated: he was not dressed, and the colour of his body was singular; the breast and stomach yellow, the shoulders and legs of a dull bronze hue: the great-grandfather was a magnificent specimen of the Batrachian genus, a Giant Frog, 'pur et simple.'

Among the pithy sayings which, according to tradition, the philosopher bequeathed to posterity in rhythmical form and sententious brevity, this is notably recorded: "Humble yourselves, my descendants; the father of your race was a 'twat' (tadpole): exalt yourselves, my descendants, for it was the same Divine Thought which created your father that develops itself in exalting you."

Aph-Lin told me this fable while I gazed on the three Batrachian portraits. I said in reply:

"You make a jest of my supposed ignorance and credulity as an uneducated Tish, but though these horrible daubs may be of great antiquity, and were intended, perhaps,

Les yeux sont proéminents, noirs, brillants, la bouche très grande, les pommettes saillantes, et le teint couleur de boue. Suivant la tradition, ce philosophe avait vécu jusqu'à un âge patriarcal, dépassant plusieurs siècles, et il se souvenait d'avoir vu son grand-père, quand lui-même n'était qu'un homme d'un âge moyen, et son bisaïeul quand il était enfant ; il avait fait ou fait faire le portrait du premier pendant sa vie ; celui du second avait été pris sur sa momie. Le portrait du grand-père avait les traits et l'aspect de celui du philosophe, mais encore exagérés ; il était nu et la couleur de son corps était singulière : la poitrine et le ventre étaient jaunes, les épaules et les bras d'une couleur bronzée ; le bisaïeul était un magnifique spécimen du genre Batracien, une Grenouille Géante purement et simplement.

Parmi les pensées profondes que ce philosophe, suivant la tradition, avait léguées à la postérité sous une forme rythmée, dans une sentencieuse concision, on cite celle-ci : « Humiliez-vous, mes descendants ; le père de votre race était un Têtard : enorgueillissez-vous, mes descendants, car c'est la même Pensée Divine qui créa votre père, qui se développe en vous exaltant. »

Aph-Lin me conta cette fable pendant que je regardais les trois portraits de ces Batraciens.

— Vous vous riez de mon ignorance supposée et de ma crédulité de Tish sans éducation, lui répondis-je, mais quoique ces horribles croûtes puissent être fort anciennes et qu'elles aient voulu être, dans le temps,

for some rude caracature, I presume that none of your race even in the less enlightened ages, ever believed that the great-grandson of a Frog became a sententious philosopher; or that any section, I will not say of the lofty Vril-ya, but of the meanest varieties of the human race, had its origin in a Tadpole."

"Pardon me," answered Aph-Lin: "in what we call the Wrangling or Philosophical Period of History, which was at its height about seven thousand years ago, there was a very distinguished naturalist, who proved to the satisfaction of numerous disciples such analogical and anatomical agreements in structure between an An and a Frog, as to show that out of the one must have developed the other. They had some diseases in common; they were both subject to the same parasitical worms in the intestines; and, strange to say, the An has, in his structure, a swimming-bladder, no longer of any use to him, but which is a rudiment that clearly proves his descent from a Frog. Nor is there any argument against this theory to be found in the relative difference of size, for there are still existent in our world Frogs of a size and stature not inferior to our own, and many thousand years ago they appear to have been still larger."

"I understand that," said I, "because Frogs this enormous are, according to our eminent geologists, who perhaps saw them in dreams, said to have been distinguished inhabitants of the upper world before the Deluge; and such Frogs are exactly the creatures likely to have flourished

quelques grossières caricatures, je suppose que personne, parmi les gens de votre race, même dans les âges les moins éclairés, n'a jamais cru que l'arrière-petit-fils d'une Grenouille ait pu devenir un philosophe sentencieux ; ou qu'aucune famille, je ne dirai pas de Vril-ya, mais de la variété la plus vile de la race humaine, descende d'un Têtard.

— Pardonnez-moi, répondit Aph-Lin, pendant l'époque que nous nommons la Période Batailleuse ou Philosophique de l'Histoire, qui remonte à environ sept mille ans, un naturaliste très distingué prouva, à la satisfaction de ses nombreux disciples, qu'il y avait tant d'analogie entre le système anatomique de la Grenouille et celui de l'An, qu'on en conclut que l'un avait dû descendre de l'autre. Ils avaient en commun quelques maladie ; ils étaient sujets à avoir dans les intestins les mêmes vers parasites ; et, ce qu'il y a d'étrange à dire, c'est que l'An a dans son organisme la même vessie natatoire, devenue parfaitement inutile, mais qui, subsistant à l'état de rudiment, prouve jusqu'à l'évidence que l'An descend directement de la Grenouille. On ne peut alléguer contre cette théorie la différence de taille, car il existe encore dans notre monde des Grenouilles d'une taille peu inférieure à la nôtre et qui paraissent avoir été encore plus grandes il y a quelques milliers d'années.

— Je comprends cela, dis-je, car d'après nos plus éminents géologues, qui les ont peut-être vues en rêve, d'énormes Grenouilles ont dû habiter le monde supérieur avant le Déluge et de telles Grenouilles sont bien les êtres qui devaient vivre

in the lakes and morasses of your subterranean regions. But pray, proceed."

"In the Wrangling Period of History, whatever one sage asserted another sage was sure to contradict. In fact, it was a maxim in that age, that the human reason could only be sustained aloft by being tossed to and fro in the perpetual motion of contradiction; and therefore another sect of philosophers maintained the doctrine that the An was not the descendant of the Frog, but that the Frog was clearly the improved development of the An. The shape of the Frog, taken generally, was much more symmetrical than that of the An; beside the beautiful conformation of its lower limbs, its flanks and shoulders the majority of the Ana in that day were almost deformed, and certainly ill-shaped. Again, the Frog had the power to live alike on land and in water—a mighty privilege, partaking of a spiritual essence denied to the An, since the disuse of his swimming-bladder clearly proves his degeneration from a higher development of species. Again, the earlier races of the Ana seem to have been covered with hair, and, even to a comparatively recent date, hirsute bushes deformed the very faces of our ancestors, spreading wild over their cheeks and chins, as similar bushes, my poor Tish, spread wild over yours. But the object of the higher races of the Ana through countless generations has been to erase all vestige of connection with hairy vertebrata, and they have gradually eliminated that debasing capillary excrement by the law of sexual selection;

dans les lacs et les marais de votre monde souterrain. Mais, je vous en prie, continuez.

— Pendant la Période Batailleuse de l'Histoire, on était sûr que ce qu'un sage affirmait était contredit par un autre. C'était en effet, une maxime reçue que la raison humaine ne pouvait se soutenir sans être ballottée par le mouvement perpétuel de la contradiction ; aussi une autre école de philosophie soutint-elle que l'An n'était pas descendu de la Grenouille, mais que la Grenouille était, au contraire, le perfectionnement de l'An. La structure de la Grenouille, dans son ensemble, est plus symétrique que celle de l'An ; à côté de l'admirable structure de ses membres inférieurs, de ses flancs et de ses épaules, la plupart des Ana de ce temps paraissaient difformes et étaient certainement mal faits. De plus, la Grenouille pouvait vivre également sur terre et dans l'eau : privilège précieux, marque d'une nature spirituelle refusée à l'An, puisque celui-ci ne se servait plus de sa vessie natatoire, ce qui prouve qu'il était dégénéré d'une forme plus élevée. De plus, les races les plus anciennes des Ana semblent avoir été couvertes de poils, et, même à une date comparativement rapprochée, des touffes hérissées défiguraient le visage de nos ancêtres, s'étendant d'une façon sauvage sur leurs joues et leur menton, comme chez vous, mon pauvre Tish. Mais depuis des générations sans nombre, les Ana ont toujours essayé d'effacer tout vestige de ressemblance entre eux et les vertébrés couverts de poils, et ils ont graduellement fait disparaître cette sécrétion pileuse, qui les avilissait, par la loi de la sélection sexuelle ;

the Gy-ei naturally preferring youth or the beauty of smooth faces. But the degree of the Frog in the scale of the vertebrata is shown in this, that he has no hair at all, not even on his head. He was born to that hairless perfection which the most beautiful of the Ana, despite the culture of incalculable ages, have not yet attained. The wonderful complication and delicacy of a Frog's nervous system and arterial circulation were shown by this school to be more susceptible of enjoyment than our inferior, or at least simpler, physical frame allows us to be. The examination of a Frog's hand, if I may use that expression, accounted for its keener susceptibility to love, and to social life in general. In fact, gregarious and amatory as are the Ana, Frogs are still more so. In short, these two schools raged against each other; one asserting the An to be the perfected type of the Frog; the other that the Frog was the highest development of the An. The moralists were divided in opinion with the naturalists, but the bulk of them sided with the Frog-preference school. They said, with much plausibility, that in moral conduct (viz., in the adherence to rules best adapted to the health and welfare of the individual and the community) there could be no doubt of the vast superiority of the Frog. All history showed the wholesale immorality of the human race, the complete disregard, even by the most renowned amongst them, of the laws which they acknowledged to be essential to their own and the general happiness and wellbeing.

les Gy-ei préférant naturellement la jeunesse ou la beauté des figures unies. Mais le degré qu'occupe la Grenouille dans l'échelle des vertébrés est démontré par ceci qu'elle n'a pas du tout de poils, pas même sur la tête. Elle naît avec ce degré de perfection auquel les Ana, malgré les efforts de siècles incalculables, n'ont pu atteindre encore. La complication merveilleuse et la délicatesse du système nerveux et de la circulation artérielle d'une Grenouille servaient, à cette école, d'argument pour démontrer que la Grenouille était plus susceptible d'éprouver des jouissances que notre organisation inférieure ou du moins plus simple. L'examen de la main d'une Grenouille, si je puis parler ainsi, servait à expliquer sa disposition plus vive à l'amour et à la vie sociale en général. Bref, quelque aimants et sociables que soient les Ana, les Grenouilles le sont encore plus. Enfin, ces deux écoles firent rage l'une contre l'autre ; l'une affirmant que l'An était la Grenouille perfectionnée ; l'autre, que la Grenouille était le plus haut développement de l'An. Les moralistes se partagèrent aussi bien que les naturalistes ; cependant, le plus grand nombre se rangea du côté de ceux qui préféraient la Grenouille. Ils disaient avec beaucoup de justesse que, dans la conduite morale (c'est-à-dire dans l'observation des règles les plus utiles à la santé et au bien commun de l'individu et de la société), la Grenouille avait une supériorité immense et incontestable. Toute l'histoire démontrait l'immoralité absolue de la race humaine, le mépris complet, même des humains les plus renommés, pour les lois qu'ils avaient reconnues être essentielles à leur bonheur ou à leur bien-être particulier et général.

But the severest critic of the Frog race could not detect in their manners a single aberration from the moral law tacitly recognised by themselves. And what, after all, can be the profit of civilisation if superiority in moral conduct be not the aim for which it strives, and the test by which its progress should be judged?

"In fine, the adherents of this theory presumed that in some remote period the Frog race had been the improved development of the Human; but that, from some causes which defied rational conjecture, they had not maintained their original position in the scale of nature; while the Ana, though of inferior organisation, had, by dint less of their virtues than their vices, such as ferocity and cunning, gradually acquired ascendancy, much as among the human race itself tribes utterly barbarous have, by superiority in similar vices, utterly destroyed or reduced into insignificance tribes originally excelling them in mental gifts and culture. Unhappily these disputes became involved with the religious notions of that age; and as society was then administered under the government of the Koom-Posh, who, being the most ignorant, were of course the most inflammable class — the multitude took the whole question out of the hands of the philosophers; political chiefs saw that the Frog dispute, so taken up by the populace, could become a most valuable instrument of their ambition; and for not less than one thousand years war and massacre prevailed, during which period the philosophers on both sides were butchered,

Mais le critique le plus sévère des Grenouilles ne pourrait trouver dans leurs mœurs un seul moment d'oubli des lois morales qu'elles ont tacitement reconnues. Et après tout, à quoi sert la civilisation si la supériorité de la conduite morale n'est pas le but auquel elle tend et la pierre de touche de ses progrès ?

« Enfin, les partisans de cette théorie supposaient qu'à une époque reculée, la Grenouille avait été le développement perfectionné de la race humaine ; mais que, par des causes qui défiaient les conjectures de notre raison, elle n'avait pu maintenir son rang dans l'échelle de la nature, tandis que l'An, quoique inférieur par son organisation, avait, en se servant moins de ses vertus que de ses vices, comme la férocité et la ruse, acquis un certain ascendant ; de même que dans la race humaine, des tribus complètement barbares ont, par leur supériorité dans de tels vices, détruit ou réduit à presque rien les tribus qui leur étaient supérieures par l'intelligence et la culture. Malheureusement ces disputes se mêlèrent aux notions religieuses de cette époque, et comme la société était alors administrée par le gouvernement du Koom-Posh, qui, étant composé d'ignorants, était par conséquent très excitable, la multitude prit la question des mains des philosophes ; les chefs politiques virent que la question Grenouille pouvait, la populace s'y intéressant, devenir un instrument utile à leur ambition, et pendant au moins mille ans les guerres et les massacres furent à l'ordre du jour : pendant ce temps, les philosophes des deux partis furent mis en pièces

and the government of Koom-Posh itself was happily brought to an end by the ascendancy of a family that clearly established its descent from the aboriginal tadpole, and furnished despotic rulers to the various nations of the Ana. These despots finally disappeared, at least from our communities, as the discovery of vril led to the tranquil institutions under which flourish all the races of the Vril-ya."

"And do no wranglers or philosophers now exist to revive the dispute; or do they all recognise the origin of your race in the tadpole?"

"Nay, such disputes," said Zee, with a lofty smile, "belong to the Pah-bodh of the dark ages, and now only serve for the amusement of infants. When we know the elements out of which our bodies are composed, elements in common to the humblest vegetable plants, can it signify whether the All-Wise combined those elements out of one form more than another, in order to create that in which He has placed the capacity to receive the idea of Himself, and all the varied grandeurs of intellect to which that idea gives birth? The An in reality commenced to exist as An with the donation of that capacity, and, with that capacity, the sense to acknowledge that, however through the countless ages his race may improve in wisdom, it can never combine the elements at its command into the form of a tadpole."

et le gouvernement du Koom-Posh lui-même fut heureusement renversé par l'ascendant d'une famille qui prouva clairement qu'elle descendait du premier Têtard et qui donna des souverains despotiques à toutes les nations des Vril-ya. Ces despotes disparurent finalement, du moins de nos communautés, lorsque la découverte du vril amena les paisibles institutions sous lesquelles prospèrent toutes les races des Vril-ya.

— Est-ce qu'il n'y a plus maintenant de disputeurs ni de philosophes disposés à renouveler la querelle ; ou reconnaissent-ils tous la descendance du Têtard ?

— Non, dit Zee, avec un superbe sourire, ces querelles appartiennent au Pah-Bodh des âges d'ignorance et ne servent maintenant qu'à l'amusement des enfants. Quand on sait de quels éléments se composent nos corps, éléments qui nous sont communs avec la plus humble plante, est-il besoin de savoir si le Tout-Puissant a tiré ces éléments d'une substance plutôt que de l'autre, afin de créer l'être auquel Il a donné la faculté de Le comprendre et qu'Il a doué de toutes les grandeurs intellectuelles qui découlent de cette connaissance ? L'An a commencé à exister comme An au moment où il a été doué de cette faculté, et, avec cette faculté, de la persuasion que de quelque façon que sa race se perfectionne à travers une suite de siècles, elle n'aura jamais le pouvoir d'animer et de combiner les éléments, de façon à former même un Têtard.

"You speak well, Zee," said Aph-Lin; "and it is enough for us shortlived mortals to feel a reasonable assurance that whether the origin of the An was a tadpole or not, he is no more likely to become a tadpole again than the institutions of the Vril-ya are likely to relapse into the heaving quagmire and certain strife-rot of a Koom-Posh."

— Tu parles sagement, Zee, dit Aph-Lin, et c'en est assez pour nous, mortels à courte existence, d'avoir une assurance raisonnable que, soit que l'An descende ou non du Têtard, il ne peut pas plus revenir à cette forme que les institutions des Vril-ya ne peuvent retomber dans les fondrières et la corruption désordonnée d'un Koom-Posh.

Chapter 17

The Vril-ya, being excluded from all sight of the heavenly bodies, and having no other difference between night and day than that which they deem it convenient to make for themselves,—do not, of course, arrive at their divisions of time by the same process that we do; but I found it easy by the aid of my watch, which I luckily had about me, to compute their time with great nicety. I reserve for a future work on the science and literature of the Vril-ya, should I live to complete it, all details as to the manner in which they arrive at their rotation of time; and content myself here with saying, that in point of duration, their year differs very slightly from ours, but that the divisions of their year are by no means the same. Their day, (including what we call night) consists of twenty hours of our time, instead of twenty-four, and of course their year comprises the correspondent increase in the number of days by which it is summed up. They subdivide the twenty hours of their day thus—eight hours,[1] called the "Silent Hours,"

1. For the sake of convenience, I adopt the word hours, days, years, &c., in any general reference to subdivisions of time among the Vril-ya; those terms but loosely corresponding, however, with such subdivisions.

Chapitre 17

Les Vril-ya, privés de la vue des corps célestes et ne connaissant d'autre différence entre la nuit et le jour que celle qu'ils jugent à propos d'établir eux-mêmes, ne divisent naturellement pas le temps comme nous ; mais je trouvai facile à l'aide de ma montre, que j'avais heureusement conservée, d'arriver à calculer les heures avec une grande exactitude. Je réserve pour un ouvrage futur sur les sciences et la littérature des Vril-ya, si le ciel me prête vie, tous les détails sur la façon dont ils arrivent à diviser le temps. Je me contenterai de dire ici que leur année diffère peu de la nôtre pour la durée, mais leurs divisions ne sont pas du tout les mêmes. Leur jour, en y comprenant ce que nous appelons la nuit, se compose de vingt heures, au lieu de vingt-quatre, et naturellement leur année comprend un nombre proportionné de jours de plus. Ils subdivisent ainsi les vingt heures de leur jour : huit heures[1], appelées Heures Silencieuses,

1. Pour ma commodité, j'adopte les mots : heures, jours, années, etc., en tout ce qui se rapporte aux subdivisions générales du temps chez les Vril-Ya. Ces termes ne correspondent pas, d'une façon absolue, avec ces subdivisions.

for repose; eight hours, called the "Earnest Time," for the
pursuits and occupations of life; and four hours called
the "Easy Time" (with which what I may term their day
closes), allotted to festivities, sport, recreation, or family
converse, according to their several tastes and inclinations.

But, in truth, out of doors there is no night. They
maintain, both in the streets and in the surrounding
country, to the limits of their territory, the same degree
of light at all hours. Only, within doors, they lower it
to a soft twilight during the Silent Hours. They have a
great horror of perfect darkness, and their lights are
never wholly extinguished. On occasions of festivity they
continue the duration of full light, but equally keep note
of the distinction between night and day, by mechanical
contrivances which answer the purpose of our clocks and
watches. They are very fond of music; and it is by music
that these chronometers strike the principal division of
time. At every one of their hours, during their day, the
sounds coming from all the time-pieces in their public
buildings, and caught up, as it were, by those of houses or
hamlets scattered amidst the landscapes without the city,
have an effect singularly sweet, and yet singularly solemn.
But during the Silent Hours these sounds are so subdued
as to be only faintly heard by a waking ear. They have
no change of seasons, and, at least on the territory of this
tribe, the atmosphere seemed to me very equable, warm
as that of an Italian summer, and humid rather than dry;

pour le repos ; huit heures, appelées Heures Sérieuses, pour leurs affaires et leurs occupations, et quatre heures, appelées Heures Oisives, par lesquelles se termine ce que j'appelle leur jour ; elles sont consacrées aux amusements, aux jeux, aux récréations, aux conversations familières suivant le goût ou le désir de chacun.

Mais, hors des maisons, il n'y a pas de véritable nuit. Ils entretiennent dans les rues et dans la campagne environnante jusqu'aux limites du territoire la même quantité de lumière. Seulement, dans les maisons, ils la diminuent de façon à en faire un doux crépuscule pendant les Heures Silencieuses. Les Vril-ya ont une horreur profonde de l'obscurité absolue et leurs lumières ne sont jamais complètement éteintes. Dans les occasions de réjouissance, ils laissent à leurs lampes tout leur éclat, mais ils continuent à compter les heures du jour et de la nuit par des mécanismes ingénieux qui répondent à nos horloges et à nos montres. Ils aiment beaucoup la musique, et c'est en musique que ces chronomètres frappent les principales divisions du temps. À chaque heure du jour, les sons de leurs horloges publiques, répétés par celles des maisons et des hameaux dispersés dans la campagne, produisent un effet singulièrement doux et pourtant solennel. Mais pendant les Heures Silencieuses, le bruit en est tellement adouci qu'on l'entend à peine. Ils n'ont pas de changement de saison, et, du moins dans le territoire de cette tribu, la température me parut très égale, aussi chaude que celle d'un hiver italien, et plutôt humide que sèche.

in the forenoon usually very still, but at times invaded
by strong blasts from the rocks that made the borders of
their domain. But time is the same to them for sowing or
reaping as in the Golden Isles of the ancient poets. At the
same moment you see the younger plants in blade or bud,
the older in ear or fruit. All fruit-bearing plants, however,
after fruitage, either shed or change the colour of their
leaves. But that which interested me most in reckoning up
their divisions of time was the ascertainment of the average
duration of life amongst them. I found on minute inquiry
that this very considerably exceeded the term allotted to
us on the upper earth. What seventy years are to us, one
hundred years are to them. Nor is this the only advantage
they have over us in longevity, for as few among us attain
to the age of seventy, so, on the contrary, few among them
die before the age of one hundred; and they enjoy a general
degree of health and vigour which makes life itself a blessing
even to the last. Various causes contribute to this result:
the absence of all alcoholic stimulants; temperance in food;
more especially, perhaps, a serenity of mind undisturbed
by anxious occupations and eager passions. They are not
tormented by our avarice or our ambition; they appear
perfectly indifferent even to the desire of fame; they are
capable of great affection, but their love shows itself in a
tender and cheerful complaisance, and, while forming
their happiness, seems rarely, if ever, to constitute their
woe. As the Gy is sure only to marry where she herself
fixes her choice, and as here, not less than above ground,

Dans la matinée, le temps était ordinairement tranquille, mais par moments il soufflait un vent violent venant des rochers qui formaient la frontière du territoire. Toutes les saisons sont bonnes pour semer les récoltes, comme dans les Îles Fortunées des anciens poètes. On voit en même temps les plantes en feuille ou en bouton, en épi ou couvertes de fruits. Tous les arbres fruitiers, cependant, après la récolte, perdent ou changent leur feuillage. Mais ce qui me frappa le plus quand je calculai leurs divisions du temps, ce fut de constater la durée moyenne de la vie parmi eux. Je trouvai, après des recherches minutieuses, que leur existence était beaucoup plus longue que la nôtre. Ils sont à cent ans ce que nous sommes à soixante-dix. Ce n'est pas le seul avantage qu'ils aient sur nous ; car parmi nous peu d'hommes atteignent leur soixante-dixième année, tandis que parmi eux, au contraire, peu meurent avant cent ans, et ils jouissent généralement d'une santé et d'une vigueur qui font de la vie une bénédiction jusqu'au dernier jour. Des causes diverses contribuent à ce résultat ; l'absence de tout stimulant alcoolique, la tempérance dans la nourriture, surtout peut-être une sérénité d'esprit que ne troublent ni occupations pleines de sollicitude, ni passions vives. Ils ne sont tourmentés ni par notre avarice, ni par notre ambition ; ils se montrent parfaitement indifférents, même au désir de la gloire ; ils sont susceptibles de grandes affections, mais leur amour se manifeste par une complaisance tendre et aimable, qui, en faisant leur bonheur, fait rarement et ne fait peut-être jamais leur malheur. Comme la Gy est sûre de n'épouser que celui qu'elle aura choisi, et, ici comme chez nous,

it is the female on whom the happiness of home depends; so the Gy, having chosen the mate she prefers to all others, is lenient to his faults, consults his humours, and does her best to secure his attachment. The death of a beloved one is of course with them, as with us, a cause for sorrow; but not only is death with them so much more rare before that age in which it becomes a release, but when it does occur the survivor takes much more consolation than, I am afraid, the generality of us do, in the certainty of reunion in another and yet happier life.

All these causes, then, concur to their healthful and enjoyable longevity, though, no doubt, much also must be owing to hereditary organisation. According to their records, however, in those earlier stages of their society when they lived in communities resembling ours, agitated by fierce competition, their lives were considerably shorter, and their maladies more numerous and grave. They themselves say that the duration of life, too, has increased, and is still on the increase, since their discovery of the invigorating and medicinal properties of vril, applied for remedial purposes. They have few professional and regular practitioners of medicine, and these are chiefly Gy-ei, who, especially if widowed and childless, find great delight in the healing art, and even undertake surgical operations in those cases required by accident, or, more rarely, by disease.

le bonheur intérieur dépendant surtout de la femme, la Gy, ayant choisi l'époux qu'elle préfère, est indulgente pour ses fautes, complaisante pour ses goûts, et fait tout ce qui dépend d'elle pour se l'attacher. La mort d'un être aimé est pour eux comme pour nous la source d'une vive douleur ; non seulement la mort les frappe rarement avant l'époque où elle est un soulagement plutôt qu'une peine, mais quand cela arrive le survivant puise beaucoup plus de consolations que nous ne le faisons pour la plupart, je le crains bien, dans la certitude d'une réunion dans un monde meilleur et plus heureux.

Toutes ces causes concourent donc à leur procurer une santé perpétuelle et une agréable longévité ; leur organisation héréditaire y entre aussi pour sa part. Suivant leurs annales, à l'époque où ils vivaient en communautés semblables aux nôtres, agitées par des luttes, leur vie était beaucoup plus courte et leurs maladies plus nombreuses et plus graves. Ils disent eux-mêmes que la durée de la vie a augmenté et augmente encore depuis la découverte du vril et de ses propriétés médicales. Ils ont peu de médecins de profession, et ce sont principalement des Gy-ei, surtout celles qui sont veuves et sans enfants ; elles éprouvent un grand plaisir à exercer l'art de guérir et entreprennent même les opérations chirurgicales qu'exigent certains accidents ou plus rarement certaines maladies.

They have their diversions and entertainments, and, during the Easy Time of their day, they are wont to assemble in great numbers for those winged sports in the air which I have already described. They have also public halls for music, and even theatres, at which are performed pieces that appeared to me somewhat to resemble the plays of the Chinese — dramas that are thrown back into distant times for their events and personages, in which all classic unities are outrageously violated, and the hero, in once scene a child, in the next is an old man, and so forth. These plays are of very ancient composition, and their stories cast in remote times. They appeared to me very dull, on the whole, but were relieved by startling mechanical contrivances, and a kind of farcical broad humour, and detached passages of great vigour and power expressed in language highly poetical, but somewhat overcharged with metaphor and trope. In fine, they seemed to me very much what the plays of Shakespeare seemed to a Parisian in the time of Louis XV., or perhaps to an Englishman in the reign of Charles II.

The audience, of which the Gy-ei constituted the chief portion, appeared to enjoy greatly the representation of these dramas, which, for so sedate and majestic a race of females, surprised me, till I observed that all the performers were under the age of adolescence, and conjectured truly that the mothers and sisters came to please their children and brothers.

Ils ont leurs plaisirs et leurs fêtes, et pendant les Heures Oisives, ils ont l'habitude de se réunir en grand nombre pour se livrer à ces jeux aériens que j'ai déjà décrits. Ils ont aussi des salles publiques pour la musique et même des théâtres, dans lesquels ils jouent des pièces qui me parurent assez semblables à celles des Chinois. Ce sont des drames dont les personnages et les événements sont pris dans un passé reculé, toutes les unités classiques y sont outrageusement violées, et le héros, enfant au premier tableau, est déjà un vieillard au second et ainsi de suite. Ces pièces sont très ancienne. Je les trouvai parfaitement ennuyeuses dans leur ensemble, quoique relevées par des machines merveilleuses, par une sorte de bonne humeur d'un comique très vif et des passages détachés d'une grande vigueur dans un langage poétique, mais un peu surchargé de métaphores et de tropes. Bref, elles me faisaient le même effet que les pièces de Shakespeare pouvaient faire à un Parisien au temps de Louis XIV ou peut-être à un Anglais sous le règne de Charles II.

L'auditoire, composé surtout de Gy-ei, paraissait jouir vivement de la représentation, ce qui me surprit de la part de femmes si majestueuses et si sérieuses ; mais je m'aperçus bientôt que tous les acteurs étaient au-dessous de l'adolescence et je supposai que les mères et les sœurs assistaient à ce spectacle pour faire plaisir à leurs enfants et à leurs frères.

I have said that these dramas are of great antiquity. No new plays, indeed no imaginative works sufficiently important to survive their immediate day, appear to have been composed for several generations. In fact, though there is no lack of new publications, and they have even what may be called newspapers, these are chiefly devoted to mechanical science, reports of new inventions, announcements respecting various details of business — in short, to practical matters. Sometimes a child writes a little tale of adventure, or a young Gy vents her amorous hopes or fears in a poem; but these effusions are of very little merit, and are seldom read except by children and maiden Gy-ei. The most interesting works of a purely literary character are those of explorations and travels into other regions of this nether world, which are generally written by young emigrants, and are read with great avidity by the relations and friends they have left behind.

I could not help expressing to Aph-Lin my surprise that a community in which mechanical science had made so marvellous a progress, and in which intellectual civilisation had exhibited itself in realising those objects for the happiness of the people, which the political philosophers above ground had, after ages of struggle, pretty generally agreed to consider unattainable visions, should, nevertheless, be so wholly without a contemporaneous literature, despite the excellence to which culture had brought a language at once so rich and simple, vigourous and musical.

J'ai dit que ces drames remontent à une haute antiquité. Aucune pièce nouvelle, aucune œuvre d'imagination digne d'être conservée, ne paraît avoir été composée depuis plusieurs générations. Quoiqu'il ne manque pas de publications nouvelles, qu'il y ait même ce qu'on peut appeler des journaux, ceux-ci sont surtout consacrés aux sciences mécaniques, aux rapports sur les inventions nouvelles, aux annonces relatives à différents détails d'affaires, bref, à des choses pratiques. Quelquefois un enfant écrit un petit conte romanesque, ou une Gy donne carrière à ses craintes ou à ses espérances amoureuses dans un poème ; mais ces effusions ont un très mince mérite et ne sont lues que par les enfants et les jeunes filles. Les œuvres les plus intéressantes, et d'un caractère purement littéraire, sont les récits d'exploration et de voyage dans les autres régions de ce monde souterrain. Ces relations sont généralement écrites par de jeunes émigrants et lues avec avidité par les parents et les amis qu'ils ont laissés derrière eux.

Je ne puis m'empêcher d'exprimer à Aph-Lin mon étonnement de ce qu'un peuple, chez qui les sciences mécaniques avaient fait tant de progrès et chez qui la civilisation intellectuelle était parvenue à réaliser pour le bonheur du peuple les conceptions que nos philosophes terrestres, après des siècles de disputes, se sont généralement accordés à regarder comme des rêves, fût si dépourvu de toute littérature contemporaine, malgré le haut degré de perfection où la culture avait amené la langue à la fois riche et simple, énergique et harmonieuse.

My host replied—"Do you not perceive that a literature
such as you mean would be wholly incompatible with
that perfection of social or political felicity at which you
do us the honour to think we have arrived? We have
at last, after centuries of struggle, settled into a form of
government with which we are content, and in which, as
we allow no differences of rank, and no honours are paid to
administrators distinguishing them from others, there is no
stimulus given to individual ambition. No one would read
works advocating theories that involved any political or
social change, and therefore no one writes them. If now and
then an An feels himself dissatisfied with our tranquil mode
of life, he does not attack it; he goes away. Thus all that
part of literature (and to judge by the ancient books in our
public libraries, it was once a very large part), which relates
to speculative theories on society is become utterly extinct.
Again, formerly there was a vast deal written respecting the
attributes and essence of the All-Good, and the arguments
for and against a future state; but now we all recognise
two facts, that there IS a Divine Being, and there IS a
future state, and we all equally agree that if we wrote our
fingers to the bone, we could not throw any light upon the
nature and conditions of that future state, or quicken our
apprehensions of the attributes and essence of that Divine
Being. Thus another part of literature has become also
extinct, happily for our race; for in the time when so much
was written on subjects which no one could determine,

— Ne voyez-vous pas qu'une littérature telle que vous la rêvez serait tout à fait incompatible avec l'état parfait de félicité politique et sociale, auquel vous nous faites l'honneur de nous croire arrivés ? répondit mon hôte. Nous avons enfin, après des siècles de lutte, établi une forme de gouvernement dont nous sommes contents ; comme nous ne faisons aucune distinction de rang et que nous n'accordons à nos magistrats aucun honneur distinctif, nul stimulant n'excite l'ambition personnelle. Personne ne lirait des ouvrages où seraient soutenues des théories qui impliqueraient quelques changements sociaux ou politiques, et par conséquent personne n'en écrit de tels. Si de loin en loin un An n'est pas satisfait de notre tranquille manière de vivre, il ne l'attaque pas : il s'en va. Ainsi, toute cette portion de la littérature (et à en juger par les anciens ouvrages de nos bibliothèques publiques, c'en était autrefois une portion considérable) qui est consacrée aux théories spéculatives sur la société est tombée dans l'oubli. Autrefois on écrivait beaucoup aussi sur les attributs et l'essence de la Bonté Suprême et sur les arguments pour et contre la vie future. Maintenant nous reconnaissons deux faits : il y a un Être Divin, et il y a une vie future ; et nous convenons que quand nous écririons à nous user les doigts jusqu'aux os, nous n'arriverions pas à jeter la moindre lumière sur la nature et les conditions de cette vie future, ni à rendre plus claire notre connaissance des attributs et de l'essence de cet Être Divin. C'est ainsi qu'une autre branche de notre littérature s'est éteinte heureusement pour notre race, car à l'époque où l'on écrivait tant sur des choses que personne ne pouvait éclaircir,

people seemed to live in a perpetual state of quarrel and contention. So, too, a vast part of our ancient literature consists of historical records of wars an revolutions during the times when the Ana lived in large and turbulent societies, each seeking aggrandisement at the expense of the other. You see our serene mode of life now; such it has been for ages. We have no events to chronicle. What more of us can be said than that, 'they were born, they were happy, they died?' Coming next to that part of literature which is more under the control of the imagination, such as what we call Glaubsila, or colloquially 'Glaubs,' and you call poetry, the reasons for its decline amongst us are abundantly obvious.

"We find, by referring to the great masterpieces in that department of literature which we all still read with pleasure, but of which none would tolerate imitations, that they consist in the portraiture of passions which we no longer experience — ambition, vengeance, unhallowed love, the thirst for warlike renown, and suchlike. The old poets lived in an atmosphere impregnated with these passions, and felt vividly what they expressed glowingly. No one can express such passions now, for no one can feel them, or meet with any sympathy in his readers if he did. Again, the old poetry has a main element in its dissection of those complex mysteries of human character which conduce to abnormal vices and crimes, or lead to signal and extraordinary virtues. But our society, having got rid of temptations to any prominent vices and crimes,

les gens semblent avoir vécu dans un état perpétuel de contestations et de luttes. Une autre portion considérable de notre ancienne littérature consiste dans l'histoire des guerres et des révolutions de l'époque où les Ana vivaient en sociétés nombreuses et turbulentes, chacune cherchant à s'agrandir aux dépens de l'autre. Vous voyez combien notre vie est calme aujourd'hui ; il y a des siècles que nous vivons ainsi. Nous n'avons aucun événement à raconter. Que peut-on dire de nous, sinon : ils naquirent, vécurent heureux, et moururent ? Quant à cette partie de la littérature qui naît de l'imagination et que nous appelons Glaubsila, ou familièrement Glaubs, les raisons de son déclin parmi nous sont faciles à découvrir.

« Nous voyons, en nous reportant à ces chefs-d'œuvre de la littérature que nous lisons tous encore avec plaisir, mais dont personne ne tolèrerait l'imitation, qu'ils sont consacrés à la peinture de passions que nous n'éprouvons plus, telles que l'ambition, la vengeance, l'amour illégitime, la soif de la gloire militaire, et ainsi de suite. Les vieux poètes vivaient dans une atmosphère imprégnée de ces passions et sentaient vivement ce qu'ils exprimaient avec tant d'éclat. Personne ne pourrait maintenant exprimer ces passions, car personne ne les ressent, et celui qui les exprimerait ne trouverait aucune sympathie chez ses lecteurs. D'autre part, l'ancienne poésie se complaisait à étudier les mystérieuses bizarreries du cœur humain, qui mènent à l'extraordinaire dans le crime et le vice comme dans la vertu. Mais notre société s'est débarrassée de toutes les tentations qui pourraient entraîner à quelque crime ou à quelque vice saillant,

has necessarily rendered the moral average so equal, that there are no very salient virtues. Without its ancient food of strong passions, vast crimes, heroic excellences, poetry therefore is, if not actually starved to death, reduced to a very meagre diet. There is still the poetry of description — description of rocks, and trees, and waters, and common household life; and our young Gy-ei weave much of this insipid kind of composition into their love verses."

"Such poetry," said I, "might surely be made very charming; and we have critics amongst us who consider it a higher kind than that which depicts the crimes, or analyses the passions, of man. At all events, poetry of the inspired kind you mention is a poetry that nowadays commands more readers than any other among the people I have left above ground."

"Possibly; but then I suppose the writers take great pains with the language they employ, and devote themselves to the culture and polish of words and rhythms of an art?"

"Certainly they do: all great poets do that. Though the gift of poetry may be inborn, the gift requires as much care to make it available as a block of metal does to be made into one of your engines."

"And doubtless your poets have some incentive to bestow all those pains upon such verbal prettinesses?"

et le niveau moral est si égal, qu'il n'y a même pas de vertus saillantes. Dès qu'elle ne peut plus se nourrir de passions fortes, de crimes terribles, de supériorités héroïques, la poésie est sinon condamnée à mourir de faim, du moins réduite à un maigre ordinaire. Il reste la poésie descriptive : la description des rochers, des arbres, des eaux, de la vie domestique, et nos jeunes Gy-ei mêlent beaucoup de ces fadeurs à leurs vers amoureux.

— Une telle poésie, m'écriai-je, pourrait assurément être charmante, et nous avons parmi nous des critiques qui la considèrent comme plus élevée que celle qui dépeint les crimes ou analyse les passions de l'homme. Quoi qu'il en soit, le genre poétique insipide dont vous parlez est celui qui trouve aujourd'hui le plus de lecteurs parmi le peuple auquel j'appartiens.

— Cela se peut ; mais je suppose que les écrivains travaillent beaucoup leur langue et s'appliquent avec un soin religieux au choix des mots et à la perfection du rythme ?

— Certainement, tous les grands poètes le doivent. Quoique le don de la poésie soit inné, ce don exige, pour qu'on en puisse profiter, autant de travail qu'un bloc de métal dont vous voulez faire une de vos machines.

— Et sans doute vos poètes ont quelque motif pour se donner tant de peine afin d'arriver à ces gentillesses de langage ?

"Well, I presume their instinct of song would make them sing as the bird does; but to cultivate the song into verbal or artificial prettiness, probably does need an inducement from without, and our poets find it in the love of fame — perhaps, now and then, in the want of money."

"Precisely so. But in our society we attach fame to nothing which man, in that moment of his duration which is called 'life,' can perform. We should soon lose that equality which constitutes the felicitous essence of our commonwealth if we selected any individual for pre-eminent praise: pre-eminent praise would confer pre-eminent power, and the moment it were given, evil passions, now dormant, would awake: other men would immediately covet praise, then would arise envy, and with envy hate, and with hate calumny and persecution. Our history tells us that most of the poets and most of the writers who, in the old time, were favoured with the greatest praise, were also assailed by the greatest vituperation, and even, on the whole, rendered very unhappy, partly by the attacks of jealous rivals, partly by the diseased mental constitution which an acquired sensitiveness to praise and to blame tends to engender. As for the stimulus of want; in the first place, no man in our community knows the goad of poverty; and, secondly, if he did, almost every occupation would be more lucrative than writing.

"Our public libraries contain all the books of the past which time has preserved; those books, for the reasons above stated, are infinitely better than any can write nowadays,

— Oui ! je suppose que leur instinct les porterait à chanter comme chantent les oiseaux ; mais s'ils donnent à leurs chants ces beautés artificielles d'expression, je pense qu'ils y sont poussés par le désir de la gloire, et peut-être parfois par le besoin d'argent.

— Précisément. Mais dans notre monde nous n'attachons la gloire à rien de ce que l'homme peut accomplir dans ce temps que nous appelons la vie. Nous perdrions bientôt cette quiétude, qui constitue essentiellement notre félicité, si nous accordions à tel ou tel individu des louanges exceptionnelles qui entraîneraient un pouvoir exceptionnel et qui réveilleraient les passions mauvaises aujourd'hui endormies ; d'autres hommes convoiteraient immédiatement ces louanges, l'envie s'élèverait, et avec l'envie, la haine, la calomnie, et la persécution. Notre histoire raconte que la plupart des poètes et des écrivains qui, autrefois, obtenaient le plus de gloire, étaient aussi assaillis des plus grandes injures et se trouvaient après tout très malheureux, soit à cause de leurs rivaux, soit par les faiblesses de caractère que tend à faire naître une sensibilité excessive à l'égard de la louange et du blâme. Quant au stimulant du besoin, nul dans notre société ne connaît l'aiguillon de la pauvreté, et si même il en était ainsi aucune profession ne serait moins lucrative que la profession d'écrivain.

« Nos bibliothèques publiques contiennent tous les livres anciens que le temps a respectés ; ces livres, pour les raisons que je viens de vous dire, sont infiniment meilleurs que tous ceux qu'on pourrait écrire aujourd'hui,

and they are open to all to read without cost. We are not such fools as to pay for reading inferior books, when we can read superior books for nothing."

"With us, novelty has an attraction; and a new book, if bad, is read when an old book, though good, is neglected."

"Novelty, to barbarous states of society struggling in despair for something better, has no doubt an attraction, denied to us, who see nothing to gain in novelties; but after all, it is observed by one of our great authors four thousand years ago, that 'he who studies old books will always find in them something new, and he who reads new books will always find in them something old.' But to return to the question you have raised, there being then amongst us no stimulus to painstaking labour, whether in desire of fame or in pressure of want, such as have the poetic temperament, no doubt vent it in song, as you say the bird sings; but for lack of elaborate culture it fails of an audience, and, failing of an audience, dies out, of itself, amidst the ordinary avocations of life."

"But how is it that these discouragements to the cultivation of literature do not operate against that of science?"

et chacun peut les lire sans qu'il en coûte rien. Nous ne sommes pas assez fous pour payer le plaisir de lire des livres moins bons, quand nous pouvons en lire d'excellents pour rien.

— Pour nous, la nouveauté est une séduction ; on lit un livre nouveau, même mauvais, tandis qu'on néglige un livre ancien qui est excellent.

— La nouveauté, pour les peuples barbares qui luttent avec désespoir pour arriver à un état meilleur, est sans doute plus attrayante que pour nous qui ne voyons rien à gagner aux nouveautés ; mais, après tout, un de nos grands auteurs, d'il y a quatre mille ans, a observé que « celui qui lit les livres anciens trouvera toujours en eux quelque chose de nouveau, et que celui qui lit les livres nouveaux y trouvera toujours quelque chose d'ancien ». Mais pour en revenir à la question que vous avez soulevée, comme il n'y a point parmi nous un stimulant suffisant pour nous porter à prendre de la peine, comme nous ne connaissons ni l'amour de la gloire, ni le besoin, s'il est des tempéraments poétiques, cette faculté s'exhale dans des chants, à la façon des oiseaux dont vous parliez tout à l'heure, mais faute de culture, ces chants ne trouvent point d'auditoire, et, faute d'auditoire, cette faculté s'éteint d'elle-même dans les occupations ordinaires de la vie.

— Mais comment se fait-il que les mêmes motifs qui empêchent de cultiver la littérature ne soient pas également funestes à la science ?

"Your question amazes me. The motive to science is
the love of truth apart from all consideration of fame, and
science with us too is devoted almost solely to practical
uses, essential to our social conversation and the comforts
of our daily life. No fame is asked by the inventor, and
none is given to him; he enjoys an occupation congenial to
his tastes, and needing no wear and tear of the passions.
Man must have exercise for his mind as well as body; and
continuous exercise, rather than violent, is best for both.
Our most ingenious cultivators of science are, as a general
rule, the longest lived and the most free from disease.
Painting is an amusement to many, but the art is not what it
was in former times, when the great painters in our various
communities vied with each other for the prize of a golden
crown, which gave them a social rank equal to that of the
kings under whom they lived. You will thus doubtless have
observed in our archaeological department how superior in
point of art the pictures were several thousand years ago.
Perhaps it is because music is, in reality, more allied to
science than it is to poetry, that, of all the pleasurable arts,
music is that which flourishes the most amongst us. Still,
even in music the absence of stimulus in praise or fame has
served to prevent any great superiority of one individual
over another; and we rather excel in choral music, with the
aid of our vast mechanical instruments, in which we make
great use of the agency of water,[1] than in single performers.

---

1. This may remind the student of Nero's invention of a musical machine, by which water
was made to perform the part of an orchestra, and on which he was employed when the
conspiracy against him broke out.

— Votre question me surprend. Ce qui inspire le goût de la science, c'est l'amour de la vérité, en dehors de toute considération de gloire ; et d'ailleurs la science, chez nous, est consacrée presque uniquement à des usages pratiques, essentiels à notre conservation sociale et au bien-être de notre vie quotidienne. L'inventeur ne demande pas la gloire et on ne lui en accorde aucune ; il jouit d'une occupation qui lui plaît et ne recherche point la fatigue des passions. L'esprit de l'homme a besoin d'exercice aussi bien que son corps, et d'un exercice continuel plutôt que violent. Nos savants les plus ingénieux sont, en général, ceux qui vivent le plus longtemps et qui sont les plus exempts de toute maladie. La peinture est pour beaucoup un amusement, mais cet art n'est pas ce qu'il était autrefois, quand les grands peintres de nos différents peuples luttaient pour obtenir la couronne d'or, qui leur donnait un rang égal à celui des rois sous lesquels ils vivaient. Vous aurez sans doute observé dans notre musée combien les peintures étaient supérieures il y a plusieurs milliers d'années. C'est peut-être parce que la musique est en réalité plus voisine de la science que la poésie, qu'elle est encore le plus florissant de tous les arts parmi nous. Cependant, même à l'égard de la musique, l'absence du stimulant des louanges et de la gloire a empêché parmi nous toute grande supériorité de se manifester. Nous brillons plutôt par la musique d'ensemble, grâce à nos grands instruments mécaniques, dans lesquels nous nous servons beaucoup de l'eau[1], que par le talent des artistes qui jouent seuls.

---

1. Ceci peut rappeler aux savants l'invention par Néron d'une machine musicale, dans laquelle l'eau remplissait les fonctions d'un orchestre et dont il s'occupait quand la conspiration éclata contre lui.

We have had scarcely any original composer for some ages. Our favorite airs are very ancient in substance, but have admitted many complicated variations by inferior, though ingenious, musicians."

"Are there no political societies among the Ana which are animated by those passions, subjected to those crimes, and admitting those disparities in condition, in intellect, and in morality, which the state of your tribe, or indeed of the Vril-ya generally, has left behind in its progress to perfection? If so, among such societies perhaps Poetry and her sister arts still continue to be honoured and to improve?"

"There are such societies in remote regions, but we do not admit them within the pale of civilised communities; we scarcely even give them the name of Ana, and certainly not that of Vril-ya. They are savages, living chiefly in that low stage of being, Koom-Posh, tending necessarily to its own hideous dissolution in Glek-Nas. Their wretched existence is passed in perpetual contest and perpetual change. When they do not fight with their neighbours, they fight among themselves. They are divided into sections, which abuse, plunder, and sometimes murder each other, and on the most frivolous points of difference that would be unintelligible to us if we had not read history, and seen that we too have passed through the same early state of ignorance and barbarism. Any trifle is sufficient to set them together by the ears. They pretend to be all equals, and the more they have struggled to be so, by removing old

Nous n'avons guère eu de compositeurs originaux depuis plusieurs siècles. Nos airs favoris sont très anciens, mais on les a enrichis de variations compliquées, composées par des musiciens inférieurs, quoique ingénieux.

— N'y a-t-il donc chez les Ana aucune société politique animée de ces passions, sujette à ces crimes, et admettant ces disparités de condition, intellectuelles et morales, que votre tribu et même les Vril-ya en général, ont depuis longtemps laissées derrière eux dans leur marche vers la perfection ? S'il en est ainsi, peut-être que dans ces sociétés l'Art et sa sœur la Poésie sont encore cultivés et honorés ?

— Il y a quelques sociétés de ce genre dans les régions les plus éloignées, mais nous ne les mettons pas au rang des nations civilisées ; nous ne leur donnons pas même le nom d'Ana, et encore moins celui de Vril-ya. Ce sont des barbares, vivant surtout dans cet état inférieur, le Koom-Posh, qui tend nécessairement à la hideuse dissolution du Glek-Nas. Leur existence misérable se passe en luttes et en changements perpétuels. Quand ils ne se battent pas avec leurs voisins, ils se battent entre eux. Ils sont divisés en partis qui s'insultent, se pillent mutuellement quand ils ne s'assassinent pas, et cela pour des différences frivoles d'opinions que nous ne comprendrions même pas, si nous n'avions pas lu l'histoire et si nous n'avions passé par les mêmes épreuves dans les siècles d'ignorance et de barbarie. La moindre bagatelle suffit pour les faire partir en guerre. Ils prétendent tous être égaux, et, plus ils ont lutté dans ce but, détruisant les anciennes

distinctions, and starting afresh, the more glaring and intolerable the disparity becomes, because nothing in hereditary affections and associations is left to soften the one naked distinction between the many who have nothing and the few who have much. Of course the many hate the few, but without the few they could not live. The many are always assailing the few; sometimes they exterminate the few; but as soon as they have done so, a new few starts out of the many, and is harder to deal with than the old few. For where societies are large, and competition to have something is the predominant fever, there must be always many losers and few gainers. In short, they are savages groping their way in the dark towards some gleam of light, and would demand our commiseration for their infirmities, if, like all savages, they did not provoke their own destruction by their arrogance and cruelty. Can you imagine that creatures of this kind, armed only with such miserable weapons as you may see in our museum of antiquities, clumsy iron tubes charged with saltpetre, have more than once threatened with destruction a tribe of the Vril-ya, which dwells nearest to them, because they say they have thirty millions of population—and that tribe may have fifty thousand—if the latter do not accept their notions of Soc-Sec (money getting) on some trading principles which they have the impudence to call 'a law of civilisation'?"

"But thirty millions of population are formidable odds against fifty thousand!"

distinctions pour en créer de nouvelles, plus l'inégalité devient visible et intolérable, parce qu'il ne reste plus d'associations et d'affections héréditaires pour adoucir cette unique différence qui subsiste entre la majorité qui n'a rien et la minorité qui possède tout. Naturellement la majorité hait la minorité, mais ne peut s'en passer. Le grand nombre attaque sans cesse le petit nombre, et l'extermine quelquefois ; mais aussitôt, une nouvelle minorité s'élève du sein de la majorité et se montre plus rude que la précédente. Car, là où les sociétés sont nombreuses et où le désir d'acquérir quelque chose est la fièvre prédominante, il y a peu de gagnants et beaucoup de perdants. Bref, le peuple dont je parle est composé de sauvages cherchant leur route à tâtons vers un rayon de lumière ; leur misère mériterait notre pitié, si, comme des sauvages, ils ne provoquaient leur destruction par leur arrogance et leur cruauté. Pouvez-vous imaginer que des créatures de cette espèce, pourvues seulement de ces armes misérables que vous avez pu voir dans notre musée d'antiquités, de ces tubes de fer grossiers chargés de salpêtre, ont menacé plus d'une fois l'existence d'une tribu de Vril-ya, qui habite près d'eux, parce qu'ils disent qu'ils ont trente millions d'habitants, et la tribu dont je parle peut en avoir cinquante mille, si ces derniers n'acceptent pas leurs habitudes de *Soc-Sec* (l'art de gagner de l'argent), d'après certains principes commerciaux qu'ils ont l'impudence d'appeler une des lois de la civilisation ?

— Mais, dis-je, trente millions d'habitants sont une force formidable contre cinquante mille !

My host stared at me astonished.

"Stranger," said he, "you could not have heard me say that this threatened tribe belongs to the Vril-ya; and it only waits for these savages to declare war, in order to commission some half-a-dozen small children to sweep away their whole population."

At these words I felt a thrill of horror, recognising much more affinity with "the savages" than I did with the Vril-ya, and remembering all I had said in praise of the glorious American institutions, which Aph-Lin stigmatised as Koom-Posh. Recovering my self-possession, I asked if there were modes of transit by which I could safely visit this temerarious and remote people.

"You can travel with safety, by vril agency, either along the ground or amid the air, throughout all the range of the communities with which we are allied and akin; but I cannot vouch for your safety in barbarous nations governed by different laws from ours; nations, indeed, so benighted, that there are among them large numbers who actually live by stealing from each other, and one could not with safety in the Silent Hours even leave the doors of one's own house open."

Here our conversation was interrupted by the entrance of Taee, who came to inform us that he, having been deputed to discover and destroy the enormous reptile which I had seen on my first arrival, had been on the watch for it ever since his visit to me, and had began to suspect

Mon hôte me regarda avec étonnement.

— Étranger, dit-il, vous n'avez pas entendu sans doute que je vous disais que cette tribu appartient aux Vril-ya et qu'elle n'attend qu'une déclaration de guerre de la part de ces sauvages, afin de former une commission d'une demi-douzaine de petits enfants pour balayer toute leur population.

À ces mots je sentis un frisson d'horreur, me reconnaissant plus d'affinités avec ces sauvages qu'avec les Vril-ya et me souvenant de tout ce que j'avais dit à la louange des institutions de la glorieuse Amérique, qu'Aph-Lin stigmatisait sous le nom de Koom-Posh. Je repris cependant mon sang-froid et demandai s'il existait quelque mode de locomotion grâce auquel je pusse voyager avec sécurité parmi ces peuples éloignés et téméraires.

— Vous pouvez voyager avec sécurité, par le moyen du vril sur terre ou dans l'air, dans tous les États de notre alliance et de notre race ; mais je ne puis répondre de votre sécurité au milieu de nations barbares gouvernées par des lois différentes des nôtres ; des nations si peu éclairées qu'un grand nombre d'entre elles vivent de vol réciproque et que l'on ne pourrait pas chez elles laisser ses portes ouvertes même pendant les Heures Silencieuses.

Ici notre conversation fut interrompue par l'arrivée de Taë, qui venait nous dire que, ayant été chargé de découvrir et de détruire l'énorme reptile que j'avais vu à mon arrivée, il s'était constamment tenu en vedette et commençait à croire

that my eyes had deceived me, or that the creature had
made its way through the cavities within the rocks to the
wild regions in which dwelt its kindred race,—when it
gave evidences of its whereabouts by a great devastation of
the herbage bordering one of the lakes.

"And," said Taee, "I feel sure that within that lake it is
now hiding. So," (turning to me) "I thought it might amuse
you to accompany me to see the way we destroy such
unpleasant visitors."

As I looked at the face of the young child, and called
to mind the enormous size of the creature he proposed to
exterminate, I felt myself shudder with fear for him, and
perhaps fear for myself, if I accompanied him in such a
chase. But my curiosity to witness the destructive effects
of the boasted vril, and my unwillingness to lower myself in
the eyes of an infant by betraying apprehensions of personal
safety, prevailed over my first impulse. Accordingly, I
thanked Taee for his courteous consideration for my
amusement, and professed my willingness to set out with
him on so diverting an enterprise.

que mes yeux m'avaient trompé, ou que l'animal s'était enfui, par la caverne où je l'avais vu, vers les régions qu'habitaient ses semblables, quand le monstre avait donné signe de sa présence par les dévastations commises autour d'un des lacs.

— Et, ajouta Taë, je suis sûr qu'il est caché maintenant dans le lac. Aussi, dit-il en se tournant vers moi, j'ai pensé que cela pourrait vous amuser de m'accompagner pour voir de quelle façon nous détruisons ces désagréables visiteurs.

En regardant l'enfant et en me souvenant de la taille énorme de l'animal qu'il se proposait de détruire, je me sentis frissonner de terreur pour lui, et peut-être pour moi, si je l'accompagnais dans une pareille chasse. Mais le désir que j'éprouvais de constater par moi-même les effets destructifs de ce vril tant vanté, et la peur de m'abaisser aux yeux d'un enfant en trahissant quelque crainte, l'emportèrent sur mon premier mouvement. Je remerciai donc Taë de l'aimable intérêt qu'il portait à mes plaisirs et me déclarai tout disposé à l'accompagner dans une entreprise aussi amusante.

Chapter 18

As Taee and myself, on quitting the town, and leaving to the left the main road which led to it, struck into the fields, the strange and solemn beauty of the landscape, lighted up, by numberless lamps, to the verge of the horizon, fascinated my eyes, and rendered me for some time an inattentive listener to the talk of my companion.

Along our way various operations of agriculture were being carried on by machinery, the forms of which were new to me, and for the most part very graceful; for among these people art being so cultivated for the sake of mere utility, exhibits itself in adorning or refining the shapes of useful objects. Precious metals and gems are so profuse among them, that they are lavished on things devoted to purposes the most commonplace; and their love of utility leads them to beautify its tools, and quickens their imagination in a way unknown to themselves.

In all service, whether in or out of doors, they make great use of automaton figures, which are so ingenious, and so pliant to the operations of vril, that they actually seem

Comme Taë et moi, en quittant la ville et laissant à gauche la grande route qui y conduit, nous entrions dans les champs, la beauté étrange et solennelle du paysage, illuminé par d'innombrables lampes jusqu'aux limites de l'horizon, fascina mes yeux et me rendit pendant quelque temps inattentif à la conversation de mon compagnon.

Tout le long de la route des machines faisaient divers travaux d'agriculture ; leurs formes étaient nouvelles pour moi et, pour la plupart, fort gracieuses ; car parmi ce peuple, l'art n'étant cultivé que pour l'utilité, le goût se montre dans la manière d'orner et d'embellir les objets utiles. Les métaux précieux et les pierres fines sont si abondants chez eux, qu'on en couvre les objets les plus ordinaires ; leur amour de ce qui est utile les conduit à parer leurs outils et stimule leur imagination à un point dont ils ne se rendent pas compte eux-mêmes.

Dans tous les services, soit à l'intérieur, soit à l'extérieur des maisons, ils se servent beaucoup d'automates si ingénieux, si dociles au pouvoir du vril, qu'ils semblent doués

gifted with reason. It was scarcely possible to distinguish the figures I beheld, apparently guiding or superintending the rapid movements of vast engines, from human forms endowed with thought.

By degrees, as we continued to walk on, my attention became roused by the lively and acute remarks of my companion. The intelligence of the children among this race is marvellously precocious, perhaps from the habit of having intrusted to them, at so early an age, the toils and responsibilities of middle age. Indeed, in conversing with Taee, I felt as if talking with some superior and observant man of my own years. I asked him if he could form any estimate of the number of communities into which the race of the Vril-ya is subdivided.

"Not exactly," he said, "because they multiply, of course, every year as the surplus of each community is drafted off. But I heard my father say that, according to the last report, there were a million and a half of communities speaking our language, and adopting our institutions and forms of life and government; but, I believe, with some differences, about which you had better ask Zee. She knows more than most of the Ana do. An An cares less for things that do not concern him than a Gy does; the Gy-ei are inquisitive creatures."

"Does each community restrict itself to the same number of families or amount of population that you do?"

de raison. Il n'était guère possible de reconnaître si les formes humaines, que je voyais surveiller ou guider en apparence les rapides mouvements des vastes machines, étaient douées ou non de raison.

Peu à peu, à mesure que nous marchions, mon intérêt fut éveillé par les remarques de mon compagnon, remarques pleines de vivacité et de pénétration. L'intelligence des enfants parmi ce peuple est merveilleusement précoce, peut-être à cause de l'habitude qu'on a de leur confier de très bonne heure les soins et les responsabilités de l'âge mûr. En causant avec Taë, je croyais m'entretenir avec un homme doué d'une haute intelligence et d'un esprit observateur et au moins de mon âge. Je lui demandai s'il avait quelque notion sur le nombre des communautés entre lesquelles se partageaient les Vril-ya.

— Pas avec exactitude, me répondit-il, parce que le nombre augmente chaque année quand le surplus de la population émigre. Mais j'ai entendu dire à mon père que, suivant les derniers rapports, il y avait un million et demi de communautés parlant notre langue, adoptant nos institutions, nos mœurs et notre forme de gouvernement, sauf, je pense, avec quelques variations sur lesquelles vous pouvez consulter Zee avec plus de fruit. Elle en sait plus que la plupart des Ana. Un An s'occupe moins de ce qui ne le regarde pas qu'une Gy ; les Gy-ei sont des créatures curieuses.

— Toutes les communautés se restreignent-elles au même nombre de familles ou d'habitants que la vôtre ?

"No; some have much smaller populations, some have larger—varying according to the extent of the country they appropriate, or to the degree of excellence to which they have brought their machinery. Each community sets its own limit according to circumstances, taking care always that there shall never arise any class of poor by the pressure of population upon the productive powers of the domain; and that no state shall be too large for a government resembling that of a single well-ordered family. I imagine that no vril community exceeds thirty-thousand households. But, as a general rule, the smaller the community, provided there be hands enough to do justice to the capacities of the territory it occupies, the richer each individual is, and the larger the sum contributed to the general treasury,—above all, the happier and the more tranquil is the whole political body, and the more perfect the products of its industry. The state which all tribes of the Vril-ya acknowledge to be the highest in civilisation, and which has brought the vril force to its fullest development, is perhaps the smallest. It limits itself to four thousand families; but every inch of its territory is cultivated to the utmost perfection of garden ground; its machinery excels that of every other tribe, and there is no product of its industry in any department which is not sought for, at extraordinary prices, by each community of our race. All our tribes make this state their model, considering that we should reach the highest state of civilisation allowed to mortals if we could unite the greatest degree of happiness with the highest degree of intellectual achievement;

— Non, quelques-unes ont une population moindre, d'autres une population plus considérable. Cela varie suivant le pays où elles s'établissent, ou le degré de perfection où elles ont amené leurs moyens mécaniques. Chaque communauté établit ses limites suivant les circonstances, en prenant toujours soin qu'il ne puisse se produire une classe pauvre, ce qui arriverait si la population dépassait les ressources du territoire ; et aussi qu'aucun État ne soit trop vaste pour supporter un gouvernement semblable à celui d'une famille bien réglée. Je ne crois pas qu'aucune communauté Vril dépasse trente mille familles. Mais, ceci est une règle générale, moins la communauté est nombreuse, pourvu qu'il y ait assez de mains pour cultiver le territoire qu'elle occupe, plus les habitants sont riches et plus la somme versée au trésor général est forte, et surtout plus le corps politique est heureux et tranquille, et plus sont parfaits les produits de l'industrie. La tribu que tous les Vril-ya reconnaissent comme la plus avancée en civilisation et qui a amené la force du vril à son plus grand développement est peut-être la moins nombreuse. Elle se restreint à quatre mille familles ; mais chaque pouce de son terrain est cultivé avec autant de soin qu'on en peut donner à un jardin ; ses machines sont meilleures que celles des autres tribus et il n'y a pas de produit de son industrie, dans aucune branche, qui ne soit vendu à des prix extraordinaires aux autres communautés. Toutes nos tribus prennent modèle sur celle-là, considérant que nous atteindrions le plus haut point de civilisation accordé aux mortels, si nous pouvions unir le plus haut degré de bonheur au plus haut degré de culture intellectuelle,

and it is clear that the smaller the society the less difficult that will be. Ours is too large for it."

This reply set me thinking. I reminded myself of that little state of Athens, with only twenty thousand free citizens, and which to this day our mightiest nations regard as the supreme guide and model in all departments of intellect. But then Athens permitted fierce rivalry and perpetual change, and was certainly not happy. Rousing myself from the reverie into which these reflections had plunged me, I brought back our talk to the subjects connected with emigration.

"But," said I, "when, I suppose yearly, a certain number among you agree to quit home and found a new community elsewhere, they must necessarily be very few, and scarcely sufficient, even with the help of the machines they take with them, to clear the ground, and build towns, and form a civilised state with the comforts and luxuries in which they had been reared."

"You mistake. All the tribes of the Vril-ya are in constant communication with each other, and settle amongst themselves each year what proportion of one community will unite with the emigrants of another, so as to form a state of sufficient size; and the place for emigration is agreed upon at least a year before, and pioneers sent from each state to level rocks, and embank waters, and construct houses; so that when the emigrants at last go, they find a city already made, and a country around it at least partially cleared.

et il est clair que plus la population d'un État est petite, plus ce but devient facile à atteindre. Notre population est trop considérable pour y arriver.

Cette réponse me fit réfléchir. Je me rappelai le petit État d'Athènes, composé seulement de vingt mille citoyens libres, et que jusqu'à ce jour nos plus puissants États regardent comme un guide suprême, un modèle en tout ce qui concerne l'intelligence. Mais Athènes, qui se permettait d'ardentes rivalités et des changements perpétuels, n'était certainement pas heureuse. Je sortis de la rêverie dans laquelle ces réflexions m'avaient plongé, et je ramenai la conversation sur le sujet des émigrations.

— Mais, dis-je, quand certains d'entre vous quittent, tous les ans, je suppose, leur foyer, pour aller fonder une colonie, ils sont nécessairement très peu nombreux et à peine suffisants, même avec le secours des machines qu'ils emportent, pour défricher le sol, bâtir des villes, et former un État civilisé possédant le bien-être et le luxe dans lequel ils ont été élevés.

— Vous vous trompez. Toutes les tribus des Vril-ya sont en communication constante et déterminent chaque année, entre elles, le nombre d'émigrants d'une communauté qui se joindront à ceux d'une autre communauté pour former un État suffisant. Le lieu de l'émigration est choisi au moins une année à l'avance, on y envoie des pionniers de tous les États pour niveler les rocs, canaliser les eaux et construire des maisons ; de sorte que, quand les émigrants arrivent, ils trouvent une ville déjà bâtie et un pays en grande partie défriché.

Our hardy life as children make us take cheerfully to travel and adventure. I mean to emigrate myself when of age."

"Do the emigrants always select places hitherto uninhabited and barren?"

"As yet generally, because it is our rule never to destroy except when necessary to our well-being. Of course, we cannot settle in lands already occupied by the Vril-ya; and if we take the cultivated lands of the other races of Ana, we must utterly destroy the previous inhabitants. Sometimes, as it is, we take waste spots, and find that a troublesome, quarrelsome race of Ana, especially if under the administration of Koom-Posh or Glek-Nas, resents our vicinity, and picks a quarrel with us; then, of course, as menacing our welfare, we destroy it: there is no coming to terms of peace with a race so idiotic that it is always changing the form of government which represents it. Koom-Posh," said the child, emphatically, "is bad enough, still it has brains, though at the back of its head, and is not without a heart; but in Glek-Nas the brain and heart of the creatures disappear, and they become all jaws, claws, and belly."

"You express yourself strongly. Allow me to inform you that I myself, and I am proud to say it, am the citizen of a Koom-Posh."

La vie active que nous menons dans notre enfance nous fait accepter gaiement les voyages et les aventures. J'ai l'intention d'émigrer moi-même quand je serai majeur.

— Les émigrants choisissent-ils toujours des pays jusque-là stériles et inhabités ?

— Oui, en général, jusqu'à présent, parce que nous avons pour règle de ne rien détruire que quand cela est nécessaire à notre bien-être. Naturellement nous ne pouvons nous établir dans des pays déjà occupés par des Vril-ya, et, si nous prenons les terres cultivées d'autres Ana, il faut que nous détruisions complètement les premiers habitants. Quelquefois nous prenons des terrains vagues, et il arrive que quelque race ennuyeuse et querelleuse d'Ana, surtout si elle est soumise au Koom-Posh ou au Glek-Nas, se plaint de notre voisinage et nous cherche querelle. Alors, naturellement, comme ils menacent notre sécurité, nous les détruisons. Il n'y a pas moyen de s'entendre avec une race assez idiote pour changer toujours de forme de gouvernement. Le Koom-Posh, dit l'enfant se servant de métaphores frappantes, est bien mauvais, mais il a de la cervelle, quoiqu'elle soit derrière sa tête, et il ne manque pas de cœur. Mais dans le Glek-Nas, le cœur et la tête de la créature disparaissent, et elle n'est plus que dents, griffes et ventre.

— Vous vous servez d'expressions bien fortes. Permettez-moi de vous dire que je me fais gloire d'appartenir à un pays gouverné par le Koom-Posh.

"I no longer," answered Taee, "wonder to see you here so far from your home. What was the condition of your native community before it became a Koom-Posh?"

"A settlement of emigrants — like those settlements which your tribe sends forth — but so far unlike your settlements, that it was dependent on the state from which it came. It shook off that yoke, and, crowned with eternal glory, became a Koom-Posh."

"Eternal glory! How long has the Koom-Posh lasted?"

"About 100 years."

"The length of an An's life — a very young community. In much less than another 100 years your Koom-Posh will be a Glek-Nas."

"Nay, the oldest states in the world I come from, have such faith in its duration, that they are all gradually shaping their institutions so as to melt into ours, and their most thoughtful politicians say that, whether they like it or not, the inevitable tendency of these old states is towards Koom-Posh-erie."

"The old states?"

"Yes, the old states."

"With populations very small in proportion to the area of productive land?"

"On the contrary, with populations very large in proportion to that area."

— Je ne m'étonne plus de vous voir ici, si loin de chez vous, dit Taë. Quel était l'état de votre pays avant d'en venir au Koom-Posh ?

— C'était une colonie d'émigrants... comme ceux que vous envoyez vous-mêmes hors de vos communautés... mais elle différait de vos colonies en ce qu'elle dépendait de l'État d'où venaient les émigrants. Elle secoua ce joug, et, couronnée d'une gloire éternelle, elle devint un Koom-Posh.

— Une gloire éternelle ! Et depuis combien de temps dure le Koom-Posh ?

— Depuis cent ans environ.

— Le temps de la vie d'un An, c'est une très jeune communauté. En beaucoup moins de cent ans, votre Koom-Posh sera arrivé au Glek-Nas.

— Mais, les plus vieux États du monde dont je viens ont tant de confiance en sa durée, que peu à peu ils arrivent à modeler leurs institutions sur les nôtres, et leurs politiques les plus profonds disent que les tendances irrésistibles de ces vieux États sont vers le Koom-Posh, que cela leur plaise ou non.

— Les vieux États ?

— Oui, les vieux États.

— Avec des populations très peu nombreuses relativement à l'étendue qu'ils occupent ?

— Au contraire, avec des populations très nombreuses proportionnellement au territoire.

"I see! old states indeed! — so old as to become drivelling if they don't pack off that surplus population as we do ours — very old states! — very, very old! Pray, Tish, do you think it wise for very old men to try to turn head-over-heels as very young children do? And if you ask them why they attempted such antics, should you not laugh if they answered that by imitating very young children they could become very young children themselves? Ancient history abounds with instances of this sort a great many thousand years ago — and in every instance a very old state that played at Koom-Posh soon tumbled into Glek-Nas. Then, in horror of its own self, it cried out for a master, as an old man in his dotage cries out for a nurse; and after a succession of masters or nurses, more or less long, that very old state died out of history. A very old state attempting Koom-Posh-erie is like a very old man who pulls down the house to which he has been accustomed, but he has so exhausted his vigour in pulling down, that all he can do in the way of rebuilding is to run up a crazy hut, in which himself and his successors whine out, 'How the wind blows! How the walls shake!'"

"My dear Taee, I make all excuse for your unenlightened prejudices, which every schoolboy educated in a Koom-Posh could easily controvert, though he might not be so precociously learned in ancient history as you appear to be."

— Je vois ! de vieux États sans doute !... si vieux qu'ils vont tomber en décomposition s'ils ne se débarrassent de ce surplus de population comme nous le faisons. De très vieux États !... très... très vieux ! Dites-moi, Tish, trouveriez-vous sage qu'un vieillard essayât de faire la roue sur les pieds et les mains comme le font les enfants ? Et si vous lui demandiez pourquoi il se livre à ces enfantillages et qu'il vous répondît qu'en imitant les très jeunes enfants il redeviendra enfant lui-même, cela ne vous ferait-il pas rire ? L'histoire ancienne abonde en événements de ce genre, qui ont eu lieu il y a plusieurs milliers d'années, et chaque exemple prouve qu'un vieil État qui joue au Koom-Posh tombe bientôt dans le Glek-Nas. Alors par horreur de lui-même, il demande à grands cris un maître, comme un vieillard qui radote demande un garde-malade, et après une succession plus ou moins longue de maîtres ou de gardes-malades, ce vieil État meurt et disparaît de l'histoire. Un très vieil État jouant au Koom-Posh est comme un vieillard qui démolit la maison à laquelle il est habitué et qui s'est tellement épuisé à la renverser que, tout ce qu'il peut faire pour la rebâtir, c'est d'édifier une hutte branlante dans laquelle lui et ses successeurs crient d'une voix lamentable : Comme le vent souffle !... Comme les murs tremblent !...

— Mon cher Taë, je tiens compte de vos préjugés peu éclairés que tout écolier instruit dans un Koom-Posh pourrait aisément contredire, quoiqu'il pût ne pas être doué de cette connaissance si précoce que vous me montrez de l'histoire ancienne.

"I learned! not a bit of it. But would a schoolboy, educated in your Koom-Posh, ask his great-great-grandfather or great-great-grandmother to stand on his or her head with the feet uppermost? And if the poor old folks hesitated — say, 'What do you fear? — see how I do it!'"

"Taee, I disdain to argue with a child of your age. I repeat, I make allowances for your want of that culture which a Koom-Posh alone can bestow."

"I, in my turn," answered Taee, with an air of the suave but lofty good breeding which characterises his race, "not only make allowances for you as not educated among the Vril-ya, but I entreat you to vouchsafe me your pardon for the insufficient respect to the habits and opinions of so amiable a Tish!"

I ought before to have observed that I was commonly called Tish by my host and his family, as being a polite and indeed a pet name, literally signifying a small barbarian; the children apply it endearingly to the tame species of Frog which they keep in their gardens.

We had now reached the banks of a lake, and Taee here paused to point out to me the ravages made in fields skirting it.

"The enemy certainly lies within these waters," said Taee. "Observe what shoals of fish are crowded together at the margin. Even the great fishes with the small ones, who are their habitual prey and who generally shun them,

— Moi savant !... pas le moins du monde. Mais un écolier, élevé dans votre Koom-Posh, demanderait-il à son bisaïeul ou à sa bisaïeule de se tenir la tête en bas et les pieds en l'air ? Et si les pauvres vieillards hésitaient, leur dirait-il : Que craignez-vous ? Voyez comme je le fais !

— Taë, je dédaigne de discuter avec un enfant de votre âge. Je vous répète que je tiens compte en cela du manque de cette culture que le Koom-Posh peut seul donner.

— Et moi, à mon tour, dit Taë, avec cet air de bon ton gracieux mais hautain qui caractérise sa race, je tiens compte de ce que vous n'avez pas été élevé parmi les Vril-ya, et je vous supplie de me pardonner si j'ai manqué de respect pour les opinions et les habitudes d'un si aimable... Tish !

J'aurais dû faire remarquer plus tôt que mon hôte et sa famille m'appelaient familièrement Tish ; c'est un nom poli et usuel, signifiant par métaphore un petit barbare, et littéralement une petite Grenouille ; ses enfants l'emploient sous forme de caresse pour les Grenouilles apprivoisées qu'ils élèvent dans leurs jardins.

Nous avions atteint les bords d'un lac et Taë s'arrêta pour me montrer les ravages faits dans les champs environnants.

— L'ennemi est certainement sous les eaux de ce lac, dit Taë. Remarquez les bandes de poissons réunies près des bords. Les grands et les petits, qui sont habituellement leur proie,

all forget their instincts in the presence of a common des-
troyer. This reptile certainly must belong to the class of
Krek-a, which are more devouring than any other, and are
said to be among the few surviving species of the world's
dreadest inhabitants before the Ana were created. The ap-
petite of a Krek is insatiable—it feeds alike upon vegetable and animal life; but for the swift-footed creatures of
the elk species it is too slow in its movements. Its favourite dainty is an An when it can catch him unawares; and
hence the Ana destroy it relentlessly whenever it enters
their dominion. I have heard that when our forefathers
first cleared this country, these monsters, and others like
them, abounded, and, vril being then undiscovered, many
of our race were devoured. It was impossible to exterminate them wholly till that discovery which constitutes the
power and sustains the civilisation of our race. But after
the uses of vril became familiar to us, all creatures inimical
to us were soon annihilated. Still, once a-year or so, one of
these enormous creatures wanders from the unreclaimed
and savage districts beyond, and within my memory one
has seized upon a young Gy who was bathing in this very
lake. Had she been on land and armed with her staff, it
would not have dared even to show itself; for, like all savage
creatures, the reptile has a marvellous instinct, which war-
ns it against the bearer of the vril wand. How they teach
their young to avoid him, though seen for the first time, is
one of those mysteries which you may ask Zee to explain,

tous oublient leurs instincts en présence de l'ennemi commun. Ce reptile doit certainement appartenir à la classe des Krek-a, classe plus féroce qu'aucune autre et qu'on dit appartenir aux rares espèces encore vivantes parmi celles qui habitaient le monde avant la création des Ana. L'appétit du Krek est insatiable, il se nourrit également de végétaux et d'animaux, mais ses mouvements sont trop lents pour que les élans au pied léger aient rien à craindre de lui. Son met favori est l'An s'il peut le surprendre ; c'est pour cela que les Ana le détruisent sans pitié dès qu'il pénètre sur leur domaine. J'ai entendu dire que quand nos ancêtres défrichèrent cette contrée, ces monstres et d'autres semblables abondaient, et comme le vril n'était pas encore découvert beaucoup des nôtres furent dévorés. Il fut impossible de détruire tout à fait ces bêtes avant cette découverte, qui fait la puissance et la civilisation de notre race ; mais quand nous fûmes familiarisés avec l'usage du vril, toutes les créatures hostiles à notre race furent promptement détruites. Cependant une fois par an ou à peu près, un de ces énormes reptiles quitte les districts sauvages et inhabités, et je me souviens qu'une jeune Gy qui se baignait dans ce lac fut dévorée par l'un d'eux. Si elle avait été à terre et armée de sa baguette il n'aurait pas même osé se montrer ; car ce reptile, comme tous les animaux sauvages, a un instinct merveilleux qui le met en garde contre tout être porteur d'une baguette à vril. Comment ils enseignent à leurs petits à l'éviter sans l'avoir jamais vue, c'est un de ces mystères dont vous pouvez demander l'explication à Zee,

for I cannot.[1] So long as I stand here, the monster will not stir from its lurking-place; but we must now decoy it forth."

"Will that not be difficult?"

"Not at all. Seat yourself yonder on that crag (about one hundred yards from the bank), while I retire to a distance. In a short time the reptile will catch sight or scent of you, and perceiving that you are no vril-bearer, will come forth to devour you. As soon as it is fairly out of the water, it becomes my prey."

"Do you mean to tell me that I am to be the decoy to that horrible monster which could engulf me within its jaws in a second! I beg to decline."

The child laughed.

"Fear nothing," said he; "only sit still."

Instead of obeying the command, I made a bound, and was about to take fairly to my heels, when Taee touched me slightly on the shoulder, and, fixing his eyes steadily on mine, I was rooted to the spot. All power of volition left me. Submissive to the infant's gesture, I followed him to the crag he had indicated, and seated myself there in silence. Most readers have seen something of the effects of electro-biology, whether genuine or spurious. No professor of that doubtful craft had ever been able to influence

---

1. The reptile in this instinct does but resemble our wild birds and animals, which will not come in reach of a man armed with a gun. When the electric wires were first put up, partridges struck against them in their flight, and fell down wounded. No younger generations of partridges meet with a similar accident.

car je ne le connais pas[1]. Tant que je resterai là, le monstre ne sortira pas de sa cachette ; mais nous l'en ferons sortir en lui offrant un leurre.

— Ne sera-ce pas bien difficile ?

— Pas du tout. Asseyez-vous là-bas sur ce rocher à environ cent pas du lac, je vais me retirer à quelque distance. Bientôt le reptile vous verra ou vous sentira, et, s'apercevant que vous n'êtes pas armé de vril, il s'avancera pour vous dévorer. Aussitôt qu'il sera hors de l'eau, il est à moi.

— Voulez-vous dire que je dois servir d'appât à ce terrible monstre qui pourrait m'engloutir en une seconde ! Je vous prie de m'excuser.

L'enfant se mit à rire.

— Ne craignez rien, dit-il, asseyez-vous seulement et restez tranquille.

Au lieu d'obéir, je fis un bond et j'allais m'enfuir à toutes jambes, quand Taë me toucha légèrement l'épaule et fixa ses yeux sur les miens : je fus cloué au sol. Toute volonté m'abandonna. Soumis aux gestes de l'enfant, je le suivis vers le rocher qu'il m'avait indiqué et m'y assis en silence. Quelques-uns de mes lecteurs ont vu quelque chose des effets vrais ou faux de l'électro-biologie. Aucun professeur de cette science incertaine n'était parvenu à dominer

---

1. Par cet instinct, le reptile ressemble à nos oiseaux et à nos animaux sauvages, qui ne se risquent pas à portée d'un homme armé d'un fusil. Quand les premiers fils électriques furent installés, les perdrix les heurtaient dans leur vol et tombaient blessées. Maintenant, les plus jeunes générations de perdrix ne s'exposent jamais à pareil accident.

a thought or a movement of mine, but I was a mere machine at the will of this terrible child. Meanwhile he expanded his wings, soared aloft, and alighted amidst a copse at the brow of a hill at some distance.

I was alone; and turning my eyes with an indescribable sensation of horror towards the lake, I kept them fixed on its water, spell-bound. It might be ten or fifteen minutes, to me it seemed ages, before the still surface, gleaming under the lamplight, began to be agitated towards the centre. At the same time the shoals of fish near the margin evinced their sense of the enemy's approach by splash and leap and bubbling circle. I could detect their hurried flight hither and thither, some even casting themselves ashore. A long, dark, undulous furrow came moving along the waters, nearer and nearer, till the vast head of the reptile emerged — its jaws bristling with fangs, and its dull eyes fixing themselves hungrily on the spot where I sat motionless. And now its fore feet were on the strand — now its enormous breast, scaled on either side as in armour, in the centre showing its corrugated skin of a dull venomous yellow; and now its whole length was on the land, a hundred feet or more from the jaw to the tail. Another stride of those ghastly feet would have brought it to the spot where I sat. There was but a moment between me and this grim form of death, when what seemed a flash of lightning shot through the air, smote, and, for a space of time briefer than that in which a man can draw his breath,

un seul de mes mouvements ou une seule de mes pensées, mais je n'étais plus qu'une machine dans les mains de ce terrible enfant. Il étendit ses ailes, prit son essor, et s'abattit dans un bouquet de bois qui couronnait une colline peu éloignée.

J'étais seul ; je tournai les yeux avec une sensation d'horreur indescriptible vers le lac, et, comme enchaîné par un charme, je les tins fixés sur l'eau. Au bout de dix à quinze minutes, qui me parurent des siècles, la surface calme de l'eau, étincelant sous la lumière des lampes, commença à s'agiter vers le centre. Au même moment, les bandes de poissons réunis près des bords commencèrent à manifester leur terreur à l'approche de l'ennemi en sautant hors de l'eau ; leur course produisait une sorte de bouillonnement circulaire. Je les voyais fuir précipitamment çà et là, quelques-uns même se lancèrent sur le rivage. Un sillon long, sombre, onduleux, s'avançait sur l'eau de plus en plus près du bord, jusqu'à ce que l'énorme tête du reptile sortît, ses mâchoires armées de crocs formidables, et ses yeux ternes fixés d'un air affamé sur l'endroit où je me trouvais. Il posa ses pieds de devant sur le rivage, puis sa large poitrine, couverte d'écailles, comme d'une armure, des deux côtés, et, au milieu, laissant voir une peau ridée d'un jaune terne et venimeux ; bientôt il fut tout entier hors de l'eau ; il était long de cent pieds au moins de la tête à la queue. Encore un pas de ces pieds effroyables et il était sur moi. Je n'étais séparé de cette horrible mort que par quelques secondes quand, tout à coup, une sorte d'éclair traversa l'air, la foudre éclata, et, en moins de temps qu'il n'en faut à un homme pour respirer,

enveloped the monster; and then, as the flash vanished, there lay before me a blackened, charred, smouldering mass, a something gigantic, but of which even the outlines of form were burned away, and rapidly crumbling into dust and ashes. I remained still seated, still speechless, ice-cold with a new sensation of dread; what had been horror was now awe.

I felt the child's hand on my head — fear left me — the spell was broken — I rose up.

"You see with what ease the Vril-ya destroy their enemies," said Taee; and then, moving towards the bank, he contemplated the smouldering relics of the monster, and said quietly, "I have destroyed larger creatures, but none with so much pleasure. Yes, it IS a Krek; what suffering it must have inflicted while it lived!"

Then he took up the poor fishes that had flung themselves ashore, and restored them mercifully to their native element.

enveloppa le monstre ; puis, au moment où l'éclair s'éteignait, je vis devant moi une masse noire, carbonisée, déformée, quelque chose de gigantesque, mais dont les contours avaient été détruits par la flamme, et qui s'en allait rapidement en cendres et en poussière. Je demeurai assis sans voix et glacé de terreur : ce qui avait été de l'horreur était maintenant une sorte de crainte respectueuse.

Je sentis la main de l'enfant se poser sur ma tête, la peur me quitta... le charme était rompu, je me levai.

— Vous voyez avec quelle facilité les Vril-ya détruisent leurs ennemis, me dit Taë.

Puis, s'approchant du rivage, il contempla les restes défigurés du monstre et dit tranquillement :

— J'ai détruit des animaux plus grands, mais aucun avec tant de plaisir que celui-ci. Oui, c'est un Krek ; quelles souffrances n'a-t-il pas dû infliger pendant sa vie !

Il prit alors les pauvres poissons qui s'étaient jetés à terre et les remit avec bonté dans leur élément.

Chapter 19

As we walked back to the town, Taee took a new and circuitous way, in order to show me what, to use a familiar term, I will call the 'Station,' from which emigrants or travellers to other communities commence their journeys. I had, on a former occasion, expressed a wish to see their vehicles. These I found to be of two kinds, one for land journeys, one for aerial voyages: the former were of all sizes and forms, some not larger than an ordinary carriage, some movable houses of one story and containing several rooms, furnished according to the ideas of comfort or luxury which are entertained by the Vril-ya. The aerial vehicles were of light substances, not the least resembling our balloons, but rather our boats and pleasure-vessels, with helm and rudder, with large wings or paddles, and a central machine worked by vril. All the vehicles both for land or air were indeed worked by that potent and mysterious agency.

I saw a convoy set out on its journey, but it had few passengers, containing chiefly articles of merchandise, and was bound to a neighbouring community;

Chapitre 19

Pour retourner à la ville, Taë me fit prendre un chemin plus long que celui que nous avions pris en venant ; il voulait me montrer ce que j'appellerai familièrement la Station d'où partent les émigrants et les voyageurs qui se rendent chez une autre tribu. J'avais déjà exprimé le désir de voir les véhicules des Vril-ya. Je vis qu'ils étaient de deux sortes, les uns pour les voyages par terre, les autres pour les voyages aériens : les premiers étaient de toutes tailles et de toutes formes, quelques-uns n'étaient pas plus grands qu'une de nos voitures ordinaires, d'autres étaient de véritables maisons mobiles à un étage et contenant plusieurs chambres meublées suivant les idées de confort et de luxe des Vril-ya. Les véhicules aériens étaient faits de matières légères, ne ressemblant pas du tout à nos ballons, mais plutôt à nos bateaux de plaisance, avec une barre et un gouvernail, de larges ailes ou palettes, et une machine mue par le vril. Tous les véhicules, soit pour terre, soit pour air, étaient également mus par ce puissant et mystérieux agent.

Je vis un convoi prêt à partir, mais il contenait peu de voyageurs ; il transportait surtout des marchandises et se dirigeait vers un État voisin ;

for among all the tribes of the Vril-ya there is considerable commercial interchange. I may here observe, that their money currency does not consist of the precious metals, which are too common among them for that purpose. The smaller coins in ordinary use are manufactured from a peculiar fossil shell, the comparatively scarce remnant of some very early deluge, or other convulsion of nature, by which a species has become extinct. It is minute, and flat as an oyster, and takes a jewel-like polish. This coinage circulates among all the tribes of the Vril-ya. Their larger transactions are carried on much like ours, by bills of exchange, and thin metallic plates which answer the purpose of our bank-notes.

Let me take this occasion of adding that the taxation among the tribe I became acquainted with was very considerable, compared with the amount of population. But I never heard that any one grumbled at it, for it was devoted to purposes of universal utility, and indeed necessary to the civilisation of the tribe. The cost of lighting so large a range of country, of providing for emigration, of maintaining the public buildings at which the various operations of national intellect were carried on, from the first education of an infant to the departments in which the College of Sages were perpetually trying new experiments in mechanical science; all these involved the necessity for considerable state funds. To these I must add an item that struck me as very singular. I have said that all the human labour required by the state is carried on by children up to the marriageable age.

car il se fait beaucoup de commerce entre les différentes tribus de Vril-ya. Je puis faire observer ici que leur monnaie courante ne consiste pas en métaux précieux, trop communs chez eux pour cet usage. La petite monnaie, dont on se sert ordinairement, est faite avec un coquillage fossile particulier, reste peu abondant de quelque déluge primitif ou de quelque autre convulsion de la nature, dans laquelle l'espèce s'est perdue. Ce coquillage est petit, plat comme l'huître, et il se polit comme une pierre précieuse. Cette monnaie circule parmi toutes les tribus Vril-ya. Leurs affaires les plus considérables se font à peu près comme les nôtres, au moyen de lettres de change et de plaques minces de métal qui remplacent nos billets de banque.

Permettez-moi de profiter de cette occasion pour dire que les impôts, dans la tribu que je voyais, étaient très considérables, comparés à la population. Mais je n'ai jamais entendu dire que personne en murmurât, car ils étaient consacrés à des objets d'utilité universelle et nécessaires même à la civilisation de la tribu. La dépense à faire pour éclairer un si grand territoire, pour pourvoir aux besoins des émigrants, maintenir en état les édifices publics où l'on satisfaisait aux divers besoins intellectuels de la nation, depuis la première éducation des enfants, jusqu'au Collège des Sages, toujours occupés à essayer de nouvelles expériences ; tout cela demandait des fonds considérables. Je dois ajouter encore une dépense qui me parut singulière. J'ai déjà dit que tout le travail manuel était fait par les enfants jusqu'à ce qu'ils atteignissent l'âge du mariage.

For this labour the state pays, and at a rate immeasurably higher than our own remuneration to labour even in the United States. According to their theory, every child, male or female, on attaining the marriageable age, and there terminating the period of labour, should have acquired enough for an independent competence during life. As, no matter what the disparity of fortune in the parents, all the children must equally serve, so all are equally paid according to their several ages or the nature of their work. Where the parents or friends choose to retain a child in their own service, they must pay into the public fund in the same ratio as the state pays to the children it employs; and this sum is handed over to the child when the period of service expires. This practice serves, no doubt, to render the notion of social equality familiar and agreeable; and if it may be said that all the children form a democracy, no less truly it may be said that all the adults form an aristocracy. The exquisite politeness and refinement of manners among the Vril-ya, the generosity of their sentiments, the absolute leisure they enjoy for following out their own private pursuits, the amenities of their domestic intercourse, in which they seem as members of one noble order that can have no distrust of each other's word or deed, all combine to make the Vril-ya the most perfect nobility which a political disciple of Plato or Sidney could conceive for the ideal of an aristocratic republic.

L'État paie ce travail et à un prix beaucoup plus élevé que celui même que nous payons aux États-Unis. Suivant leurs théories, chaque enfant, mâle ou femelle, quand il atteint l'époque du mariage et sort, par conséquent, de l'âge du travail, doit avoir acquis assez de fortune pour vivre dans l'indépendance le reste de ses jours. Comme tous les enfants, quelle que soit la fortune des parents, doivent servir également, tous sont payés suivant leur âge ou la nature de leurs services. Quand les parents gardent un enfant à leur service, ils doivent payer au trésor public le même prix que l'État paye aux enfants qu'il emploie, et cette somme est remise à l'enfant quand son travail expire. Cette habitude sert sans doute à rendre la notion de l'égalité familière et agréable, et on peut dire que les enfants forment une démocratie, avec autant de vérité qu'on peut ajouter que les adultes forment une aristocratie. La politesse exquise et la délicatesse des manières des Vril-ya, la générosité de leurs sentiments, la liberté absolue qu'ils ont de suivre leurs goûts, la douceur de leurs relations domestiques, où ils font preuve d'une générosité qui ne se défie jamais des actes ni des paroles du prochain ; tout cela fait des Vril-ya la noblesse la plus parfaite, qu'un disciple politique de Platon ou de Sidney ait jamais pu rêver pour une république aristocratique.

Chapter 20

From the date of the expedition with Taee which I have just narrated, the child paid me frequent visits. He had taken a liking to me, which I cordially returned. Indeed, as he was not yet twelve years old, and had not commenced the course of scientific studies with which childhood closes in that country, my intellect was less inferior to his than to that of the elder members of his race, especially of the Gy-ei, and most especially of the accomplished Zee. The children of the Vril-ya, having upon their minds the weight of so many active duties and grave responsibilities, are not generally mirthful; but Taee, with all his wisdom, had much of the playful good-humour one often finds the characteristic of elderly men of genius. He felt that sort of pleasure in my society which a boy of a similar age in the upper world has in the company of a pet dog or monkey. It amused him to try and teach me the ways of his people, as it amuses a nephew of mine to make his poodle walk on his hind legs or jump through a hoop. I willingly lent myself to such experiments, but I never achieved the success of the poodle.

À partir de l'expédition que je viens de raconter, Taë me fit de fréquentes visites. Il s'était pris d'affection pour moi et je le lui rendais cordialement. Comme il n'avait pas encore douze ans et qu'il n'avait pas commencé le cours d'études scientifiques par lequel l'enfance se termine chez ce peuple, mon intelligence était moins inférieure à la sienne qu'à celle des membres plus âgés de sa race, surtout des Gy-ei, et, par-dessus tout, à celle de l'admirable Zee. Chez les Vril-ya, les enfants, sur l'esprit desquels pèsent tant de devoirs actifs et de graves responsabilités, ne sont pas très gais ; mais Taë, avec toute sa sagesse, avait beaucoup de cette bonne humeur et de cette gaieté qui distinguent souvent des hommes de génie dans un âge assez avancé. Il trouvait dans ma société le même plaisir qu'un enfant du même âge, dans notre monde, éprouve dans la compagnie d'un chien favori ou d'un singe. Il s'amusait à m'apprendre les habitudes de son pays, comme certain neveu que j'ai s'amuse à faire marcher son caniche sur ses pattes de derrière ou à le faire sauter dans un cerceau. Je me prêtais avec complaisance à ces expériences, mais je ne réussis jamais aussi bien que le caniche.

I was very much interested at first in the attempt to ply the wings which the youngest of the Vril-ya use as nimbly and easily as ours do their legs and arms; but my efforts were attended with contusions serious enough to make me abandon them in despair.

These wings, as I before said, are very large, reaching to the knee, and in repose thrown back so as to form a very graceful mantle. They are composed from the feathers of a gigantic bird that abounds in the rocky heights of the country—the colour mostly white, but sometimes with reddish streaks. They are fastened round the shoulders with light but strong springs of steel; and, when expanded, the arms slide through loops for that purpose, forming, as it were, a stout central membrane. As the arms are raised, a tubular lining beneath the vest or tunic becomes, by mechanical contrivance inflated with air, increased or diminished at will by the movement of the arms, and serving to buoy the whole form as on bladders. The wings and the balloon-like apparatus are highly charged with vril; and when the body is thus wafted upward, it seems to become singularly lightened of its weight. I found it easy enough to soar from the ground; indeed, when the wings were spread it was scarcely possible not to soar, but then came the difficulty and the danger. I utterly failed in the power to use and direct the pinions, though I am considered among my own race unusually alert and ready in bodily exercises, and am a very practiced swimmer.

J'avais grande envie d'apprendre à me servir des ailes dont les plus jeunes Vril-ya se servent avec autant d'adresse et de facilité que nous de nos bras ou de nos jambes, mais mes essais furent suivis de contusions assez graves pour me faire renoncer à ce projet.

Ces ailes, comme je l'ai déjà dit, sont très grandes, tombent jusqu'aux genoux et, au repos, elles sont rejetées en arrière de façon à former un manteau fort gracieux. Elles sont faites des plumes d'un oiseau gigantesque qui est commun dans les rochers de ce pays ; ces plumes sont blanches, quelquefois rayées de rouge. Les ailes sont attachées aux épaules par des ressorts d'acier légers mais solides ; quand elles sont étendues, les bras glissent dans des coulisses pratiquées à cet effet et formant comme une forte membrane centrale. Quand les bras se lèvent, une doublure tubulaire de la veste ou de la tunique s'enfle par des moyens mécaniques, se remplit d'air, qu'on peut augmenter ou diminuer par le mouvement des bras, et sert à soutenir tout le corps comme sur des vessies. Les ailes et l'appareil, assez semblable à un ballon, sont fortement chargés de vril, et quand le corps flotte, il semble avoir beaucoup perdu de son poids. Je trouvai toujours facile de m'élancer du sol ; même quand les ailes étaient étendues, il était difficile de ne pas s'élever ; mais c'était là que commençaient la difficulté et le danger. J'étais tout à fait impuissant à me servir de mes ailes, quoique sur terre on me regarde comme un homme singulièrement alerte et adroit aux exercices du corps et que je sois excellent nageur.

I could only make the most confused and blundering efforts at flight. I was the servant of the wings; the wings were not my servants—they were beyond my control; and when by a violent strain of muscle, and, I must fairly own, in that abnormal strength which is given by excessive fright, I curbed their gyrations and brought them near to the body, it seemed as if I lost the sustaining power stored in them and the connecting bladders, as when the air is let out of a balloon, and found myself precipitated again to the earth; saved, indeed, by some spasmodic flutterings, from being dashed to pieces, but not saved from the bruises and the stun of a heavy fall. I would, however, have persevered in my attempts, but for the advice or the commands of the scientific Zee, who had benevolently accompanied my flutterings, and, indeed, on the last occasion, flying just under me, received my form as it fell on her own expanded wings, and preserved me from breaking my head on the roof of the pyramid from which we had ascended.

"I see," she said, "that your trials are in vain, not from the fault of the wings and their appurtenances, nor from any imperfectness and malformation of your own corpuscular system, but from irremediable, because organic, defect in your power of volition. Learn that the connection between the will and the agencies of that fluid which has been subjected to the control of the Vril-ya was never established by the first discoverers, never achieved by a single generation; it has gone on increasing, like other properties of race,

Je ne pouvais faire que des efforts confus et maladroits. J'obéissais à mes ailes au lieu de leur commander, et quand, par un violent effort musculaire, et, je dois le dire franchement, avec cette force que donne une excessive frayeur, j'arrêtais leur mouvement et les ramenais contre mon corps, il me semblait que ni les ailes ni les vessies n'avaient plus la force de me soutenir, comme quand on laisse échapper l'air d'un ballon, et je tombais précipité à terre. Quelques mouvements spasmodiques me préservaient d'être mis en pièces, mais ne me sauvaient pas des contusions ni de l'étourdissement d'une lourde chute. J'aurais cependant persévéré dans mes tentatives, sans les avis et les ordres de la savante Zee, qui avait eu l'obligeance d'assister à mes essais et qui, la dernière fois, en volant au-dessous de moi, me reçut dans ma chute sur ses grandes ailes étendues et m'empêcha de me briser la tête sur le toit de la pyramide d'où j'avais pris mon vol.

— Je vois, dit-elle, que vos tentatives sont vaines, non par la faute des ailes et du reste de l'appareil, ni par suite d'aucune imperfection ou d'aucune mauvaise conformation de votre corps, mais à cause de la faiblesse naturelle et par suite irrémédiable de votre volonté. Sachez que l'empire de la volonté sur les effets de ce fluide que les Vril-ya ont maîtrisé ne fut jamais atteint par ceux qui le découvrirent, ni par une seule génération ; il s'est accru peu à peu comme les autres facultés de notre race,

in proportion as it has been uniformly transmitted from parent to child, so that, at last, it has become an instinct; and an infant An of our race wills to fly as intuitively and unconsciously as he wills to walk. He thus plies his invented or artificial wings with as much safety as a bird plies those with which it is born. I did not think sufficiently of this when I allowed you to try an experiment which allured me, for I have longed to have in you a companion. I shall abandon the experiment now. Your life is becoming dear to me."

Herewith the Gy's voice and face softened, and I felt more seriously alarmed than I had been in my previous flights.

Now that I am on the subject of wings, I ought not to omit mention of a custom among the Gy-ei which seems to me very pretty and tender in the sentiment it implies. A Gy wears wings habitually when yet a virgin — she joins the Ana in their aerial sports — she adventures alone and afar into the wilder regions of the sunless world: in the boldness and height of her soarings, not less than in the grace of her movements, she excels the opposite sex. But, from the day of her marriage she wears wings no more, she suspends them with her own willing hand over the nuptial couch, never to be resumed unless the marriage tie be severed by divorce or death.

Now when Zee's voice and eyes thus softened — and at that softening I prophetically recoiled and shuddered — Taee, who had accompanied us in our flights, but who, child-like, had been much more amused with my awkwardness,

en se transmettant des pères aux enfants, de sorte qu'il est devenu comme un instinct. Un petit enfant, chez nous, vole aussi naturellement et aussi spontanément qu'il marche. Il se sert de ses ailes artificielles avec autant de sécurité qu'un oiseau se sert de ses ailes naturelles. Je n'avais pas assez pensé à cela quand je vous ai permis de tenter une expérience qui me séduisait, car je désirais vous avoir comme compagnon. J'abandonne maintenant ces essais. Votre vie me devient chère.

Ici la voix et le visage de la jeune Gy s'adoucirent et je me sentis plus alarmé que je ne l'avais été dans mes tentatives aériennes.

Pendant que je parle des ailes, je ne dois pas omettre de rapporter une coutume des Gy-ei, qui me paraît charmante et qui indique bien la tendresse de leurs sentiments. Tant qu'elle est jeune fille, la Gy porte des ailes, elle se joint aux Ana dans leurs jeux aériens, elle s'aventure seule dans les régions éloignées du monde souterrain : par la hardiesse et la hauteur de son vol elle l'emporte sur les Ana, aussi bien que par la grâce de ses mouvements. Mais à partir du jour du mariage, elle ne porte plus d'ailes, elle les suspend de ses propres mains au-dessus de la couche nuptiale, pour ne les reprendre que si les liens du mariage sont rompus par la mort ou le divorce.

Quand les yeux et la voix de Zee s'adoucirent ainsi, et à cette vue j'éprouvai je ne sais quel pressentiment qui me fit frissonner, Taë, qui nous accompagnait dans notre vol et qui, comme un enfant, s'était amusé de ma maladresse,

than sympathising in my fears or aware of my danger, hovered over us, poised amidst spread wings, and hearing the endearing words of the young Gy, laughed aloud. Said he, "If the Tish cannot learn the use of wings, you may still be his companion, Zee, for you can suspend your own."

plus qu'il n'avait été touché de mes frayeurs et du danger que je courais, se balançait au-dessus de nous sur ses ailes étendues et planait immobile et calme dans l'atmosphère toujours lumineuse ; il entendit les tendres paroles de Zee, se mit à rire tout haut, et s'écria :

— Si le Tish ne peut apprendre à se servir de ses ailes, tu pourras encore être sa compagne, Zee ; tu suspendras les tiennes.

Chapter 21

I had for some time observed in my host's highly informed and powerfully proportioned daughter that kindly and protective sentiment which, whether above the earth or below it, an all-wise Providence has bestowed upon the feminine division of the human race. But until very lately I had ascribed it to that affection for 'pets' which a human female at every age shares with a human child. I now became painfully aware that the feeling with which Zee deigned to regard me was different from that which I had inspired in Taee. But this conviction gave me none of that complacent gratification which the vanity of man ordinarily conceives from a flattering appreciation of his personal merits on the part of the fair sex; on the contrary, it inspired me with fear. Yet of all the Gy-ei in the community, if Zee were perhaps the wisest and the strongest, she was, by common repute, the gentlest, and she was certainly the most popularly beloved. The desire to aid, to succour, to protect, to comfort, to bless, seemed to pervade her whole being. Though the complicated miseries that originate in penury and guilt are unknown to the social system of the Vril-ya,

J'avais depuis longtemps remarqué chez la savante et forte fille de mon hôte ce sentiment de tendre protection que, sur terre comme sous terre, le Tout-Puissant a mis au cœur de la femme. Mais jusqu'à ce moment je l'avais attribué à cette affection pour les jouets favoris que les femmes de tout âge partagent avec les enfants. Je m'aperçus alors avec peine que le sentiment avec lequel Zee daignait me regarder était bien différent de celui que j'inspirais à Taë. Mais cette découverte ne me donna aucune des sensations de plaisir qui chatouillent la vanité de l'homme quand il s'aperçoit de l'opinion flatteuse que le beau sexe a de lui ; elle ne me fit éprouver au contraire que la peur. Cependant de toutes les Gy-ei de la tribu, si Zee était la plus savante et la plus forte, c'était aussi, sans contredit, la plus douce et la plus aimée. Le désir d'aider, de secourir, de protéger, de soulager, de rendre heureux semblait remplir tout son être. Quoique les misères diverses qui naissent de la pauvreté et du crime soient inconnues dans le système social des Vril-ya,

still, no sage had yet discovered in vril an agency which could banish sorrow from life; and wherever amongst her people sorrow found its way, there Zee followed in the mission of comforter. Did some sister Gy fail to secure the love she sighed for? Zee sought her out, and brought all the resources of her lore, and all the consolations of her sympathy, to bear upon a grief that so needs the solace of a confidant. In the rare cases, when grave illness seized upon childhood or youth, and the cases, less rare, when, in the hardy and adventurous probation of infants, some accident, attended with pain and injury occurred, Zee forsook her studies and her sports, and became the healer and nurse. Her favourite flights were towards the extreme boundaries of the domain where children were stationed on guard against outbreaks of warring forces in nature, or the invasions of devouring animals, so that she might warn them of any peril which her knowledge detected or foresaw, or be at hand if any harm had befallen. Nay, even in the exercise of her scientific acquirements there was a concurrent benevolence of purpose and will. Did she learn any novelty in invention that would be useful to the practitioner of some special art or craft? she hastened to communicate and explain it. Was some veteran sage of the College perplexed and wearied with the toil of an abstruse study? she would patiently devote herself to his aid, work out details for him, sustain his spirits with her hopeful smile, quicken his wit with her luminous suggestion, be to him, as it were, his own good genius made visible as the strengthener and inspirer.

toutefois aucun savant n'a encore découvert dans le vril une puissance qui pût bannir le chagrin de la vie. Or, partout où le chagrin se montrait, on était sûr de trouver Zee dans son rôle de consolatrice. Une Gy ne pouvait-elle s'assurer l'amour de l'An pour lequel elle soupirait ? Zee allait la trouver et employait toutes les ressources de sa science, tous les charmes de sa sympathie, à soulager cette douleur qui a tant besoin de s'épancher en confidences. Dans les rares occasions où une maladie grave attaquait l'enfance ou la jeunesse, et dans les cas, moins rares, où les rudes et aventureuses occupations des enfants causaient quelque accident douloureux ou quelque blessure, Zee abandonnait ses études ou ses jeux pour se faire médecin et garde-malade. Elle prenait pour but habituel de ses promenades aériennes les frontières où des enfants montaient la garde pour surveiller les explosions des forces hostiles de la nature et repousser l'invasion des animaux féroces, de façon à pouvoir les prévenir des dangers que sa science devinait ou prévoyait, ou les secourir si quelque mal les atteignait. Ses études mêmes étaient dirigées par le désir et la volonté de faire le bien. Était-elle informée de quelque nouvelle invention dont la connaissance pût être utile à ceux qui exerçaient un art ou un métier ? Elle s'empressait de la leur communiquer et de la leur expliquer. Quelque vieillard du Collège des Sages était-il embarrassé et fatigué d'une recherche pénible ? Elle se consacrait patiemment à l'aider, s'occupait pour lui des détails, l'encourageait par un sourire plein d'espérance, l'excitait par ses idées lumineuses ; elle devenait en un mot pour lui un bon génie visible qui donnait la force et l'inspiration.

The same tenderness she exhibited to the inferior creatures. I have often known her bring home some sick and wounded animal, and tend and cherish it as a mother would tend and cherish her stricken child. Many a time when I sat in the balcony, or hanging garden, on which my window opened, I have watched her rising in the air on her radiant wings, and in a few moments groups of infants below, catching sight of her, would soar upward with joyous sounds of greeting; clustering and sporting around her, so that she seemed a very centre of innocent delight. When I have walked with her amidst the rocks and valleys without the city, the elk-deer would scent or see her from afar, come bounding up, eager for the caress of her hand, or follow her footsteps, till dismissed by some musical whisper that the creature had learned to comprehend. It is the fashion among the virgin Gy-ei to wear on their foreheads a circlet, or coronet, with gems resembling opals, arranged in four points or rays like stars. These are lustreless in ordinary use, but if touched by the vril wand they take a clear lambent flame, which illuminates, yet not burns. This serves as an ornament in their festivities, and as a lamp, if, in their wanderings beyond their artificial lights, they have to traverse the dark. There are times, when I have seen Zee's thoughtful majesty of face lighted up by this crowning halo, that I could scarcely believe her to be a creature of mortal birth, and bent my head before her as the vision of a being among the celestial orders. But never once did my heart feel for this lofty type of the noblest womanhood

Elle montrait la même tendresse pour les créatures inférieures. Je l'ai souvent vue rapporter chez elle des animaux malades ou blessés et les soigner comme un père pourrait soigner un enfant. Plus d'une fois assis sur le balcon, ou jardin suspendu, sur lequel s'ouvrait ma fenêtre, je l'ai vue s'élever dans l'air sur ses ailes brillantes. Tout à coup des groupes d'enfants qui l'apercevaient au-dessus d'eux s'élançaient vers elle en la saluant de cris joyeux, se groupaient et jouaient autour d'elle, l'entourant comme d'un cercle de joie innocente. Quand je me promenais avec elle dans les rochers et les vallées de la campagne, les élans la sentaient ou la voyaient de loin, ils venaient la rejoindre en bondissant et en demandant une caresse de sa main, et ils la suivaient jusqu'à ce qu'elle les renvoyât par un léger murmure musical qu'elle les avait habitués à comprendre. Il est de mode parmi les jeunes Gy-ei de porter sur la tête un cercle ou diadème, garni de pierres semblables à des opales qui forment quatre pointes ou rayons en formes d'étoiles. Les pierres sont ordinairement sans éclat, mais si on les touche avec la baguette du vril elles jettent une flamme brillante qui voltige et qui éclaire sans brûler. Cette couronne leur sert d'ornement dans les fêtes, et de lampe quand elles voyagent au-delà des régions artificiellement éclairées et se trouvent dans l'obscurité. Parfois, quand je voyais la figure pensive et majestueuse de Zee illuminée par l'auréole de ce diadème, je ne pouvais croire qu'elle fût une créature mortelle et je courbais mon front, comme devant une apparition céleste. Mais jamais mon cœur n'éprouva pour ce type superbe de la plus noble beauté féminine

a sentiment of human love. Is it that, among the race I belong to, man's pride so far influences his passions that woman loses to him her special charm of woman if he feels her to be in all things eminently superior to himself? But by what strange infatuation could this peerless daughter of a race which, in the supremacy of its powers and the felicity of its conditions, ranked all other races in the category of barbarians, have deigned to honour me with her preference? In personal qualifications, though I passed for good-looking amongst the people I came from, the handsomest of my countrymen might have seemed insignificant and homely beside the grand and serene type of beauty which characterised the aspect of the Vril-ya.

That novelty, the very difference between myself and those to whom Zee was accustomed, might serve to bias her fancy was probable enough, and as the reader will see later, such a cause might suffice to account for the predilection with which I was distinguished by a young Gy scarcely out of her childhood, and very inferior in all respects to Zee. But whoever will consider those tender characteristics which I have just ascribed to the daughter of Aph-Lin, may readily conceive that the main cause of my attraction to her was in her instinctive desire to cherish, to comfort, to protect, and, in protecting, to sustain and to exalt. Thus, when I look back, I account for the only weakness unworthy of her lofty nature, which bowed the daughter of the Vril-ya to a woman's affection for one so inferior to herself as was her father's guest.

le moindre sentiment d'amour humain. Peut-être cela vient-il de ce que dans notre race l'orgueil de l'homme domine assez ses passions pour que la femme perde à ses yeux tous ses charmes de femme dès qu'il la sent de tous points supérieure à lui-même. Mais par quelle étrange fascination cette fille incomparable d'une race qui, dans sa puissance et sa félicité, mettait toutes les autres races au rang des barbares, avait-elle daigné m'honorer de sa préférence ? Je passais parmi les miens pour avoir bonne mine, mais les plus beaux hommes de ma race auraient paru insignifiants à côté du type de beauté sereine et grandiose qui caractérise les Vril-ya.

Il est probable que la nouveauté, la différence même qui existait entre moi et les hommes qu'elle était habituée à voir avaient tourné vers moi les pensées de Zee. Le lecteur verra plus loin que cette cause pouvait suffire à expliquer la prédilection que me témoigna une autre Gy, à peine sortie de l'enfance et à tous égards inférieure à Zee. Mais tous ceux qui réfléchiront à la tendresse de caractère de la fille d'Aph-Lin comprendront que la principale source de l'attrait qu'elle ressentait pour moi était son désir instinctif de secourir, de soulager, de protéger les faibles et, par sa protection, de les soutenir et de les élever. Aussi, quand je regarde en arrière, est-ce ainsi que je m'explique cette unique faiblesse, indigne de son grand cœur et qui abaissa la fille des Vril-ya jusqu'à ressentir une affection de femme pour un être aussi inférieur à elle-même que l'était l'hôte de son père.

But be the cause what it may, the consciousness that I had inspired such affection thrilled me with awe—a moral awe of her very imperfections, of her mysterious powers, of the inseparable distinctions between her race and my own; and with that awe, I must confess to my shame, there combined the more material and ignoble dread of the perils to which her preference would expose me.

Under these anxious circumstances, fortunately, my conscience and sense of honour were free from reproach. It became clearly my duty, if Zee's preference continued manifest, to intimate it to my host, with, of course, all the delicacy which is ever to be preserved by a well-bred man in confiding to another any degree of favour by which one of the fair sex may condescend to distinguish him. Thus, at all events, I should be freed from responsibility or suspicion of voluntary participation in the sentiments of Zee; and the superior wisdom of my host might probably suggest some sage extrication from my perilous dilemma. In this resolve I obeyed the ordinary instinct of civilised and moral man, who, erring though he be, still generally prefers the right course in those cases where it is obviously against his inclinations, his interests, and his safety to elect the wrong one.

Quoi qu'il en soit, la pensée que j'avais inspiré une pareille affection me remplissait de terreur. J'étais effrayé de ses perfections mêmes, de son pouvoir mystérieux et des ineffaçables différences qui séparaient sa race de la mienne. À cette terreur se mêlait, je dois le confesser, la crainte, plus matérielle et plus vile des périls auxquels devait m'exposer la préférence qu'elle m'accordait.

Dans ce péril, heureusement, ma conscience et mon honneur ne me reprochaient rien. Mon devoir, si la préférence de Zee continuait à se manifester, devenait bien clair. Il me fallait avertir mon hôte, avec toute la délicatesse qu'un homme bien élevé doit montrer quand il confie à un autre la moindre faveur dont une femme a daigné l'honorer. Je serais ainsi délivré de toute responsabilité ; l'on ne pourrait me soupçonner d'avoir volontairement contribué à faire naître les sentiments de Zee : la sagesse de mon hôte lui suggérerait sans doute un moyen de me tirer de ce pas difficile. En prenant cette résolution j'obéissais à l'instinct ordinaire des hommes honnêtes et civilisés, qui, tout capables d'erreur qu'ils soient, préfèrent le droit chemin toutes les fois qu'il est évidemment contre leur goût, leur intérêt et leur sécurité de prendre le mauvais.

Chapter 22

As the reader has seen, Aph-Lin had not favoured my general and unrestricted intercourse with his countrywomen. Though relying on my promise to abstain from giving any information as to the world I had left, and still more on the promise of those to whom had been put the same request, not to question me, which Zee had exacted from Taee, yet he did not feel sure that, if I were allowed to mix with the strangers whose curiosity the sight of me had aroused, I could sufficiently guard myself against their inquiries. When I went out, therefore, it was never alone; I was always accompanied either by one of my host's family, or my child-friend Taee. Bra, Aph-Lin's wife, seldom stirred beyond the gardens which surrounded the house, and was fond of reading the ancient literature, which contained something of romance and adventure not to be found in the writings of recent ages, and presented pictures of a life unfamiliar to her experience and interesting to her imagination; pictures, indeed, of a life more resembling that which we lead every day above ground, coloured by our sorrows, sins, passions, and much to her what the tales of the Genii or

Chapitre 22

Comme on a pu le voir, Aph-Lin n'avait pas essayé de me mettre en rapports fréquents et libres avec ses compatriotes. Tout en comptant sur ma promesse de ne rien révéler du monde que j'avais quitté, et encore plus sur celle des gens auxquels il avait recommandé de ne pas me questionner, comme Zee l'avait fait pour Taë, cependant il n'était pas assuré, que si l'on me laissait communiquer avec des personnes que mon aspect surprendrait, j'eusse la force de résister à leurs questions. Quand je sortais, je n'étais donc jamais seul ; j'étais accompagné par un des membres de la famille de mon hôte ou par mon jeune ami Taë. Bra, la femme d'Aph-Lin, sortait rarement au-delà des jardins qui entouraient la maison ; elle aimait à lire les œuvres de la littérature ancienne, où étaient racontées quelques aventures romanesques qu'on ne trouvait pas dans les livres modernes, ainsi que la peinture d'existences extraordinaires à ses yeux et intéressantes pour son imagination. Cette peinture, qui ressemblait assez à notre vie sur la terre avec nos douleurs, nos fautes, nos passions, lui faisait le même effet qu'à nous les Contes de Fées ou

the Arabian Nights are to us. But her love of reading did not prevent Bra from the discharge of her duties as mistress of the largest household in the city. She went daily the round of the chambers, and saw that the automata and other mechanical contrivances were in order, that the numerous children employed by Aph-Lin, whether in his private or public capacity, were carefully tended. Bra also inspected the accounts of the whole estate, and it was her great delight to assist her husband in the business connected with his office as chief administrator of the Lighting Department, so that her avocations necessarily kept her much within doors. The two sons were both completing their education at the College of Sages; and the elder, who had a strong passion for mechanics, and especially for works connected with the machinery of timepieces and automata, had decided on devoting himself to these pursuits, and was now occupied in constructing a shop or warehouse, at which his inventions could be exhibited and sold. The younger son preferred farming and rural occupations; and when not attending the College, at which he chiefly studied the theories of agriculture, was much absorbed by his practical application of that science to his father's lands. It will be seen by this how completely equality of ranks is established among this people—a shopkeeper being of exactly the same grade in estimation as the large landed proprietor. Aph-Lin was the wealthiest member of the community, and his eldest son preferred keeping a shop to any other avocation; nor was this choice thought to show any want of elevated notions on his part.

les Mille et une Nuits. Mais son amour de la lecture n'empêchait pas Bra de s'acquitter de ses devoirs de maîtresse de maison dans l'intérieur le plus riche de toute la ville. Elle faisait chaque jour la ronde dans toutes les chambres, afin de voir si les automates et les autres machines étaient en bon ordre ; si les nombreux enfants qu'Aph-Lin employait, soit à son service particulier, soit à un service public, recevaient les soins qui leur étaient dus. Bra s'occupait aussi des comptes de toute la propriété, et son grand plaisir était d'aider son mari dans les affaires qui se rapportaient à son office de grand administrateur du Département des Lumières. Toutes ces occupations la retenaient beaucoup chez elle. Les deux fils achevaient leur éducation au Collège des Sages. L'aîné, qui avait une vive passion pour la mécanique, surtout en ce qui touchait les horloges et les automates, s'était décidé en faveur de cette profession et travaillait, en ce moment, à construire une boutique ou un magasin où il pût exposer et vendre ses inventions. Le plus jeune préférait l'agriculture et les travaux de la campagne, et, quand il ne suivait pas les cours du Collège, où il étudiait surtout les théories agricoles, il se consacrait aux applications pratiques qu'il en faisait sur le domaine paternel. On voit par là combien l'égalité des rangs est complètement établie chez ce peuple. Un boutiquier jouit exactement de la même considération qu'un grand propriétaire foncier. Aph-Lin était le membre le plus riche de la communauté ; son fils aîné préférait le commerce à toute autre profession, et ce choix ne passait nullement pour dénoter un manque d'élévation dans les idées.

This young man had been much interested in examining my watch, the works of which were new to him, and was greatly pleased when I made him a present of it. Shortly after, he returned the gift with interest, by a watch of his own construction, marking both the time as in my watch and the time as kept among the Vril-ya. I have that watch still, and it has been much admired by many among the most eminent watchmakers of London and Paris. It is of gold, with diamond hands and figures, and it plays a favorite tune among the Vril-ya in striking the hours: it only requires to be wound up once in ten months, and has never gone wrong since I had it. These young brothers being thus occupied, my usual companions in that family, when I went abroad, were my host or his daughter. Now, agreeably with the honourable conclusions I had come to, I began to excuse myself from Zee's invitations to go out alone with her, and seized an occasion when that learned Gy was delivering a lecture at the College of Sages to ask Aph-Lin to show me his country-seat. As this was at some little distance, and as Aph-Lin was not fond of walking, while I had discreetly relinquished all attempts at flying, we proceeded to our destination in one of the aerial boats belonging to my host. A child of eight years old, in his employ, was our conductor. My host and myself reclined on cushions, and I found the movement very easy and luxurious.

"Aph-Lin," said I, "you will not, I trust, be displeased with me, if I ask your permission to travel for a short time, and visit other tribes or communities of your illustrious race.

Il avait examiné ma montre avec un grand intérêt ; le travail en était nouveau pour lui ; et il fut enchanté quand je lui en fis cadeau. Peu de temps après, il me rendit mon présent avec intérêts en m'offrant une montre qui était son œuvre et qui marquait à la fois les heures qu'indiquait la mienne et les divisions du temps en usage chez les Vril-ya. J'ai encore cette montre qui a été fort admirée des meilleurs horlogers de Londres et de Paris. Elle est en or, les chiffres et les aiguilles en diamants, et elle joue en sonnant les heures un air favori des Vril-ya. Elle n'a besoin d'être remontée que tous les dix mois et elle ne s'est jamais dérangée depuis que je l'ai. Ces deux frères étant ainsi occupés, mes compagnons ordinaires, quand je sortais, étaient mon hôte ou sa fille. Pour exécuter l'honorable dessein que j'avais formé, je commençai à m'excuser quand Zee m'invita à sortir seul avec elle, et je saisis une occasion où la savante jeune fille faisait une conférence au Collège des Sages pour demander à Aph-Lin de me conduire à sa maison de campagne. Cette maison était à quelque distance de la ville et, comme Aph-Lin n'aimait pas à marcher et que j'avais renoncé à voler, nous nous dirigeâmes vers notre destination dans un bateau aérien appartenant à mon hôte. Un enfant de huit ans à son service nous conduisit. Nous étions couchés, mon hôte et moi, sur des coussins et je trouvai ce mode de locomotion très doux et très confortable.

— Aph-Lin, dis-je, j'espère ne pas vous déplaire, si je vous demande la permission de voyager pendant quelque temps et de visiter d'autres tribus de votre illustre race.

I have also a strong desire to see those nations which do not adopt your institutions, and which you consider as savages. It would interest me greatly to notice what are the distinctions between them and the races whom we consider civilised in the world I have left."

"It is utterly impossible that you should go hence alone," said Aph-Lin. "Even among the Vril-ya you would be exposed to great dangers. Certain peculiarities of formation and colour, and the extraordinary phenomenon of hirsute bushes upon your cheeks and chin, denoting in you a species of An distinct alike from our own race and any known race of barbarians yet extant, would attract, of course, the special attention of the College of Sages in whatever community of Vril-ya you visited, and it would depend upon the individual temper of some individual sage whether you would be received, as you have been here, hospitably, or whether you would not be at once dissected for scientific purposes. Know that when the Tur first took you to his house, and while you were there put to sleep by Taee in order to recover from your previous pain or fatigue, the sages summoned by the Tur were divided in opinion whether you were a harmless or an obnoxious animal. During your unconscious state your teeth were examined, and they clearly showed that you were not only graminivorous but carnivorous. Carnivorous animals of your size are always destroyed, as being of savage and dangerous nature. Our teeth, as you have doubtless observed,[1] are not those of the creatures who devour flesh."

---

1. I never had observed it; and, if I had, am not physiologist enough to have distinguished the difference.

J'ai aussi un vif désir de voir ces nations qui n'adoptent pas vos coutumes et que vous considérez comme sauvages. Je serais très content de voir en quoi elles peuvent différer des races que nous regardons comme civilisées dans notre monde.

— Il est tout à fait impossible que vous fassiez seul un pareil voyage, me dit Aph-Lin. Même parmi les Vril-ya vous seriez exposé à de grands dangers. Certaines particularités de forme et de couleur et le phénomène extraordinaire des touffes de poils hérissés qui vous couvrent les joues, vous faisant reconnaître comme étranger à notre race et à toutes les races barbares connues jusqu'ici, attireraient l'attention du Collège des Sages dans toutes les tribus de Vril-ya et il dépendrait du caractère personnel de l'un des sages que vous fussiez reçu d'une façon aussi hospitalière que parmi nous ou disséqué séance tenante dans l'intérêt de la science. Sachez que quand le Tur vous a amené chez lui et pendant que Taë vous faisait dormir pour vous guérir de vos douleurs et de vos fatigues, les Sages appelés par le Tur étaient partagés sur la question de savoir si vous étiez un animal inoffensif ou malfaisant. Pendant votre sommeil, on a examiné vos dents, et elles ont montré clairement que vous n'étiez pas seulement herbivore, mais carnassier. Les animaux carnassiers de votre taille sont toujours détruits comme naturellement dangereux et sauvages. Nos dents, comme vous l'avez sans doute observé[1], ne sont pas celles des animaux qui déchirent la chair.

---

1. Je ne l'avais jamais observé ; et, l'eussé-je fait, je ne suis pas assez physiologiste pour avoir remarqué la différence.

"It is, indeed, maintained by Zee and other philosophers, that as, in remote ages, the Ana did prey upon living beings of the brute species, their teeth must have been fitted for that purpose. But, even if so, they have been modified by hereditary transmission, and suited to the food on which we now exist; nor are even the barbarians, who adopt the turbulent and ferocious institutions of Glek-Nas, devourers of flesh like beasts of prey.

"In the course of this dispute it was proposed to dissect you; but Taee begged you off, and the Tur being, by office, averse to all novel experiments at variance with our custom of sparing life, except where it is clearly proved to be for the good of the community to take it, sent to me, whose business it is, as the richest man of the state, to afford hospitality to strangers from a distance. It was at my option to decide whether or not you were a stranger whom I could safely admit. Had I declined to receive you, you would have been handed over to the College of Sages, and what might there have befallen you I do not like to conjecture. Apart from this danger, you might chance to encounter some child of four years old, just put in possession of his vril staff; and who, in alarm at your strange appearance, and in the impulse of the moment, might reduce you to a cinder. Taee himself was about to do so when he first saw you, had his father not checked his hand. Therefore I say you cannot travel alone, but with Zee you would be safe; and I have no doubt that she would accompany you on a tour

« Certains philosophes et Zee avec eux soutiennent, il est vrai, que, dans les siècles passés, les Ana faisaient leur proie des animaux et qu'alors leurs dents étaient faites pour cet usage. Mais s'il en est ainsi elles se sont transformées par l'hérédité et se sont adaptées au genre de nourriture dont nous nous contentons aujourd'hui. Les barbares même, qui adoptent les institutions turbulentes et féroces du Glek-Nas, ne dévorent pas la chair comme des bêtes sauvages.

« Dans le cours de cette discussion, on proposa de vous disséquer ; mais Taë vous réclama et le Tur, étant par ses fonctions l'ennemi de toute nouvelle expérience, qui déroge à notre habitude de ne tuer que quand cela est indispensable au bonheur de la communauté, m'envoya chercher, car mon rôle, comme l'homme le plus riche du pays, est d'offrir l'hospitalité aux étrangers venus d'un pays éloigné. On me laissa le soin de décider si vous étiez un étranger que je pusse admettre ou non avec sécurité dans ma maison. Si j'avais refusé de vous recevoir, on vous aurait remis au Collège des Sages, et je n'aime pas à penser à ce qui aurait pu vous arriver en pareil cas. Outre ce danger, vous pourriez rencontrer un enfant de quatre ans, entré récemment en possession de sa baguette de vril et qui, dans la frayeur que lui causerait l'étrangeté de votre aspect, pourrait vous réduire en une pincée de cendres. Taë lui-même fut sur le point d'en faire autant quand il vous vit pour la première fois ; mais son père arrêta sa main. Je dis en conséquence que vous ne pouvez voyager seul ; mais avec Zee vous seriez en sûreté, et je ne doute pas qu'elle veuille bien vous accompagner dans un voyage

round the neighbouring communities of Vril-ya (to
the savage states, No!): I will ask her."

Now, as my main object in proposing to travel was to
escape from Zee, I hastily exclaimed, "Nay, pray do not! I
relinquish my design. You have said enough as to its dangers
to deter me from it; and I can scarcely think it right that a
young Gy of the personal attractions of your lovely daughter
should travel into other regions without a better protector
than a Tish of my insignificant strength and stature."

Aph-Lin emitted the soft sibilant sound which is the
nearest approach to laughter that a full-grown An permits
to himself, ere he replied:

"Pardon my discourteous but momentary indulgence
of mirth at any observation seriously made by my guest.
I could not but be amused at the idea of Zee, who is so
fond of protecting others that children call her 'THE
GUARDIAN,' needing a protector herself against any
dangers arising from the audacious admiration of males.
Know that our Gy-ei, while unmarried, are accustomed
to travel alone among other tribes, to see if they find there
some An who may please them more than the Ana they find
at home. Zee has already made three such journeys, but
hitherto her heart has been untouched."

Here the opportunity which I sought was afforded to
me, and I said, looking down, and with faltering voice,
"Will you, my kind host, promise to pardon me, if what I
am about to say gives offence?"

chez les tribus voisines des Vril-ya... pour les sauvages, non !
Je le lui demanderai.

Comme mon but principal était d'échapper à Zee, je
m'écriai aussitôt :

— Non, je vous en prie, n'en faites rien ! Je renonce à mon
projet. Vous en avez dit assez sur les dangers que je pouvais
courir pour m'arrêter ; et je ne puis m'empêcher de penser
qu'il n'est pas convenable pour une jeune Gy douée d'autant
d'attraits que votre fille de voyager en un pays étranger avec
un aussi faible protecteur qu'un Tish de ma force et de ma
taille.

Avant de me répondre, Aph-Lin laissa entendre le son doux
et sifflant qui est le seul rire que se permette un An d'âge mûr.

— Pardonnez-moi la gaieté peu polie, mais momentanée,
que m'inspire une observation faite sérieusement par mon
hôte. Je n'ai pu m'empêcher de rire à l'idée de Zee, qui aime
tant à protéger que les enfants la surnomment la Gardienne,
ayant besoin d'un protecteur contre les dangers résultant de
l'admiration audacieuse des hommes. Sachez que nos Gy-ei,
tant qu'elles ne sont pas mariées, voyagent seules au milieu
des autres tribus, pour voir si elles trouveront un An qui leur
plaise mieux que ceux de leur propre tribu. Zee a déjà fait trois
voyages semblables, mais jusqu'ici son cœur est resté libre.

L'occasion que je cherchais s'offrait à moi, et je dis en
baissant les yeux et d'une voix tremblante :

— Voulez-vous, mon cher hôte, me promettre de me
pardonner, si je dis quelque chose qui puisse vous offenser ?

"Say only the truth, and I cannot be offended; or, could I be so, it would not be for me, but for you to pardon."

"Well, then, assist me to quit you, and, much as I should have like to witness more of the wonders, and enjoy more of the felicity, which belong to your people, let me return to my own."

"I fear there are reasons why I cannot do that; at all events, not without permission of the Tur, and he, probably, would not grant it. You are not destitute of intelligence; you may (though I do not think so) have concealed the degree of destructive powers possessed by your people; you might, in short, bring upon us some danger; and if the Tur entertains that idea, it would clearly be his duty, either to put an end to you, or enclose you in a cage for the rest of your existence. But why should you wish to leave a state of society which you so politely allow to be more felicitous than your own?"

"Oh, Aph-Lin! My answer is plain. Lest in naught, and unwittingly, I should betray your hospitality; lest, in the caprice of will which in our world is proverbial among the other sex, and from which even a Gy is not free, your adorable daughter should deign to regard me, though a Tish, as if I were a civilised An, and—and—and—-"

"Court you as her spouse," put in Aph-Lin, gravely, and without any visible sign of surprise or displeasure.

"You have said it."

— Dites la vérité, et je ne pourrai être offensé ; ou, si je le suis, ce sera à vous et non à moi de pardonner.

— Eh bien ! alors, aidez-moi à vous quitter. Malgré le plaisir que j'aurais eu à voir toutes vos merveilles, à jouir du bonheur qui appartient à votre pays, laissez-moi retourner dans le mien.

— Je crains qu'il n'y ait de graves raisons qui m'en empêchent ; dans tous les cas, je ne puis rien faire sans la permission du Tur et il ne me l'accordera probablement pas. Vous ne manquez pas d'intelligence ; vous pouvez, bien que je ne le pense pas, nous avoir caché la puissance destructive à laquelle est arrivé votre peuple ; bref, vous pouvez nous causer quelque danger ; et, si le Tur est de cet avis, son devoir serait de vous supprimer, ou de vous enfermer dans une cage pour le reste de vos jours. Mais pourquoi désirer quitter un peuple que vous avez la politesse de déclarer plus heureux que le vôtre ?

— Oh ! Aph-Lin, ma réponse est simple. De peur que, sans le vouloir, je trahisse votre hospitalité ; de peur que, par un de ces caprices que dans notre monde on attribue proverbialement à l'autre sexe et dont une Gy elle-même n'est pas exempte, votre adorable fille daigne me regarder quoique Tish, comme si j'étais un An civilisé, et... et... et...

— Vous faire la cour pour vous épouser, ajouta Aph-Lin gravement et sans le moindre signe de déplaisir ou de surprise.

— Vous l'avez dit.

"That would be a misfortune," resumed my host, after a pause, "and I feel you have acted as you ought in warning me. It is, as you imply, not uncommon for an unwedded Gy to conceive tastes as to the object she covets which appear whimsical to others; but there is no power to compel a young Gy to any course opposed to that which she chooses to pursue. All we can to is to reason with her, and experience tells us that the whole College of Sages would find it vain to reason with a Gy in a matter that concerns her choice in love. I grieve for you, because such a marriage would be against the A-glauran, or good of the community, for the children of such a marriage would adulterate the race: they might even come into the world with the teeth of carnivorous animals; this could not be allowed: Zee, as a Gy, cannot be controlled; but you, as a Tish, can be destroyed. I advise you, then, to resist her addresses; to tell her plainly that you can never return her love. This happens constantly. Many an An, however, ardently wooed by one Gy, rejects her, and puts an end to her persecution by wedding another. The same course is open to you."

"No; for I cannot wed another Gy without equally injuring the community, and exposing it to the chance of rearing carnivorous children."

"That is true. All I can say, and I say it with the tenderness due to a Tish, and the respect due to a guest, is frankly this—if you yield, you will become a cinder. I must leave it to you to take the best way you can to defend yourself.

— Ce serait un malheur, répondit mon hôte après un instant de silence, et je sens que vous avez bien agi en m'avertissant. Comme vous le dites, il n'est pas rare qu'une jeune Gy montre un goût que les autres trouvent étrange ; mais il n'existe pas de moyen de forcer une Gy à changer ses résolutions. Tout ce que nous pouvons faire, c'est d'employer le raisonnement, et l'expérience nous prouve que le Collège entier des Sages essaierait en vain de raisonner avec une Gy en matière d'amour. Je suis désolé pour vous, parce qu'un tel mariage serait contre l'A-glauran, ou bien de la communauté, car les enfants qui en naîtraient altéreraient la race ; ils pourraient même venir au monde avec des dents de carnassiers ; on ne peut permettre une chose pareille : on ne peut rien contre Zee ; mais vous, comme Tish, on peut vous détruire. Je vous conseille donc de résister à ses sollicitations ; de lui dire clairement que vous ne pouvez répondre à son amour. Cela arrive très souvent. Plus d'un An, ardemment aimé d'une Gy, la repousse et met fin à ses persécutions en en épousant une autre. Vous pouvez en faire autant.

— Non, puisque je ne puis épouser une autre Gy, sans mettre en danger le bien de la communauté et l'exposer au péril d'élever des enfants carnivores.

— C'est vrai. Tout ce que je puis dire, et je le dis avec tout l'intérêt dû à un Tish et le respect dû à un hôte, mais je le dis franchement, c'est que si vous cédez, vous serez réduit en cendres. Je vous laisse le soin de trouver le meilleur moyen de vous défendre.

Perhaps you had better tell Zee that she is ugly. That
assurance on the lips of him she woos generally suffices
to chill the most ardent Gy. Here we are at my country-
house."

Vous feriez peut-être bien de dire à Zee qu'elle est laide. Cette assurance, venant de la bouche de l'An qu'elle aime, suffit d'ordinaire à refroidir la Gy la plus ardente. Nous voici arrivés à ma maison de campagne.

Chapter 23

I confess that my conversation with Aph-Lin, and the extreme coolness with which he stated his inability to control the dangerous caprice of his daughter, and treated the idea of the reduction into a cinder to which her amorous flame might expose my too seductive person, took away the pleasure I should otherwise have had in the contemplation of my host's country-seat, and the astonishing perfection of the machinery by which his farming operations were conducted. The house differed in appearance from the massive and sombre building which Aph-Lin inhabited in the city, and which seemed akin to the rocks out of which the city itself had been hewn into shape. The walls of the country-seat were composed by trees placed a few feet apart from each other, the interstices being filled in with the transparent metallic substance which serves the purpose of glass among the Ana. These trees were all in flower, and the effect was very pleasing, if not in the best taste. We were received at the porch by life-like automata, who conducted us into a chamber, the like to which I never saw before, but have often on summer days dreamily imagined.

Je conviens que ma conversation avec Aph-Lin et l'extrême froideur avec laquelle il avouait son impuissance à contrôler les dangereux caprices de sa fille et parlait du péril d'être réduit en cendres, où l'amoureuse flamme de Zee exposait ma trop séduisante personne, m'enleva tout le plaisir que j'aurais éprouvé en d'autres circonstances à visiter la propriété de mon hôte, à admirer la perfection merveilleuse des machines au moyen desquelles étaient accomplis tous les travaux. La maison avait un aspect tout différent du bâtiment sombre et massif qu'habitait Aph-Lin dans la ville et qui ressemblait aux rochers dans lesquels la cité avait été taillée. Les murs de la maison de campagne étaient composés d'arbres plantés à une petite distance les uns des autres, et les interstices remplis par cette substance métallique et transparente qui tient lieu de verre aux Ana. Ces arbres étaient couverts de fleurs, et l'effet en était charmant sinon de très bon goût. Nous fûmes reçus sur le seuil par des automates qui avaient l'air vivant. Ils nous conduisirent dans une chambre ; je n'en avais jamais vu de semblable, mais dans les jours d'été j'en avais souvent rêvé une pareille.

It was a bower—half room, half garden. The walls were
one mass of climbing flowers. The open spaces, which we
call windows, and in which, here, the metallic surfaces were
slided back, commanded various views; some, of the wide
landscape with its lakes and rocks; some, of small limited
expanses answering to our conservatories, filled with tiers
of flowers. Along the sides of the room were flower-beds,
interspersed with cushions for repose. In the centre of
the floor was a cistern and a fountain of that liquid light
which I have presumed to be naphtha. It was luminous
and of a roseate hue; it sufficed without lamps to light up
the room with a subdued radiance. All around the fountain
was carpeted with a soft deep lichen, not green (I have
never seen that colour in the vegetation of this country),
but a quiet brown, on which the eye reposes with the
same sense of relief as that with which in the upper world
it reposes on green. In the outlets upon flowers (which I
have compared to our conservatories) there were singing
birds innumerable, which, while we remained in the
room, sang in those harmonies of tune to which they are,
in these parts, so wonderfully trained. The roof was open.
The whole scene had charms for every sense—music form
the birds, fragrance from the flowers, and varied beauty
to the eye at every aspect. About all was a voluptuous
repose. What a place, methought, for a honeymoon, if
a Gy bride were a little less formidably armed not only
with the rights of woman, but with the powers of man!
But when one thinks of a Gy, so learned, so tall, so stately,

C'était un bosquet, moitié chambre, moitié jardin. Les murs n'étaient qu'une masse de plantes grimpantes en fleurs. Les espaces ouverts, que nous appelons fenêtres et dont les panneaux métalliques étaient baissés, commandaient divers points de vue ; quelques-uns donnaient sur un vaste paysage avec ses lacs et ses rochers, les autres sur des espaces plus resserrés ressemblant à nos serres et remplis de gerbes de fleurs. Tout autour de la chambre se trouvaient des plates-bandes de fleurs, mêlées de coussins pour le repos. Au milieu étaient un bassin et une fontaine de ce liquide brillant que j'ai comparé au naphte. Il était lumineux et d'une couleur vermeille ; son éclat suffisait pour éclairer la chambre d'une lumière douce sans le secours des lampes. Tout le tour de la fontaine était tapissé d'un lichen doux et épais, non pas vert (je n'ai jamais vu cette couleur dans la végétation de ce pays), mais d'un brun doux sur lequel les yeux se reposent avec le même plaisir que nos yeux sur le gazon vert du monde supérieur. À l'extérieur et sur les fleurs (dans la partie que j'ai comparée à nos serres) se trouvaient des oiseaux innombrables, qui chantaient, pendant que nous étions dans la chambre, les airs qu'on leur enseigne d'une façon si merveilleuse. Il n'y avait point de toit. Le chant des oiseaux, le parfum des fleurs et la variété du spectacle offert aux yeux, tout charmait les sens, tout respirait un repos voluptueux. Quelle maison, pensais-je, pour une lune de miel, si une jeune épouse Gy n'était pas armée d'une façon si formidable non seulement des droits de la femme, mais de la force de l'homme ! Mais quand on pense à une Gy si grande, si savante, si majestueuse,

so much above the standard of the creature we call woman as was Zee, no! even if I had felt no fear of being reduced to a cinder, it is not of her I should have dreamed in that bower so constructed for dreams of poetic love.

The automata reappeared, serving one of those delicious liquids which form the innocent wines of the Vril-ya.

"Truly," said I, "this is a charming residence, and I can scarcely conceive why you do not settle yourself here instead of amid the gloomier abodes of the city."

"As responsible to the community for the administration of light, I am compelled to reside chiefly in the city, and can only come hither for short intervals."

"But since I understand from you that no honours are attached to your office, and it involves some trouble, why do you accept it?"

"Each of us obeys without question the command of the Tur. He said, 'Be it requested that Aph-Lin shall be the Commissioner of Light,' so I had no choice; but having held the office now for a long time, the cares, which were at first unwelcome, have become, if not pleasing, at least endurable. We are all formed by custom—even the difference of our race from the savage is but the transmitted continuance of custom, which becomes, through hereditary descent, part and parcel of our nature. You see there are Ana who even reconcile themselves to the responsibilities of chief magistrate,

si au-dessus du niveau des créatures auxquelles nous donnons le nom de femmes, telle enfin que l'est Zee, non ! même quand je n'aurais pas eu peur d'être réduit en cendres, ce n'est pas à elle que j'aurais rêvé dans ce bosquet si bien fait pour les songes d'un poétique amour.

Les automates reparurent et nous servirent un de ces délicieux breuvages qui sont les vins innocents des Vril-ya.

— En vérité, dis-je, vous avez une charmante résidence, et je ne comprends guère comment vous ne vous fixez pas ici au lieu d'habiter une des sombres maisons de la cité.

— Je suis forcé d'habiter la ville, comme responsable envers la communauté de l'administration de la Lumière, et je ne puis venir ici que de temps en temps.

— Mais si je vous ai bien compris, cette charge ne vous rapporte aucun honneur et vous donne au contraire quelque peine, pourquoi donc l'avez-vous acceptée ?

— Chacun de nous obéit sans observation aux ordres du Tur. Il a dit : Aph-Lin est chargé des fonctions de Commissaire de la Lumière. Je n'avais plus le choix. Mais comme j'occupe cette charge depuis longtemps, les soins qu'elle exige et qui, d'abord, me furent pénibles, sont devenus sinon agréables, du moins supportables. Nous sommes tous formés par l'habitude ; les différences mêmes entre nous et les sauvages ne sont que le résultat d'habitudes transmises, qui par l'hérédité deviennent une partie de nous-mêmes. Vous voyez qu'il y a des Ana qui se résignent même au fardeau de la suprême magistrature ;

but no one would do so if his duties had not been rendered so light, or if there were any questions as to compliance with his requests."

"Not even if you thought the requests unwise or unjust?"

"We do not allow ourselves to think so, and, indeed, everything goes on as if each and all governed themselves according to immemorial custom."

"When the chief magistrate dies or retires, how do you provide for his successor?"

"The An who has discharged the duties of chief magistrate for many years is the best person to choose one by whom those duties may be understood, and he generally names his successor."

"His son, perhaps?"

"Seldom that; for it is not an office any one desires or seeks, and a father naturally hesitates to constrain his son. But if the Tur himself decline to make a choice, for fear it might be supposed that he owed some grudge to the person on whom his choice would settle, then there are three of the College of Sages who draw lots among themselves which shall have the power to elect the chief. We consider that the judgment of one An of ordinary capacity is better than the judgment of three or more, however wise they may be; for among three there would probably be disputes, and where there are disputes, passion clouds judgment. The worst choice made by one who has no motive in choosing wrong,

personne ne le ferait si les devoirs n'en devenaient légers, ou si l'on n'était obéi sans murmure.

— Mais si les ordres du Tur vous paraissaient contraires à la justice ou à la raison ?

— Nous ne nous permettons pas de supposer de telles choses, et tout va comme si tous et chacun se gouvernaient d'après des coutumes remontant à un temps immémorial.

— Quand le premier magistrat meurt ou se retire, comment lui donnez-vous un successeur ?

— L'An qui a rempli les fonctions de premier magistrat pendant longtemps est regardé comme la personne la plus capable de comprendre les devoirs de sa charge, et c'est lui qui nomme ordinairement son successeur.

— Son fils, peut-être ?

— Rarement ; car ce n'est pas une charge que personne ambitionne et un père hésite naturellement à l'imposer à son fils. Mais si le Tur lui-même refuse de faire un choix de peur qu'on ne lui attribue quelque sentiment de malveillance envers la personne choisie, trois des membres du Collège des Sages tirent au sort lequel d'entre eux aura le droit d'élire le nouveau Tur. Nous regardons le jugement d'un An d'intelligence ordinaire comme meilleur que celui de trois ou davantage, quelque sages qu'ils soient ; car entre trois il y aurait probablement des discussions ; et, là où on discute, la passion obscurcit le jugement. Le plus mauvais choix fait par un homme qui n'a aucun motif de choisir mal

is better than the best choice made by many who have many motives for not choosing right."

"You reverse in your policy the maxims adopted in my country."

"Are you all, in your country, satisfied with your governors?"

"All! Certainly not; the governors that most please some are sure to be those most displeasing to others."

"Then our system is better than yours."

"For you it may be; but according to our system a Tish could not be reduced to a cinder if a female compelled him to marry her; and as a Tish I sigh to return to my native world."

"Take courage, my dear little guest; Zee can't compel you to marry her. She can only entice you to do so. Don't be enticed. Come and look round my domain."

We went forth into a close, bordered with sheds; for though the Ana keep no stock for food, there are some animals which they rear for milking and others for shearing. The former have no resemblance to our cows, nor the latter to our sheep, nor do I believe such species exist amongst them. They use the milk of three varieties of animal: one resembles the antelope, but is much larger, being as tall as a camel; the other two are smaller,

est meilleur que le meilleur choix fait par un grand nombre de gens qui ont beaucoup de motifs de ne pas choisir bien.

— Vous renversez dans votre politique les maximes adoptées dans mon pays.

— Êtes-vous, dans votre pays, tous satisfaits de vos gouvernants ?

— Tous ! certainement non ; les gouvernants qui plaisent le mieux aux uns sont sûrement ceux qui déplaisent le plus aux autres.

— Alors notre système est meilleur que le vôtre.

— Pour vous, peut-être ; mais suivant notre système on ne pourrait pas réduire un Tish en cendres parce qu'une femme l'aurait forcé à l'épouser, et comme Tish, je soupire après le monde où je suis né.

— Rassurez-vous, mon cher petit hôte ; Zee ne peut pas vous forcer à l'épouser. Elle ne peut que vous séduire. Ne vous laissez pas séduire. Venez, nous allons faire le tour du domaine.

Nous visitâmes d'abord une cour entourée de hangars, car quoique les Ana n'élèvent pas d'animaux pour la nourriture, ils en ont un certain nombre qu'ils élèvent pour leur lait, et d'autres pour leur laine. Les premiers ne ressemblent en rien à nos vaches, ni les seconds à nos moutons, ni, à ce qu'il me semble, à aucune des espèces de notre monde. Ils se servent du lait de trois espèces : l'une qui ressemble à l'antilope, mais beaucoup plus grande et presque de la taille du chameau ; les deux autres espèces sont plus petites,

and, though differing somewhat from each other, resemble no creature I ever saw on earth. They are very sleek and of rounded proportions; their colour that of the dappled deer, with very mild countenances and beautiful dark eyes. The milk of these three creatures differs in richness and taste. It is usually diluted with water, and flavoured with the juice of a peculiar and perfumed fruit, and in itself is very nutritious and palatable. The animal whose fleece serves them for clothing and many other purposes, is more like the Italian she-goat than any other creature, but is considerably larger, has no horns, and is free from the displeasing odour of our goats. Its fleece is not thick, but very long and fine; it varies in colour, but is never white, more generally of a slate-like or lavender hue. For clothing it is usually worn dyed to suit the taste of the wearer. These animals were exceedingly tame, and were treated with extraordinary care and affection by the children (chiefly female) who tended them.

We then went through vast storehouses filled with grains and fruits. I may here observe that the main staple of food among these people consists—firstly, of a kind of corn much larger in ear than our wheat, and which by culture is perpetually being brought into new varieties of flavour; and, secondly, of a fruit of about the size of a small orange, which, when gathered, is hard and bitter. It is stowed away for many months in their warehouses, and then becomes succulent and tender.

elles diffèrent l'une de l'autre, mais ne ressemblent à aucun animal que j'aie vu sur terre. Ce sont des animaux à poil luisant et aux formes arrondies ; leur couleur est celle du daim tacheté, et ils paraissent fort doux avec leurs grands yeux noirs. Le lait de ces trois espèces diffère de goût et de valeur. On le coupe ordinairement avec de l'eau et on le parfume avec le jus d'un fruit savoureux ; de lui-même, d'ailleurs, il est délicat et nourrissant. L'animal, dont la laine leur sert pour leurs vêtements et d'autres usages, ressemble plus à la chèvre italienne qu'à toute autre créature, mais il est plus grand et n'a pas de cornes ; il n'exhale pas non plus l'odeur désagréable de nos chèvres. Sa laine n'est pas épaisse, mais très longue et très fine ; elle est de couleurs variées, jamais blanche, mais plutôt couleur d'ardoise ou de lavande. Pour les vêtements on l'emploie teinte suivant le goût de chacun. Ces animaux sont parfaitement apprivoisés, et les enfants qui les soignaient (des filles pour la plupart) les traitaient avec un soin et une affection extraordinaires.

Nous allâmes ensuite dans de grands magasins remplis de grains et de fruits. Je puis remarquer ici que la principale nourriture de ces peuples se compose, d'abord, d'une espèce de grain dont l'épi est plus gros que celui de notre blé et dont la culture produit sans cesse des variétés d'un goût nouveau ; et, ensuite, d'un fruit assez semblable à une petite orange, qui est dur et amer quand on le récolte. On le serre dans les magasins et on l'y laisse plusieurs mois, il devient alors tendre et succulent.

Its juice, which is of dark-red colour, enters into most of their sauces. They have many kinds of fruit of the nature of the olive, from which delicious oils are extracted. They have a plant somewhat resembling the sugar-cane, but its juices are less sweet and of a delicate perfume. They have no bees nor honey-making insects, but they make much use of a sweet gum that oozes from a coniferous plant, not unlike the araucaria. Their soil teems also with esculent roots and vegetables, which it is the aim of their culture to improve and vary to the utmost. And I never remember any meal among this people, however it might be confined to the family household, in which some delicate novelty in such articles of food was not introduced. In fine, as I before observed, their cookery is exquisite, so diversified and nutritious that one does not miss animal food; and their own physical forms suffice to show that with them, at least, meat is not required for superior production of muscular fibre. They have no grapes—the drinks extracted from their fruits are innocent and refreshing. Their staple beverage, however, is water, in the choice of which they are very fastidious, distinguishing at once the slightest impurity.

"My younger son takes great pleasure in augmenting our produce," said Aph-Lin as we passed through the storehouses, "and therefore will inherit these lands, which constitute the chief part of my wealth. To my elder son such inheritance would be a great trouble and affliction."

Son jus, d'une couleur rouge foncé, entre dans la plupart de leurs sauces. Ils ont beaucoup de fruits de la nature de l'olive et ils en extraient de l'huile délicieuse. Ils ont une plante qui ressemble un peu à la canne à sucre, mais le jus en est moins doux et il possède un parfum délicat. Ils n'ont point d'abeilles ni aucun insecte qui amasse du miel, mais ils se servent beaucoup d'une gomme douce, qui suinte d'un conifère assez semblable à l'araucaria. Leur sol est très riche en racines et en légumes succulents, que leur culture tend à perfectionner et à varier à l'infini. Je ne me souviens pas d'avoir pris un seul repas parmi ce peuple, même tout à fait en famille, dans lequel on ne servit pas quelqu'une de ces délicates nouveautés. Enfin, comme je l'ai déjà remarqué, leur cuisine est si exquise, si variée, si fortifiante, qu'on ne regrette pas d'être privé de viande. Du reste, la force physique des Vril-ya prouve que, pour eux du moins, la viande n'est pas nécessaire à la production des fibres musculaires. Ils n'ont pas de raisins ; les boissons qu'ils tirent de leurs fruits sont inoffensives et rafraîchissantes. Leur principale boisson est l'eau, dans le choix de laquelle ils sont très délicats, et ils distinguent tout de suite la plus légère impureté.

— Mon second fils prend grand plaisir à augmenter nos produits, me dit Aph-Lin, comme nous quittions les magasins, et par conséquent il héritera de ces terres qui constituent la plus grande partie de ma fortune. Un semblable héritage serait un grand souci et une véritable affliction pour mon fils aîné.

"Are there many sons among you who think the inheritance of vast wealth would be a great trouble and affliction?"

"Certainly; there are indeed very few of the Vril-ya who do not consider that a fortune much above the average is a heavy burden. We are rather a lazy people after the age of childhood, and do not like undergoing more cares than we can help, and great wealth does give its owner many cares. For instance, it marks us out for public offices, which none of us like and none of us can refuse. It necessitates our taking a continued interest in the affairs of any of our poorer countrymen, so that we may anticipate their wants and see that none fall into poverty. There is an old proverb amongst us which says, 'The poor man's need is the rich man's shame — -'"

"Pardon me, if I interrupt you for a moment. You allow that some, even of the Vril-ya, know want, and need relief."

"If by want you mean the destitution that prevails in a Koom-Posh, THAT is impossible with us, unless an An has, by some extraordinary process, got rid of all his means, cannot or will not emigrate, and has either tired out the affectionate aid of this relations or personal friends, or refuses to accept it."

"Well, then, does he not supply the place of an infant or automaton, and become a labourer — a servant?"

— Y a-t-il parmi vous beaucoup de fils qui regardent l'héritage d'une fortune considérable comme un souci et une affliction ?

— Sans doute ; il y a peu de Vril-ya qui ne regardent une fortune très au-dessus de la moyenne comme un pesant fardeau. Nous devenons un peu indolents quand notre enfance est terminée, et nous n'aimons pas à avoir trop de souci ; or, une grande fortune cause beaucoup de souci. Par exemple, elle nous désigne pour les fonctions publiques que nul parmi nous ne désire, et que nul ne peut refuser. Elle nous force à nous occuper de nos concitoyens plus pauvres, afin de prévenir leurs besoins et de les empêcher de tomber dans la misère. Il y a parmi nous un vieux proverbe qui dit : « Les besoins du pauvre sont la honte du riche... »

— Pardonnez-moi si je vous interromps un instant. Vous avouez donc que, même parmi les Vril-ya, quelques-uns des citoyens connaissent l'indigence et ont besoin de secours ?

— Si par besoin vous entendez le dénuement qui domine dans un Koom-Posh, je vous répondrai que cela n'existe pas chez nous, à moins qu'un An, par quelque accident extraordinaire, ait perdu toute sa fortune, ne puisse pas ou ne veuille pas émigrer, qu'il ait épuisé les secours empressés de ses parents et de ses amis, ou bien qu'il les refuse.

— Eh bien, dans ce cas ne l'emploie-t-on pas pour remplacer un enfant ou un automate, n'en fait-on pas un ouvrier ou un domestique ?

"No; then we regard him as an unfortunate person of unsound reason, and place him, at the expense of the State, in a public building, where every comfort and every luxury that can mitigate his affliction are lavished upon him. But an An does not like to be considered out of his mind, and therefore such cases occur so seldom that the public building I speak of is now a deserted ruin, and the last inmate of it was an An whom I recollect to have seen in my childhood. He did not seem conscious of loss of reason, and wrote glaubs (poetry). When I spoke of wants, I meant such wants as an An with desires larger than his means sometimes entertains—for expensive singing-birds, or bigger houses, or country-gardens; and the obvious way to satisfy such wants is to buy of him something that he sells. Hence Ana like myself, who are very rich, are obliged to buy a great many things they do not require, and live on a very large scale where they might prefer to live on a small one. For instance, the great size of my house in the town is a source of much trouble to my wife, and even to myself; but I am compelled to have it thus incommodiously large, because, as the richest An of the community, I am appointed to entertain the strangers from the other communities when they visit us, which they do in great crowds twice-a-year, when certain periodical entertainments are held, and when relations scattered throughout all the realms of the Vril-ya joyfully reunite for a time. This hospitality, on a scale so extensive, is not to my taste, and therefore I should have been happier had I been less rich. But we must all bear

— Non, nous le regardons alors comme un malheureux qui a perdu la raison et nous le plaçons, aux frais de l'État, dans un bâtiment public où on lui prodigue tous les soins et tout le luxe nécessaires pour adoucir son état. Mais un An n'aime pas à passer pour fou, et des cas semblables se présentent si rarement que le bâtiment dont je parle n'est plus aujourd'hui qu'une ruine, et le dernier habitant qu'il y ait eu est un An que je me souviens d'avoir vu dans mon enfance. Il ne semblait pas s'apercevoir de son manque de raison et il écrivait des glaubs (poésies). Quand j'ai parlé de besoins, j'ai voulu dire ces désirs que la fortune d'un An peut ne pas lui permettre de satisfaire, comme les oiseaux chantants d'un prix élevé, ou une plus grande maison, ou un jardin à la campagne ; et le moyen de satisfaire ces désirs c'est d'acheter à l'An qui les forme les choses qu'il vend. C'est pourquoi les Ana riches comme moi sont obligés d'acheter beaucoup de choses dont ils n'ont pas besoin et de mener un grand train de maison, quand ils préféreraient une vie plus simple. Par exemple, la grandeur de ma maison de ville est une source de soucis pour ma femme et même pour moi ; mais je suis forcé de l'avoir si grande qu'elle en est incommode pour nous, parce que, comme l'An le plus riche de la tribu, je suis désigné pour recevoir les étrangers venus des autres tribus pour nous visiter, ce qu'ils font en foule deux fois par an, à l'époque de certaines fêtes périodiques et quand nos parents dispersés dans les divers États viennent se réunir à nous quelque temps. Cette hospitalité sur une si vaste échelle n'est pas de mon goût et je serais plus heureux si j'étais moins riche. Mais nous devons tous accepter

the lot assigned to us in this short passage through time that we call life. After all, what are a hundred years, more or less, to the ages through which we must pass hereafter? Luckily, I have one son who likes great wealth. It is a rare exception to the general rule, and I own I cannot myself understand it."

After this conversation I sought to return to the subject which continued to weigh on my heart—viz., the chances of escape from Zee. But my host politely declined to renew that topic, and summoned our air-boat. On our way back we were met by Zee, who, having found us gone, on her return from the College of Sages, had unfurled her wings and flown in search of us.

Her grand, but to me unalluring, countenance brightened as she beheld me, and, poising herself beside the boat on her large outspread plumes, she said reproachfully to Aph-Lin—"Oh, father, was it right in you to hazard the life of your guest in a vehicle to which he is so unaccustomed? He might, by an incautious movement, fall over the side; and alas; he is not like us, he has no wings. It were death to him to fall. Dear one!" (she added, accosting my shrinking self in a softer voice), "have you no thought of me, that you should thus hazard a life which has become almost a part of mine? Never again be thus rash, unless I am thy companion. What terror thou hast stricken into me!"

le lot qui nous est assigné dans ce court voyage que nous appelons la vie. Après tout, qu'est-ce que cent ans, environ, comparés aux siècles que nous devons traverser ? Heureusement j'ai un fils qui aime la richesse. C'est une rare exception à la règle générale et je confesse que je ne puis le comprendre.

Après cette conversation je cherchai à revenir au sujet qui continuait à peser sur mon cœur... je veux dire aux chances que j'avais d'échapper à Zee. Mais mon hôte refusa poliment de renouveler la discussion et demanda son bateau aérien. En revenant, nous rencontrâmes Zee, qui s'apercevant de notre départ, à son retour du Collège des Sages, avait déployé ses ailes et s'était mise à notre recherche.

Sa belle, mais pour moi peu attrayante physionomie s'illumina en nous voyant, et, s'approchant du bateau les ailes étendues, elle dit à Aph-Lin d'un ton de reproche :

— Oh ! père, n'as-tu pas eu tort d'exposer la vie de ton hôte dans un véhicule auquel il est si peu accoutumé ? Il aurait pu, par un mouvement imprudent, tomber par-dessus le bord, et hélas ! il n'est pas comme nous, il n'a pas d'ailes. Ce serait la mort pour lui. Cher ! ajouta-t-elle en m'abordant et parlant d'une voix douce, ce qui ne m'empêchait pas de trembler, ne pensais-tu donc pas à moi quand tu exposais ainsi une vie qui est devenue pour ainsi dire une partie de la mienne ? Ne sois plus aussi téméraire à moins que tu ne sois avec moi. Quelle frayeur tu m'as causée !

I glanced furtively at Aph-Lin, expecting, at least, that he would indignantly reprove his daughter for expressions of anxiety and affection, which, under all the circumstances, would, in the world above ground, be considered immodest in the lips of a young female, addressed to a male not affianced to her, even if of the same rank as herself.

But so confirmed are the rights of females in that region, and so absolutely foremost among those rights do females claim the privilege of courtship, that Aph-Lin would no more have thought of reproving his virgin daughter than he would have thought of disobeying the orders of the Tur. In that country, custom, as he implied, is all in all.

He answered mildly, "Zee, the Tish is in no danger and it is my belief the he can take very good care of himself."

"I would rather that he let me charge myself with his care. Oh, heart of my heart, it was in the thought of thy danger that I first felt how much I loved thee!"

Never did man feel in such a false position as I did. These words were spoken loud in the hearing of Zee's father—in the hearing of the child who steered. I blushed with shame for them, and for her, and could not help replying angrily:

"Zee, either you mock me, which, as your father's guest, misbecomes you, or the words you utter are improper for a maiden Gy to address even to an An of her own race, if he has not wooed her with the consent of her parents.

Je regardai Aph-Lin, espérant du moins qu'il réprimanderait sa fille, pour avoir exprimé son inquiétude et son affection en des termes qui, dans notre monde, seraient toujours regardés comme inconvenants dans la bouche de toute jeune fille parlant à un autre qu'à son fiancé, fût-il du même rang qu'elle.

Mais les droits des femmes sont si bien établis en ce pays et, parmi ces droits, les femmes revendiquent si absolument le privilège de faire leur cour aux hommes, qu'Aph-Lin n'aurait pas plus pensé à réprimander sa fille qu'à désobéir au Tur. Chez ce peuple, comme il me l'avait dit, la coutume est tout.

— Zee, répondit-il doucement, le Tish ne courait aucun danger, et mon opinion est qu'il peut très bien prendre soin de lui-même.

— J'aimerais mieux qu'il me laissât me charger de ce soin. Oh ! ma chère âme, c'est à la pensée du danger que tu courais que j'ai senti pour la première fois combien je t'aimais !

Jamais homme ne se trouva dans une plus fausse position. Ces paroles étaient prononcées assez haut pour que le père de Zee les entendît, ainsi que l'enfant qui nous conduisait. Je rougis de honte pour eux et pour elle et ne pus m'empêcher de répondre avec dépit :

— Zee, ou vous vous moquez de moi, ce qui est inconvenant vis-à-vis l'hôte de votre père, ou les paroles que vous venez de m'adresser sont malséantes dans la bouche d'une jeune Gy, même en s'adressant à un An, si ce dernier ne lui a pas fait la cour avec l'autorisation de ses parents.

How much more improper to address them to a Tish, who has never presumed to solicit your affections, and who can never regard you with other sentiments than those of reverence and awe!"

Aph-Lin made me a covert sing of approbation, but said nothing.

"Be not so cruel!" exclaimed Zee, still in sonorous accents. "Can love command itself where it is truly felt? Do you suppose that a maiden Gy will conceal a sentiment that it elevates her to feel? What a country you must have come from!"

Here Aph-Lin gently interposed, saying, "Among the Tish-a the rights of your sex do not appear to be established, and at all events my guest may converse with you more freely if unchecked by the presence of others."

To this remark Zee made no reply, but, darting on me a tender reproachful glance, agitated her wings and fled homeward.

"I had counted, at least, on some aid from my host," I said bitterly, "in the perils to which his own daughter exposes me."

"I gave you the best aid I could. To contradict a Gy in her love affairs is to confirm her purpose. She allows no counsel to come between her and her affections."

Mais combien elles sont plus inconvenantes encore, adressées à un Tish qui n'a jamais essayé de gagner vos affections et qui ne pourra jamais vous regarder avec d'autres sentiments que ceux du respect et de la crainte.

Aph-Lin me fit à la dérobée un signe d'approbation, mais ne dit rien.

— Ne soyez pas si cruel ! s'écria Zee, sans baisser la voix. L'amour véritable est-il maître de lui-même ? Supposez-vous qu'une jeune Gy puisse cacher un sentiment qui l'élève ? De quel pays venez-vous donc ?

Ici Aph-Lin s'interposa doucement.

— Parmi les Tish-a, dit-il, les droits de ton sexe ne paraissent pas être établis, et dans tous les cas mon hôte pourra causer plus librement avec toi, quand il ne sera pas gêné par la présence d'autrui.

Zee ne répondit rien à cette observation, mais me lançant un regard de tendre reproche, elle agita ses ailes et s'envola vers la maison.

— J'avais compté, du moins, sur quelque assistance de mon hôte, dis-je avec amertume, dans les dangers auxquels sa fille m'expose.

— J'ai fait tout ce que je pouvais faire. Contrarier une Gy dans ses amours, c'est affermir sa résolution. Elle ne permet à aucun conseiller de se mettre entre elle et l'objet de son affection.

Chapter 24

On alighting from the air-boat, a child accosted Aph-Lin in the hall with a request that he would be present at the funeral obsequies of a relation who had recently departed from that nether world.

Now, I had never seen a burial-place or cemetery amongst this people, and, glad to seize even so melancholy an occasion to defer an encounter with Zee, I asked Aph-Lin if I might be permitted to witness with him the interment of his relation; unless, indeed, it were regarded as one of those sacred ceremonies to which a stranger to their race might not be admitted.

"The departure of an An to a happier world," answered my host, "when, as in the case of my kinsman, he has lived so long in this as to have lost pleasure in it, is rather a cheerful though quiet festival than a sacred ceremony, and you may accompany me if you will."

Preceded by the child-messenger, we walked up the main street to a house at some little distance, and, entering the hall, were conducted to a room on the ground floor,

Chapitre 24

En descendant du bateau aérien, Aph-Lin fut abordé dans le vestibule par un enfant qui venait le prier d'assister aux obsèques d'un ami qui avait depuis peu quitté ce bas monde.

Je n'avais jamais vu aucun cimetière dans le pays et, heureux de saisir même cette triste occasion d'éviter un entretien avec Zee, je demandai à Aph-Lin s'il me serait permis d'assister à l'enterrement de son parent, à moins que cette cérémonie ne fût regardée comme trop sacrée pour qu'on y admît un être d'une race différente.

— Le départ d'un An pour un monde meilleur, me répondit mon hôte, alors que, comme mon parent, il a vécu assez longtemps dans celui-ci pour n'y plus goûter de plaisir, est plutôt une fête animée d'une joie tranquille qu'une cérémonie sacrée, et vous pouvez m'accompagner si vous voulez.

Précédés par le jeune messager, nous nous rendîmes à une des maisons de la grande rue et, entrant dans l'antichambre, nous fûmes conduits à une salle du rez-de-chaussée,

where we found several persons assembled round a couch on which was laid the deceased. It was an old man, who had, as I was told, lived beyond his 130th year. To judge by the calm smile on his countenance, he had passed away without suffering. One of the sons, who was now the head of the family, and who seemed in vigorous middle life, though he was considerably more than seventy, stepped forward with a cheerful face and told Aph-Lin "that the day before he died his father had seen in a dream his departed Gy, and was eager to be reunited to her, and restored to youth beneath the nearer smile of the All-Good."

While these two were talking, my attention was drawn to a dark metallic substance at the farther end of the room. It was about twenty feet in length, narrow in proportion, and all closed round, save, near the roof, there were small round holes through which might be seen a red light. From the interior emanated a rich and sweet perfume; and while I was conjecturing what purpose this machine was to serve, all the time-pieces in the town struck the hour with their solemn musical chime; and as that sound ceased, music of a more joyous character, but still of a joy subdued and tranquil, rang throughout the chamber, and from the walls beyond, in a choral peal. Symphonious with the melody, those in the room lifted their voices in chant. The words of this hymn were simple. They expressed no regret, no farewell, but rather a greeting to the new world whither the deceased had preceded the living.

où nous trouvâmes plusieurs personnes réunies autour d'une couche sur laquelle était étendu le défunt. C'était un vieillard qui, me dit-on, avait dépassé sa cent trentième année. À en juger par le calme sourire de son visage, il était mort sans souffrances. Un des fils, qui se trouvait maintenant le chef de la famille et qui semblait encore dans toute la vigueur de l'âge, bien qu'il eût beaucoup plus de soixante-dix ans, s'avança vers Aph-Lin avec un visage joyeux et lui dit que la veille de sa mort son père avait vu en songe sa Gy déjà morte, qu'il était pressé d'aller la rejoindre et de redevenir jeune sous le sourire plus proche de la Bonté Suprême.

Pendant qu'ils s'entretenaient ainsi, mon attention fut attirée par un objet noir et métallique placé à l'autre bout de la chambre. Cet objet avait vingt pieds de long environ et était étroit proportionnellement à sa largeur : il était fermé de tous côtés, sauf le dessus, où l'on voyait de petits trous ronds au travers desquels scintillait une lueur rouge. De l'intérieur s'exhalait un parfum doux et pénétrant. Pendant que je me demandais à quoi pouvait servir cette machine, toutes les horloges de la ville se mirent à sonner l'heure avec leur solennel carillon. Quand ce bruit cessa, une musique d'un caractère plus joyeux, mais cependant calme et douce, emplit la chambre et les pièces voisines. Tous les assistants se mirent à chanter en chœur sur cet accompagnement. Les paroles de cet hymne étaient fort simples. Elles n'exprimaient ni adieux, ni regrets, mais semblaient plutôt souhaiter la bienvenue dans ce monde meilleur au défunt qui y précédait les chanteurs.

Indeed, in their language, the funeral hymn is called the 'Birth Song.' Then the corpse, covered by a long cerement, was tenderly lifted up by six of the nearest kinfolk and borne towards the dark thing I have described. I pressed forward to see what happened. A sliding door or panel at one end was lifted up—the body deposited within, on a shelf—the door reclosed—a spring a the side touched—a sudden 'whishing,' sighing sound heard from within; and lo! at the other end of the machine the lid fell down, and a small handful of smouldering dust dropped into a 'patera' placed to receive it. The son took up the 'patera' and said (in what I understood afterwards was the usual form of words), "Behold how great is the Maker! To this little dust He gave form and life and soul. It needs not this little dust for Him to renew form and life and soul to the beloved one we shall soon see again."

Each present bowed his head and pressed his hand to his heart. Then a young female child opened a small door within the wall, and I perceived, in the recess, shelves on which were placed many 'paterae' like that which the son held, save that they all had covers. With such a cover a Gy now approached the son, and placed it over the cup, on which it closed with a spring. On the lid were engraven the name of the deceased, and these words:—"Lent to us" (here the date of birth). "Recalled from us" (here the date of death).

The closed door shut with a musical sound, and all was over.

Dans leur langue, ils appellent l'hymne des funérailles le Chant de la Naissance. Alors le corps couvert de longues draperies fut soulevé avec tendresse par six parents et porté vers l'objet noir que j'ai décrit. Je m'avançai pour voir ce qui allait arriver. On souleva une trappe ou coulisse à l'un des bouts de la machine, le corps fut déposé à l'intérieur sur une planche, la porte refermée, on toucha un ressort sur le côté, un certain sifflement se fit entendre ; aussitôt l'autre bout de la machine s'ouvrit et une petite poignée de cendres tomba dans une coupe préparée à l'avance pour les recevoir. Le fils du défunt prit cette coupe et dit (j'appris plus tard que ces paroles étaient une formule consacrée) :

— Voyez combien le Créateur est grand ! Il a donné à ce peu de cendres une forme, une vie, une âme. Il n'a pas besoin de ces cendres pour rendre l'âme, la forme et la vie au bien-aimé que nous rejoindrons bientôt.

Tous les assistants s'inclinèrent en mettant la main sur leur cœur. Alors une petite fille ouvrit une porte dans le mur et j'aperçus dans un enfoncement, sur des étagères, plusieurs coupes semblables à celle que j'avais vue sauf qu'elles avaient toutes des couvercles. Une Gy s'approcha alors du fils, en tenant à la main un couvercle qu'elle plaça sur la coupe et qui s'y adapta au moyen d'un ressort. Sur le côté se trouvaient gravés le nom du défunt et ces mots : « Il nous fut prêté » (ici la date de la naissance). « Il nous fut retiré » (ici la date de la mort).

La porte se ferma avec un bruit musical, et tout fut terminé.

Chapter 25

"And this," said I, with my mind full of what I had witnessed—"this, I presume, is your usual form of burial?"

"Our invariable form," answered Aph-Lin. "What is it amongst your people?"

"We inter the body whole within the earth."

"What! To degrade the form you have loved and honoured, the wife on whose breast you have slept, to the loathsomeness of corruption?"

"But if the soul lives again, can it matter whether the body waste within the earth or is reduced by that awful mechanism, worked, no doubt by the agency of vril, into a pinch of dust?"

"You answer well," said my host, "and there is no arguing on a matter of feeling; but to me your custom is horrible and repulsive, and would serve to invest death with gloomy and hideous associations. It is something, too, to my mind, to be able to preserve the token of what has been our kinsman

— Et c'est là, dis-je, l'esprit tout plein du spectacle auquel je venais d'assister, c'est là votre manière habituelle d'enterrer vos morts ?

— C'est notre coutume invariable, me répondit Aph-Lin. Comment faites-vous dans votre monde ?

— Nous enterrons le corps entier dans le sol ?

— Quoi ! dégrader ainsi le corps que vous avez aimé et respecté, la femme sur le sein de laquelle vous avez dormi ! vous l'abandonnez aux horreurs de la corruption !

— Mais, si l'âme est immortelle, qu'importe que le corps se décompose dans la terre ou soit réduit par cette effroyable machine, mue, je n'en doute pas, par la puissance du vril, en une petite pincée de cendres ?

— Votre réponse est judicieuse, dit mon hôte, et il n'y a pas à discuter une question de sentiment. Mais pour moi, votre coutume est horrible et répugnante, elle doit servir, ce me semble, à entourer la mort d'idées sombres et hideuses. C'est quelque chose aussi, selon moi, de pouvoir conserver un souvenir de celui qui a été notre ami

or friend within the abode in which we live. We thus feel more sensibly that he still lives, though not visibly so to us. But our sentiments in this, as in all things, are created by custom. Custom is not to be changed by a wise An, any more than it is changed by a wise Community, without the greatest deliberation, followed by the most earnest conviction. It is only thus that change ceases to be changeability, and once made is made for good."

When we regained the house, Aph-Lin summoned some of the children in his service and sent them round to several of his friends, requesting their attendance that day, during the Easy Hours, to a festival in honour of his kinsman's recall to the All-Good. This was the largest and gayest assembly I ever witnessed during my stay among the Ana, and was prolonged far into the Silent Hours.

The banquet was spread in a vast chamber reserved especially for grand occasions. This differed from our entertainments, and was not without a certain resemblance to those we read of in the luxurious age of the Roman empire. There was not one great table set out, but numerous small tables, each appropriated to eight guests. It is considered that beyond that number conversation languishes and friendship cools. The Ana never laugh loud, as I have before observed, but the cheerful ring of their voices at the various tables betokened gaiety of intercourse. As they have no stimulant drinks, and are temperate in food, though so choice and dainty, the banquet itself did not last long.

ou notre parent, dans la maison que nous habitons. Nous sentons ainsi qu'il vit encore, quoique invisible à nos yeux. Mais nos sentiments en ceci, comme en toutes choses, sont créés par l'habitude. Un An sage ne peut pas plus qu'un État sage changer une coutume sans les délibérations les plus graves, suivies de la conviction la plus sincère. C'est ainsi que le changement cesse d'être un caprice, et qu'une fois accompli, il l'est pour tout de bon.

Quand nous rentrâmes chez lui, Aph-Lin appela quelques enfants et les envoya chez ses amis pour les prier de venir ce jour-là, aux Heures Oisives, afin de fêter le départ de leur parent rappelé par la Bonté Suprême. Cette réunion fut la plus nombreuse et la plus gaie que j'ai jamais vue pendant mon séjour chez les Ana, et elle se prolongea fort tard pendant les Heures Silencieuses.

Le banquet fut servi dans une salle réservée pour les grandes occasions. Ce repas différait des nôtres et ressemblait assez à ceux dont nous lisons la description dans les écrits qui nous retracent l'époque la plus luxueuse de l'empire romain. Il n'y avait pas une seule grande table, mais un grand nombre de petites tables, destinées chacune à huit convives. On prétend que, au-delà de ce nombre, la conversation languit et l'amitié se refroidit. Les Ana ne rient jamais tout haut, comme je l'ai déjà dit ; mais le son joyeux de leurs voix aux différentes tables prouvait la gaieté de leur conversation. Comme ils n'ont aucune boisson excitante et mangent très sobrement, quoique délicats dans le choix de leurs mets, le banquet ne dura pas longtemps.

The tables sank through the floor, and then came musical entertainments for those who liked them. Many, however, wandered away:—some of the younger ascended in their wings, for the hall was roofless, forming aerial dances; others strolled through the various apartments, examining the curiosities with which they were stored, or formed themselves into groups for various games, the favourite of which is a complicated kind of chess played by eight persons. I mixed with the crowd, but was prevented joining in the conversation by the constant companionship of one or the other of my host's sons, appointed to keep me from obtrusive questionings. The guests, however, noticed me but slightly; they had grown accustomed to my appearance, seeing me so often in the streets, and I had ceased to excite much curiosity.

To my great delight Zee avoided me, and evidently sought to excite my jealousy by marked attentions to a very handsome young An, who (though, as is the modest custom of the males when addressed by females, he answered with downcast eyes and blushing cheeks, and was demure and shy as young ladies new to the world are in most civilised countries, except England and America) was evidently much charmed by the tall Gy, and ready to falter a bashful "Yes" if she had actually proposed. Fervently hoping that she would, and more and more averse to the idea of reduction to a cinder after I had seen the rapidity with which a human body can be hurried into a pinch of dust, I amused myself by watching the manners of the other young people.

Les tables disparurent à travers le plancher et la musique commença pour ceux qui l'aimaient. Beaucoup, cependant, se mirent à se promener : les plus jeunes s'envolèrent, car la salle était à ciel ouvert, et formèrent des danses aériennes ; d'autres erraient dans les appartements, examinant les curiosités dont ils étaient remplis, ou se formaient en groupes pour jouer à divers jeux ; le plus en vogue est une sorte de jeu d'échecs compliqué qui se joue à huit. Je me mêlai à la foule, sans pouvoir prendre part aux conversations, grâce à la présence de l'un ou de l'autre des fils de mon hôte, toujours placé à côté de moi, pour empêcher qu'on ne m'adressât des questions embarrassantes. Les gens me remarquaient peu : ils s'étaient habitués à mon aspect, en me voyant souvent dans les rues, et j'avais cessé d'exciter une vive curiosité.

À mon grand contentement, Zee m'évitait et cherchait évidemment à exciter ma jalousie par ses attentions marquées envers un jeune An, très beau garçon et qui (tout en baissant les yeux et en rougissant suivant la coutume modeste des Ana quand une femme leur parle, et en paraissant aussi timide et aussi embarrassé que la plupart des jeunes filles du monde civilisé, excepté en Angleterre et en Amérique) était évidemment séduit par la belle Gy et prêt à balbutier un modeste oui si elle l'en avait prié. Espérant de tout mon cœur qu'elle y viendrait, et de plus en plus rebelle à l'idée d'être réduit en cendres, depuis que j'avais vu avec quelle rapidité un corps humain peut être transformé en une pincée de poussière, je m'amusai à examiner les manières des autres jeunes gens.

I had the satisfaction of observing that Zee was no singular assertor of a female's most valued rights. Wherever I turned my eyes, or lent my ears, it seemed to me that the Gy was the wooing party, and the An the coy and reluctant one. The pretty innocent airs which an An gave himself on being thus courted, the dexterity with which he evaded direct answers to professions of attachment, or turned into jest the flattering compliments addressed to him, would have done honour to the most accomplished coquette. Both my male chaperons were subjected greatly to these seductive influences, and both acquitted themselves with wonderful honour to their tact and self-control.

I said to the elder son, who preferred mechanical employments to the management of a great property, and who was of an eminently philosophical temperament, — "I find it difficult to conceive how at your age, and with all the intoxicating effects on the senses, of music and lights and perfumes, you can be so cold to that impassioned young Gy who has just left you with tears in her eyes at your cruelty."

The young An replied with a sigh, "Gentle Tish, the greatest misfortune in life is to marry one Gy if you are in love with another."

"Oh! You are in love with another?"

"Alas! Yes."

"And she does not return your love?"

J'eus la satisfaction de remarquer que Zee n'était pas seule à revendiquer les plus précieux droits de la femme. Partout ou je portai les yeux, partout où j'écoutai une conversation, il me semblait que c'était la Gy qui témoignait de l'empressement et l'An qui se montrait timide et qui résistait. Les jolis airs d'innocence que se donne un An quand on le courtise ainsi, la dextérité avec laquelle il évite de répondre directement aux déclarations, ou tourne en plaisanterie les compliments flatteurs qu'on lui adresse, feraient honneur à la coquette la plus accomplie. Mes deux chaperons furent soumis à ces influences séductrices, et tous deux s'en tirèrent de façon à faire honneur à leur tact et à leur sang-froid.

Je dis au fils aîné, qui préférait la mécanique à l'administration d'une grande propriété et qui était d'un tempérament éminemment philosophique :

— Je suis surpris qu'à votre âge, entouré de tous les objets qui peuvent enivrer les sens, de musique, de lumière, de parfums, vous vous montriez assez froid pour que cette jeune Gy si passionnée vous quitte les larmes aux yeux à cause de votre cruauté.

— Aimable Tish, répondit le jeune An avec un soupir, le plus grand malheur de la vie, c'est d'épouser une Gy quand on en aime une autre ?

— Oh ! vous êtes amoureux d'une autre ?

— Hélas ! oui !

— Et elle ne répond pas à votre amour ?

"I don't know. Sometimes a look, a tone, makes me hope so; but she has never plainly told me that she loves me."

"Have you not whispered in her own ear that you love her?"

"Fie! What are you thinking of? What world do you come from? Could I so betray the dignity of my sex? Could I be so un-Anly — so lost to shame, as to own love to a Gy who has not first owned hers to me?"

"Pardon: I was not quite aware that you pushed the modesty of your sex so far. But does no An ever say to a Gy, 'I love you,' till she says it first to him?"

"I can't say that no An has ever done so, but if he ever does, he is disgraced in the eyes of the Ana, and secretly despised by the Gy-ei. No Gy, well brought up, would listen to him; she would consider that he audaciously infringed on the rights of her sex, while outraging the modesty which dignifies his own. It is very provoking," continued the An, "for she whom I love has certainly courted no one else, and I cannot but think she likes me. Sometimes I suspect that she does not court me because she fears I would ask some unreasonable settlement as to the surrender of her rights. But if so, she cannot really love me, for where a Gy really loves she forgoes all rights."

"Is this young Gy present?"

— Je ne sais. Quelquefois un regard, un mot, me le fait espérer ; mais elle ne m'a jamais dit qu'elle m'aimait.

— Ne lui avez-vous jamais murmuré à l'oreille que vous l'aimiez ?

— Fi !... À quoi pensez-vous ? D'où venez-vous donc ? Puis-je trahir ainsi l'honneur de mon sexe ? Pourrais-je être assez peu viril, assez dépourvu de pudeur pour avouer mon amour à une Gy qui n'a point devancé mon aveu par le sien ?

— Je vous demande pardon ; je ne croyais pas que la modestie de votre sexe fût poussée si loin chez vous. Mais un An ne dit-il jamais à une Gy : Je vous aime, si elle ne le lui a dit la première ?

— Je ne puis dire qu'aucun An ne l'ait jamais fait, mais celui qui se conduit ainsi est déshonoré aux yeux des Ana, et les Gy-ei le méprisent en secret. Aucune Gy bien élevée ne l'écouterait ; elle regarderait cet aveu comme une usurpation audacieuse des droits de son sexe et un outrage à la modestie du nôtre. C'est bien fâcheux, continua le jeune An, car celle que j'aime n'a certainement fait la cour à aucun autre, et je ne puis m'empêcher de penser que je lui plais. Quelquefois je soupçonne qu'elle ne me fait pas la cour parce qu'elle craint que je n'exige quelque convention déraisonnable au sujet de l'abandon de ses droits. S'il en est ainsi, elle ne m'aime pas réellement, car lorsqu'une Gy aime, elle abandonne tous ses droits.

— Cette jeune Gy est-elle ici ?

"Oh yes. She sits yonder talking to my mother."

I looked in the direction to which my eyes were thus guided, and saw a Gy dressed in robes of bright red, which among this people is a sign that a Gy as yet prefers a single state. She wears gray, a neutral tint, to indicate that she is looking about for a spouse; dark purple if she wishes to intimate that she has made a choice; purple and orange when she is betrothed or married; light blue when she is divorced or a widow, and would marry again. Light blue is of course seldom seen.

Among a people where all are of so high a type of beauty, it is difficult to single out one as peculiarly handsome. My young friend's choice seemed to me to possess the average of good looks; but there was an expression in her face that pleased me more than did the faces of the young Gy-ei generally, because it looked less bold—less conscious of female rights. I observed that, while she talked to Bra, she glanced, from time to time, sidelong at my young friend.

"Courage," said I, "that young Gy loves you."

"Ay, but if she shall not say so, how am I the better for her love?"

"Your mother is aware of your attachment?"

"Perhaps so. I never owned it to her. It would be un-Anly to confide such weakness to a mother. I have told my father; he may have told it again to his wife."

— Oh ! oui. La voilà là-bas assise près de ma mère.

Je regardai dans la direction indiquée et j'aperçus une Gy habillée de vêtements d'un rouge brillant, ce qui chez ce peuple indique qu'une Gy préfère encore le célibat. Elle porte du gris, teinte neutre, pour indiquer qu'elle cherche un époux ; du pourpre foncé, si elle veut faire entendre qu'elle a fait un choix ; du pourpre et orange, si elle est fiancée ou mariée ; du bleu clair, quand elle est divorcée ou veuve et désire se remarier. Le bleu clair est naturellement très rare.

Au milieu d'un peuple chez qui la beauté est si universellement répandue, il est difficile de distinguer une femme plus belle que les autres. La Gy choisie par mon ami me parut posséder la moyenne des charmes mais son visage avait une expression qui me plaisait beaucoup plus que celui de la plupart des Gy-ei ; elle paraissait moins hardie, moins pénétrée des droits de la femme. Je remarquai qu'en causant avec Bra elle jetait de temps en temps un regard de côté vers mon jeune ami.

— Courage, lui dis-je, la jeune Gy vous aime.

— Oui, mais si elle ne veut pas me le dire, en suis-je plus heureux ?

— Votre mère connaît votre amour ?

— Peut-être bien. Je ne le lui ai jamais avoué. Il serait peu viril de confier une pareille faiblesse à sa mère. Je l'ai dit à mon père ; il se peut qu'il l'ait répété à sa femme.

"Will you permit me to quit you for a moment and glide behind your mother and your beloved? I am sure they are talking about you. Do not hesitate. I promise that I will not allow myself to be questioned till I rejoin you."

The young An pressed his hand on his heart, touched me lightly on the head, and allowed me to quit his side. I stole unobserved behind his mother and his beloved. I overheard their talk.

Bra was speaking; said she, "There can be no doubt of this: either my son, who is of marriageable age, will be decoyed into marriage with one of his many suitors, or he will join those who emigrate to a distance and we shall see him no more. If you really care for him, my dear Lo, you should propose."

"I do care for him, Bra; but I doubt if I could really ever win his affections. He is fond of his inventions and timepieces; and I am not like Zee, but so dull that I fear I could not enter into his favourite pursuits, and then he would get tired of me, and at the end of three years divorce me, and I could never marry another—never."

"It is not necessary to know about timepieces to know how to be so necessary to the happiness of an An, who cares for timepieces, that he would rather give up the timepieces than divorce his Gy. You see, my dear Lo," continued Bra,

— Voulez-vous me permettre de vous quitter un moment et de me glisser derrière votre mère et votre bien-aimée ? Je suis sûr qu'elles parlent de vous. N'hésitez pas. Je vous promets de ne pas me laisser questionner jusqu'au moment où je vous rejoindrai.

Le jeune An mit sa main sur son cœur, me toucha légèrement la tête, et me permit de le quitter. Je me glissai sans être remarqué derrière sa mère et sa bien-aimée et j'entendis leur conversation.

C'était Bra qui parlait.

— Il n'y a aucun doute à cet égard, disait-elle, ou bien mon fils, qui est d'âge à se marier, sera entraîné par une de ses nombreuses prétendantes, ou il se joindra aux émigrants qui s'en vont au loin, et nous ne le verrons plus. Si vous l'aimez réellement, ma chère Lo, vous devriez vous déclarer.

— Je l'aime beaucoup, Bra ; mais je ne sais si je pourrai jamais gagner son affection ; il a tant de passion pour ses inventions et ses horloges ; et je ne suis pas comme Zee, je suis si sotte que je crains de ne pouvoir entrer dans ses goûts favoris, et alors il se fatiguera de moi, et au bout des trois ans il divorcera et je ne pourrais jamais en épouser un autre... non, jamais.

— Il n'est pas nécessaire de connaître le mécanisme d'une horloge pour savoir devenir si nécessaire au bonheur d'un An, qu'il abandonnerait plutôt toutes ses mécaniques que de renvoyer sa Gy. Vous voyez, ma chère Lo, continua Bra,

"that precisely because we are the stronger sex, we rule the other provided we never show our strength. If you were superior to my son in making timepieces and automata, you should, as his wife, always let him suppose you thought him superior in that art to yourself. The An tacitly allows the pre-eminence of the Gy in all except his own special pursuit. But if she either excels him in that, or affects not to admire him for his proficiency in it, he will not love her very long; perhaps he may even divorce her. But where a Gy really loves, she soon learns to love all that the An does."

The young Gy made no answer to this address. She looked down musingly, then a smile crept over her lips, and she rose, still silent, and went through the crowd till she paused by the young An who loved her. I followed her steps, but discreetly stood at a little distance while I watched them. Somewhat to my surprise, till I recollected the coy tactics among the Ana, the lover seemed to receive her advances with an air of indifference. He even moved away, but she pursued his steps, and, a little time after, both spread their wings and vanished amid the luminous space above.

Just then I was accosted by the chief magistrate, who mingled with the crowd distinguished by no signs of deference or homage. It so happened that I had not seen this great dignitary since the day I had entered his dominions, and recalling Aph-Lin's words as to his terrible doubt whether or not I should be dissected, a shudder crept over me at the sight of his tranquil countenance.

que précisément parce que nous sommes le sexe le plus fort, nous gouvernons l'autre à condition de ne jamais laisser voir notre force. Si vous étiez supérieure à mon fils dans la construction des horloges et des automates, comme sa femme vous devriez toujours lui laisser croire que la supériorité est de son côté ; l'An accepte tacitement la supériorité de la Gy en tout, excepté dans les choses de sa vocation. Mais si elle le dépasse dans ces choses-là ou si elle affecte de ne pas admirer son talent, il ne l'aimera pas longtemps ; peut-être même divorcera-t-il. Mais quand une Gy aime réellement, elle apprend bien vite à aimer tout ce qui est agréable à l'An.

La jeune Gy ne répondit rien à ce discours. Elle baissa les yeux d'un air rêveur, puis un sourire se glissa sur ses lèvres, elle se leva sans rien dire, et, traversant la foule, elle s'approcha de l'An qui l'aimait. Je la suivis, mais je me tins à quelque distance en l'observant. Je fus surpris, jusqu'au moment où je me souvins de la tactique modeste des Ana, de voir l'indifférence avec laquelle le jeune homme paraissait recevoir les avances de Lo. Il fit mine de s'éloigner, mais elle le suivit, et peu de temps après, je les vis étendre leurs ailes et s'élancer dans l'espace lumineux.

Au même instant, je fus accosté par le magistrat suprême, qui se mêlait à la foule sans aucune marque particulière de déférence ou d'honneur. Je n'avais pas revu ce haut dignitaire depuis le jour où j'étais entré dans son domaine, et me rappelant les paroles d'Aph-Lin à propos du terrible doute qu'il avait exprimé sur la question de savoir si je devais ou non être disséqué, je me sentis frissonner en regardant son visage tranquille.

"I hear much of you, stranger, from my son Taee," said the Tur, laying his hand politely on my bended head. "He is very fond of your society, and I trust you are not displeased with the customs of our people."

I muttered some unintelligible answer, which I intended to be an assurance of my gratitude for the kindness I had received from the Tur, and my admiration of his countrymen, but the dissecting-knife gleamed before my mind's eye and choked my utterance. A softer voice said, "My brother's friend must be dear to me."

And looking up I saw a young Gy, who might be sixteen years old, standing beside the magistrate and gazing at me with a very benignant countenance. She had not come to her full growth, and was scarcely taller than myself (viz., about feet 10 inches), and, thanks to that comparatively diminutive stature, I thought her the loveliest Gy I had hitherto seen. I suppose something in my eyes revealed that impression, for her countenance grew yet more benignant.

"Taee tells me," she said, "that you have not yet learned to accustom yourself to wings. That grieves me, for I should have liked to fly with you."

"Alas!" I replied, "I can never hope to enjoy that happiness. I am assured by Zee that the safe use of wings is a hereditary gift, and it would take generations before one of my race could poise himself in the air like a bird."

— J'entends beaucoup parler de vous, étranger, par mon fils Taë, dit le Tur, en posant poliment la main sur ma tête inclinée. Il aime beaucoup votre société, et j'espère que les mœurs de notre peuple ne vous déplaisent pas.

Je murmurai une réponse inintelligible, qui devait exprimer ma reconnaissance pour toutes les bontés dont m'avait comblé le Tur et mon admiration pour ses compatriotes ; mais le scalpel à disséquer brillait devant mes yeux et arrêtait les mots dans ma gorge. Une voix plus douce dit tout à coup :

— L'ami de mon frère doit m'être cher.

En levant les yeux, j'aperçus une jeune Gy qui pouvait avoir seize ans, debout à côté du magistrat et me regardant avec bonté. Elle n'avait pas atteint toute sa taille, et n'était pas beaucoup plus grande que moi (cinq pieds dix pouces environ), et grâce à cette petitesse relative, je trouvai que c'était la plus jolie Gy que j'eusse encore vue. Je suppose que quelque chose dans mon regard trahit ma pensée, car sa physionomie devint encore plus douce.

— Taë me dit, reprit-elle, que vous n'avez pas appris à vous servir de nos ailes. Cela me fait de la peine, car j'aurais aimé à voler avec vous.

— Hélas ! répondis-je, je ne puis espérer de jouir jamais de ce bonheur. Zee m'a assuré que le don de se servir des ailes avec sécurité était héréditaire et qu'il faudrait des siècles avant qu'un être de ma race pût planer dans les airs comme un oiseau.

"Let not that thought vex you too much," replied this amiable Princess, "for, after all, there must come a day when Zee and myself must resign our wings forever. Perhaps when that day comes we might be glad if the An we chose was also without wings."

The Tur had left us, and was lost amongst the crowd. I began to feel at ease with Taee's charming sister, and rather startled her by the boldness of my compliment in replying, "that no An she could choose would ever use his wings to fly away from her." It is so against custom for an An to say such civil things to a Gy till she has declared her passion for him, and been accepted as his betrothed, that the young maiden stood quite dumbfounded for a few moments. Nevertheless she did not seem displeased. At last recovering herself, she invited me to accompany her into one of the less crowded rooms and listen to the songs of the birds. I followed her steps as she glided before me, and she led me into a chamber almost deserted. A fountain of naphtha was playing in the centre of the room; round it were ranged soft divans, and the walls of the room were open on one side to an aviary in which the birds were chanting their artful chorus. The Gy seated herself on one of the divans, and I placed myself at her side.

"Taee tells me," she said, "that Aph-Lin has made it the law[1] of his house that you are not to be questioned as to

---

1. Literally "has said, In this house be it requested." Words synonymous with law, as implying forcible obligation, are avoided by this singular people. Even had it been decreed by the Tur that his College of Sages should dissect me, the decree would have ran blandly thus,—"Be it requested that, for the good of the community, the carnivorous Tish be requested to submit himself to dissection."

— Que cette pensée ne vous désole pas trop, me répondit l'aimable Princesse, car, après tout, un jour viendra où, Zee et moi, nous déposerons nos ailes pour toujours. Peut-être quand ce jour arrivera, serions-nous toutes heureuses que l'An que nous choisirons ne possédât pas d'ailes.

Le Tur nous avait quittés et se perdait dans la foule. Je commençais à me sentir à l'aise avec la charmante sœur de Taë et je l'étonnai un peu par la hardiesse de mon compliment en répondant que l'An qu'elle choisirait ne se servirait jamais de ses ailes pour fuir loin d'elle. Il est tellement contre l'usage qu'un An adresse un tel compliment à une Gy jusqu'à ce qu'elle lui ait déclaré son amour, que la jeune fille resta un instant muette d'étonnement. Mais elle n'avait pas l'air mécontent. Enfin, reprenant son sang-froid, elle m'invita à l'accompagner dans un salon moins encombré pour écouter le chant des oiseaux. Je suivis ses pas pendant qu'elle glissait devant moi et elle me mena dans une salle où il n'y avait presque personne. Une fontaine de naphte jaillissait au milieu ; des divans moelleux étaient rangés tout autour, et tout un côté de la pièce, dépourvu de murs, donnait accès dans une volière remplie d'oiseaux, qui chantaient en chœur. La Gy s'assit sur l'un des divans et je me plaçai près d'elle.

— Taë m'a dit qu'Aph-Lin avait fait une loi[1] pour sa maison afin d'éviter qu'on vous questionnât sur

---

1. Littéralement : a dit : On est prié dans cette maison. Les mots synonymes de lois sont évités par ce peuple singulier, comme impliquant une idée de contrainte. Si le Tur avait décidé que son Collège des Sages devait disséquer, le décret aurait porté ceci : On prie, pour le bien de la communauté, que le Tish carnivore soit prié de se soumettre à la dissection.

the country you come from or the reason why you visit us. Is it so?"

"It is."

"May I, at least, without sinning against that law, ask at least if the Gy-ei in your country are of the same pale colour as yourself, and no taller?"

"I do not think, O beautiful Gy, that I infringe the law of Aph-Lin, which is more binding on myself than any one, if I answer questions so innocent. The Gy-ei in my country are much fairer of hue than I am, and their average height is at least a head shorter than mine."

"They cannot then be so strong as the Ana amongst you? But I suppose their superior vril force makes up for such extraordinary disadvantage of size?"

"They do not profess the vril force as you know it. But still they are very powerful in my country, and an An has small chance of a happy life if he be not more or less governed by his Gy."

"You speak feelingly," said Taee's sister, in a tone of voice half sad, half petulant. "You are married, of course."

"No—certainly not."

"Nor betrothed?"

"Nor betrothed."

le pays d'où vous venez ou sur la raison qui vous a porté à nous visiter. Est-ce vrai ?

— Oui.

— Puis-je, du moins, sans manquer à cette loi, vous demander si les Gy-ei de votre pays sont d'une couleur pâle comme la vôtre et si elles ne sont pas plus grandes ?

— Je ne pense pas, ô belle Gy, enfreindre la loi d'Aph-Lin, à laquelle je suis plus obligé que tout autre de me soumettre, en répondant à des questions aussi inoffensives. Les Gy-ei de mon pays sont beaucoup plus blanches et elles sont ordinairement plus petites que moi d'au moins une tête.

— Elles ne peuvent être aussi fortes que les Ana parmi nous. Mais je pense que leur force en vril, supérieure à la vôtre, compense une si grande différence de taille.

— Elles ne se servent pas de la force du vril comme vous l'entendez. Mais cependant elles sont très puissantes dans mon pays et un An n'a pas grande chance de mener une heureuse vie s'il n'est pas plus ou moins gouverné par sa Gy.

— Voilà un mot plein de sentiment, dit la sœur de Taë d'un ton à demi triste, à demi pétulant. Vous n'êtes pas marié sans doute ?

— Non... certainement non.

— Ni fiancé ?

— Ni fiancé.

"Is it possible that no Gy has proposed to you?"

"In my country the Gy does not propose; the An speaks first."

"What a strange reversal of the laws of nature!" said the maiden, "and what want of modesty in your sex! But have you never proposed, never loved one Gy more than another?"

I felt embarrassed by these ingenious questionings, and said, "Pardon me, but I think we are beginning to infringe upon Aph-Lin's injunction. This much only will I answer, and then, I implore you, ask no more. I did once feel the preference you speak of; I did propose, and the Gy would willingly have accepted me, but her parents refused their consent."

"Parents! Do you mean seriously to tell me that parents can interfere with the choice of their daughters?"

"Indeed they can, and do very often."

"I should not like to live in that country," said the Gy simply; "but I hope you will never go back to it."

I bowed my head in silence. The Gy gently raised my face with her right hand, and looked into it tenderly.

"Stay with us," she said; "stay with us, and be loved."

— Est-il possible qu'aucune Gy ne vous ait demandé en mariage ?

— Dans mon pays, ce n'est pas la Gy qui fait cette demande : c'est l'An qui parle le premier.

— Quel étrange renversement des lois de la nature, dit la jeune fille, et quel manque de modestie dans votre sexe ! Mais vous n'avez jamais demandé une Gy... vous n'en avez jamais aimé une plus que l'autre ?

Je me sentais embarrassé par ces questions ingénues.

— Pardonnez-moi, répondis-je, mais je crois que nous commençons à dépasser les limites fixées par Aph-Lin. Je vais répondre à votre dernière question, mais, je vous en prie, ne m'en faites pas d'autres. J'ai ressenti une fois la préférence dont vous parlez. Je fis ma demande et la jeune Gy m'aurait accepté de grand cœur, mais ses parents refusèrent leur consentement.

— Ses parents !... Voulez-vous dire sérieusement que les parents peuvent intervenir dans le choix fait par leurs filles ?

— Oui, vraiment, ils le peuvent et ils le font assez souvent.

— Je n'aimerais pas à vivre dans ce pays, dit simplement la Gy ; mais j'espère que vous n'y retournerez jamais.

Je baissai la tête en silence. La Gy la releva doucement avec sa main droite et me regarda avec tendresse.

— Restez avec nous, dit-elle, restez avec nous et soyez aimé.

What I might have answered, what dangers of becoming a cinder I might have encountered, I still trouble to think, when the light of the naphtha fountain was obscured by the shadow of wings; and Zee, flying though the open roof, alighted beside us. She said not a word, but, taking my arm with her mighty hand, she drew me away, as a mother draws a naughty child, and led me through the apartments to one of the corridors, on which, by the mechanism they generally prefer to stairs, we ascended to my own room. This gained, Zee breathed on my forehead, touched my breast with her staff, and I was instantly plunged into a profound sleep.

When I awoke some hours later, and heard the songs of the birds in the adjoining aviary, the remembrance of Taee's sister, her gentle looks and caressing words, vividly returned to me; and so impossible is it for one born and reared in our upper world's state of society to divest himself of ideas dictated by vanity and ambition, that I found myself instinctively building proud castles in the air.

"Tish though I be," thus ran my meditations — "Tish though I be, it is then clear that Zee is not the only Gy whom my appearance can captivate. Evidently I am loved by A PRINCESS, the first maiden of this land, the daughter of the absolute Monarch whose autocracy they so idly seek to disguise by the republican title of chief magistrate. But for the sudden swoop of that horrible Zee, this Royal Lady would have formally proposed to me; and though it may be very well for Aph-Lin, who is only a subordinate minister,

Je tremble encore en pensant à ce que j'aurais pu répondre, au danger que je courais d'être réduit en cendres, quand la clarté de la fontaine de naphte fut obscurcie par l'ombre de deux ailes, et Zee, descendant par le plafond ouvert, se posa près de nous. Elle ne dit pas un mot, mais prenant mon bras dans sa puissante main, elle m'emmena, comme une mère emmène un enfant méchant, et me conduisit à travers les appartements vers l'un des corridors ; de là, par une de ces machines qu'ils préfèrent aux escaliers, nous montâmes à ma chambre. Arrivés là, Zee souffla sur mon front, toucha ma poitrine de sa baguette, et je tombai dans un profond sommeil.

Quand je m'éveillai, quelques heures plus tard, et que j'entendis la voix des oiseaux dans la chambre voisine, le souvenir de la sœur de Taë, de ses doux regards, et de ses paroles caressantes me revint à l'esprit ; et il est si impossible à un homme né et élevé dans notre monde de se débarrasser des idées inspirées par la vanité et l'ambition, que je me mis d'instinct à bâtir de hardis châteaux en l'air.

— Tout Tish que je suis, me disais-je, tout Tish que je suis, il est clair que Zee n'est pas la seule Gy que je puisse captiver. Évidemment je suis aimé d'une Princesse, la première jeune fille de ce pays, la fille du Monarque absolu dont ils cherchent si inutilement à déguiser l'autocratie par le titre républicain de premier magistrat. Sans la soudaine arrivée de cette horrible Zee, cette Altesse Royale m'aurait certainement demandé ma main, et quoiqu'il puisse très bien convenir à Aph-Lin, qui n'est qu'un ministre subordonné,

a mere Commissioner of Light, to threaten me with
destruction if I accept his daughter's hand, yet a Sovereign,
whose word is law, could compel the community to abrogate
any custom that forbids intermarriage with one of a strange
race, and which in itself is a contradiction to their boasted
equality of ranks.

"It is not to be supposed that his daughter, who spoke
with such incredulous scorn of the interference of parents,
would not have sufficient influence with her Royal Father
to save me from the combustion to which Aph-Lin would
condemn my form. And if I were exalted by such an
alliance, who knows but what the Monarch might elect me
as his successor? Why not? Few among this indolent race
of philosophers like the burden of such greatness. All might
be pleased to see the supreme power lodged in the hands of
an accomplished stranger who has experience of other and
livelier forms of existence; and once chosen, what reforms
I would institute! What additions to the really pleasant but
too monotonous life of this realm my familiarity with the
civilised nations above ground would effect! I am fond of
the sports of the field. Next to war, is not the chase a king's
pastime? In what varieties of strange game does this nether
world abound? How interesting to strike down creatures
that were known above ground before the Deluge! But
how? By that terrible vril, in which, from want of hereditary
transmission, I could never be a proficient? No, but by
a civilised handy breech-loader, which these ingenious
mechanicians could not only make, but no doubt improve;

un Commissaire des Lumières, de me menacer de la destruction si j'accepte la main de sa fille, cependant un Souverain, dont la parole fait loi, pourrait forcer la communauté à abroger la coutume qui défend les mariages avec les races étrangères et qui, après tout, est contraire à leur égalité tant vantée.

« Il n'est pas à supposer que sa fille, qui parle avec tant de dédain de l'intervention des parents, n'ait pas assez d'influence sur son royal père pour me sauver de la combustion à laquelle Aph-Lin prétend me condamner. Et si j'étais honoré d'une si haute alliance, qui sait... peut-être le Monarque me désignerait-il pour son successeur ? Pourquoi non ? Peu de gens parmi cette race d'indolents philosophes se soucient du fardeau d'une telle grandeur. Tous seraient peut-être heureux de voir le pouvoir suprême remis entre les mains d'un étranger accompli, qui a l'expérience d'une vie plus remuante ; et une fois au pouvoir quelles réformes j'introduirais ! Que de choses j'ajouterais avec mes souvenirs d'une autre civilisation à cette vie réellement agréable mais trop monotone. J'aime la chasse. Après la guerre, la chasse n'est-elle pas le plaisir des rois ? Quelles étranges sortes de gibier abondent dans ce monde inférieur ! Quel plaisir on doit éprouver à voir tomber sous ses coups des animaux que depuis le Déluge on ne connaît plus sur la terre ! Comment m'y prendrais-je ? Au moyen de ce terrible vril, dans le maniement duquel je ne ferai jamais, dit-on, de grands progrès. Non, mais à l'aide d'un bon fusil à culasse, que ces ingénieux mécaniciens non seulement sauront faire, mais perfectionneront ;

nay, surely I saw one in the Museum. Indeed, as absolute king, I should discountenance vril altogether, except in cases of war. Apropos of war, it is perfectly absurd to stint a people so intelligent, so rich, so well armed, to a petty limit of territory sufficing for 10,000 or 12,000 families. Is not this restriction a mere philosophical crotchet, at variance with the aspiring element in human nature, such as has been partially, and with complete failure, tried in the upper world by the late Mr. Robert Owen? Of course one would not go to war with the neighbouring nations as well armed as one's own subjects; but then, what of those regions inhabited by races unacquainted with vril, and apparently resembling, in their democratic institutions, my American countrymen? One might invade them without offence to the vril nations, our allies, appropriate their territories, extending, perhaps, to the most distant regions of the nether earth, and thus rule over an empire in which the sun never sets. (I forgot, in my enthusiasm, that over those regions there was no sun to set). As for the fantastical notion against conceding fame or renown to an eminent individual, because, forsooth, bestowal of honours insures contest in the pursuit of them, stimulates angry passions, and mars the felicity of peace — it is opposed to the very elements, not only of the human, but of the brute creation, which are all, if tamable, participators in the sentiment of praise and emulation. What renown would be given to a king who thus extended his empire! I should be deemed a demigod."

je suis sûr d'en avoir vu un au Musée. Je crois d'ailleurs que comme roi absolu je serai peu favorable au vril, excepté en cas de guerre. À propos de guerre, il est parfaitement ridicule de resserrer un peuple si intelligent, si riche, si bien armé, dans un territoire insignifiant, suffisant pour dix ou douze mille familles. Cette restriction n'est-elle pas une pure lubie philosophique, en opposition avec les aspirations de la nature humaine, comme l'utopie qui, dans le monde supérieur, a été essayée en partie par feu M. Robert Owen, et qui a si complètement échoué. Naturellement nous n'irions pas faire la guerre aux nations voisines aussi bien armées que nos sujets ; mais dans ces régions habitées par des races qui ne connaissent pas le vril et qui ressemblent, par leurs institutions démocratiques, à mes concitoyens d'Amérique. On pourrait les envahir sans offenser les nations Vril-ya, nos alliées, s'approprier leur territoire, s'étendant peut-être jusqu'aux régions les plus éloignées du monde intérieur, et régner ainsi sur un empire où le soleil ne se couche jamais. J'oubliais dans mon enthousiasme qu'il n'y a pas de soleil dans ces régions. Quant à leurs préjugés bizarres contre l'habitude d'accorder de la gloire et de la renommée à un individu remarquable, parce que la poursuite des honneurs excite des contestations, stimule les passions mauvaises, et trouble la félicité de la paix, cette doctrine est opposée aux instincts mêmes de la créature, non seulement humaine, mais de la brute, qui, si elle peut s'apprivoiser, devient sensible aux louanges et à l'émulation. Quel renom entourerait un roi qui agrandirait ainsi son empire ! On ferait de moi un demi-dieu.

Thinking of that, the other fanatical notion of regulating this life by reference to one which, no doubt, we Christians firmly believe in, but never take into consideration, I resolved that enlightened philosophy compelled me to abolish a heathen religion so superstitiously at variance with modern thought and practical action. Musing over these various projects, I felt how much I should have liked at that moment to brighten my wits by a good glass of whiskey-and-water. Not that I am habitually a spirit-drinker, but certainly there are times when a little stimulant of alcoholic nature, taken with a cigar, enlivens the imagination. Yes; certainly among these herbs and fruits there would be a liquid from which one could extract a pleasant vinous alcohol; and with a steak cut off one of those elks (ah! what offence to science to reject the animal food which our first medical men agree in recommending to the gastric juices of mankind!) one would certainly pass a more exhilarating hour of repast. Then, too, instead of those antiquated dramas performed by childish amateurs, certainly, when I am king, I will introduce our modern opera and a 'corps de ballet,' for which one might find, among the nations I shall conquer, young females of less formidable height and thews than the Gy-ei — not armed with vril, and not insisting upon one's marrying them.

I was so completely rapt in these and similar reforms, political, social, and moral, calculated to bestow on the people of the nether world the blessings of a civilisation known to the races of the upper, that I did not perceive

Je pensai aussi que c'était un autre préjugé fanatique que de vouloir régler cette vie sur la vie future, à laquelle nous croyons fermement, nous autres Chrétiens, mais dont nous ne tenons jamais compte. Je décidai donc qu'une philosophie éclairée me forçait à détruire une religion païenne, si superstitieusement contraire aux idées modernes et à la vie pratique. En rêvant à ces divers projets, je sentais que j'aurais très volontiers usé, pour réveiller mes esprits, d'un bon grog au whisky. Non pas que je sois un buveur de spiritueux, mais pourtant il y a des moments où un léger excitant alcoolique, accompagné d'un cigare, donne plus de vivacité à l'imagination. Oui, certainement, parmi ces herbes et ces fruits il doit en exister un dont on puisse extraire une agréable boisson alcoolique, et avec une côtelette d'élan (ah ! quelle insulte à la science de rejeter la nourriture animale que nos plus grands médecins s'accordent à recommander au suc gastrique de l'humanité !) on passerait une heure agréable. Puis, au lieu de ces drames antiques joués par des enfants, certainement, quand je serai roi, j'organiserai un opéra moderne avec un corps de ballet pour lequel on pourra trouver, parmi les nations dont je ferai la conquête, des jeunes femmes moins formidables que ces Gy-ei, par la taille et par leur force, qui ne seront pas armées du vril, et ne voudront pas vous forcer à les épouser.

J'étais si complètement absorbé par ces idées de réforme sociale, politique, morale, et par le désir de répandre sur les races du monde inférieur les bienfaits de la civilisation du monde supérieur, que je ne m'aperçus

that Zee had entered the chamber till I heard a deep sigh, and, raising my eyes, beheld her standing by my couch.

I need not say that, according to the manners of this people, a Gy can, without indecorum, visit an An in his chamber, although an An would be considered forward and immodest to the last degree if he entered the chamber of a Gy without previously obtaining her permission to do so. Fortunately I was in the full habiliments I had worn when Zee had deposited me on the couch. Nevertheless I felt much irritated, as well as shocked, by her visit, and asked in a rude tone what she wanted.

"Speak gently, beloved one, I entreat you," said she, "for I am very unhappy. I have not slept since we parted."

"A due sense of your shameful conduct to me as your father's guest might well suffice to banish sleep from your eyelids. Where was the affection you pretend to have for me, where was even that politeness on which the Vril-ya pride themselves, when, taking advantage alike of that physical strength in which your sex, in this extraordinary region, excels our own, and of those detestable and unhallowed powers which the agencies of vril invest in your eyes and finger-ends, you exposed me to humiliation before your assembled visitors, before Her Royal Highness—I mean, the daughter of your own chief magistrate,—carrying me off to bed like a naughty infant, and plunging me into sleep, without asking my consent?"

de la présence de Zee qu'en l'entendant pousser un profond soupir et, levant les yeux, je la vis près de mon lit.

Je n'ai pas besoin de dire que, suivant les coutumes de ce peuple, une Gy peut sans manquer au décorum visiter un An dans sa chambre, mais qu'on regarderait un An comme effronté et immodeste au suprême degré, s'il entrait dans la chambre d'une Gy avant d'en avoir obtenu la permission formelle. Heureusement j'avais encore sur moi les vêtements que je portais quand Zee m'avait déposé sur mon lit. Cependant je me sentis très irrité aussi bien que choqué de sa visite et je lui demandai rudement ce qu'elle voulait.

— Parle doucement, mon bien-aimé, je t'en supplie, dit-elle, car je suis bien malheureuse. Je n'ai pas dormi depuis que je t'ai quitté.

— La conscience de votre honteuse conduite envers moi, l'hôte de votre père, était bien faite pour bannir le sommeil de vos paupières. Où était l'affection que vous prétendez avoir pour moi ; où était cette politesse dont se vantent les Vril-ya, quand prenant avantage de la force physique, qui distingue votre sexe dans cet étrange pays, et de ce pouvoir détestable et impie que le vril donne à vos yeux et à vos doigts, vous m'avez exposé à l'humiliation, vos visiteurs réunis, devant Son Altesse Royale... je veux dire, devant la fille de votre premier magistrat... en m'emmenant au lit, comme un enfant méchant, et en me plongeant dans le sommeil, sans me demander mon consentement ?

"Ungrateful! Do you reproach me for the evidences of my love? Can you think that, even if unstung by the jealousy which attends upon love till it fades away in blissful trust when we know that the heart we have wooed is won, I could be indifferent to the perils to which the audacious overtures of that silly little child might expose you?"

"Hold! Since you introduce the subject of perils, it perhaps does not misbecome me to say that my most imminent perils come from yourself, or at least would come if I believed in your love and accepted your addresses. Your father has told me plainly that in that case I should be consumed into a cinder with as little compunction as if I were the reptile whom Taee blasted into ashes with the flash of his wand."

"Do not let that fear chill your heart to me," exclaimed Zee, dropping on her knees and absorbing my right hand in the space of her ample palm. "It is true, indeed, that we two cannot wed as those of the same race wed; true that the love between us must be pure as that which, in our belief, exists between lovers who reunite in the new life beyond that boundary at which the old life ends. But is it not happiness enough to be together, wedded in mind and in heart? Listen: I have just left my father. He consents to our union on those terms. I have sufficient influence with the College of Sages to insure their request to the Tur not to interfere with the free choice of a Gy; provided that her wedding with one of another race be but the wedding of souls. Oh, think you that true love needs ignoble union?

— Ingrat ! Me reprocher ce témoignage de mon amour ! Penses-tu que sans parler de la jalousie, qui accompagne l'amour jusqu'au moment béni où nous sommes sûres d'avoir gagné le cœur que nous poursuivons, je pouvais demeurer indifférente aux périls que te faisaient courir les audacieuses avances de cette sotte petite fille ?

— Permettez ! Puisque vous parlez de périls, il convient peut-être de vous dire que vous m'exposez au plus grand des dangers ou que vous m'y exposeriez si je me laissais aller à croire à votre amour et à accepter vos avances. Votre père m'a dit clairement que dans ce cas on me réduirait en cendres, avec aussi peu de remords que Taë a détruit l'autre jour le grand reptile, par un seul éclair de sa baguette.

— Que cette crainte ne t'arrête pas, s'écria Zee en se jetant à genoux et en saisissant ma main dans la sienne. Il est bien vrai que nous ne pouvons pas nous marier comme se marient des êtres de la même race ; il est vrai que notre amour doit être aussi pur que celui qui, selon notre croyance, existe entre les amants qui se réunissent au-delà des limites de cette vie. Mais n'est-ce pas un assez grand bonheur que de vivre ensemble, unis de cœur et d'esprit ? Écoute... je viens de parler à mon père, il consent à notre union à ces conditions. J'ai assez d'influence sur le Collège des Sages pour être certaine qu'ils prieront le Tur de ne pas intervenir dans le libre choix d'une Gy, pourvu que son mariage avec un étranger ne soit que l'union de leurs âmes. Oh ! crois-tu donc que le véritable amour ait besoin d'une grossière union ?

It is not that I yearn only to be by your side in this life, to be part and parcel of your joys and sorrows here: I ask here for a tie which will bind us for ever and for ever in the world of immortals. Do you reject me?"

As she spoke, she knelt, and the whole character of her face was changed; nothing of sternness left to its grandeur; a divine light, as that of an immortal, shining out from its human beauty. But she rather awed me as an angel than moved me as a woman, and after an embarrassed pause, I faltered forth evasive expressions of gratitude, and sought, as delicately as I could, to point out how humiliating would be my position amongst her race in the light of a husband who might never be permitted the name of father.

"But," said Zee, "this community does not constitute the whole world. No; nor do all the populations comprised in the league of the Vril-ya. For thy sake I will renounce my country and my people. We will fly together to some region where thou shalt be safe. I am strong enough to bear thee on my wings across the deserts that intervene. I am skilled enough to cleave open, amidst the rocks, valleys in which to build our home. Solitude and a hut with thee would be to me society and the universe. Or wouldst thou return to thine own world, above the surface of this, exposed to the uncertain seasons, and lit but by the changeful orbs which

Je ne désire pas seulement vivre près de toi, dans cette vie, pour y prendre part à tes douleurs et à tes joies ; je demande un lien qui m'unisse à toi pour toujours dans le monde des immortels. Me refuseras-tu ?

Tandis qu'elle disait ces mots, elle s'était agenouillée et toute l'expression de sa physionomie s'était transformée, et, si elle était encore majestueuse, elle n'avait plus rien de sévère : une lumière divine, comme l'auréole d'un être immortel, illuminait sa beauté mortelle. Mais j'étais plus disposé à la vénérer avec crainte comme un ange qu'à l'aimer comme une femme. Après une pause embarrassée, je balbutiai une réponse évasive qui exprimait ma gratitude et cherchai, aussi délicatement que je le pus, à lui faire comprendre combien ma position serait humiliante au milieu de son peuple dans le rôle d'un mari à qui ne serait jamais accordé le nom de père.

— Mais, dit Zee, cette communauté ne constitue pas le monde entier. Non, et d'ailleurs toutes les populations de ce monde ne font pas partie de la ligue des Vril-ya. Pour l'amour de toi, je renoncerai à mon pays et à mon peuple. Nous fuirons ensemble vers quelque région où tu sois en sûreté. Je suis assez forte pour te porter sur mes ailes à travers les déserts qui nous en séparent. Je suis assez habile pour ouvrir un chemin parmi les rochers et y creuser des vallées où nous établirons notre habitation. La solitude et une cabane avec toi seront ma société et mon univers. Ou préférerais-tu rentrer dans ton monde, au-dessus de celui-ci, exposé à des saisons incertaines et éclairé par ces globes changeants qui,

constitute by thy description the fickle character of those savage regions? I so, speak the word, and I will force the way for thy return, so that I am thy companion there, though, there as here, but partner of thy soul, and fellow traveller with thee to the world in which there is no parting and no death."

I could not but be deeply affected by the tenderness, at once so pure and so impassioned, with which these words were uttered, and in a voice that would have rendered musical the roughest sounds in the rudest tongue. And for a moment it did occur to me that I might avail myself of Zee's agency to effect a safe and speedy return to the upper world. But a very brief space for reflection sufficed to show me how dishonourable and base a return for such devotion it would be to allure thus away, from her own people and a home in which I had been so hospitably treated, a creature to whom our world would be so abhorrent, and for whose barren, if spiritual love, I could not reconcile myself to renounce the more human affection of mates less exalted above my erring self. With this sentiment of duty towards the Gy combined another of duty towards the whole race I belonged to. Could I venture to introduce into the upper world a being so formidably gifted—a being that with a movement of her staff could in less than an hour reduce New York and its glorious Koom-Posh into a pinch of snuff? Rob her of her staff, with her science she could easily construct another; and with the deadly lightnings that armed the slender engine her whole frame was charged.

d'après le tableau que tu nous en as tracé, président à l'inconstance de ces régions sauvages ? S'il en est ainsi, dis un mot, et je t'ouvrirai un chemin pour y retourner, pourvu que je sois avec toi, quand même je devrais là comme ici n'être l'associée que de ton âme, ton compagnon de voyage jusqu'au pays où il n'y a plus ni mort ni séparation.

Je ne pouvais m'empêcher d'être profondément ému par cette tendresse à la fois si pure et si passionnée ; Zee prononçait ces mots d'une voix qui aurait adouci les plus rudes sons de la plus rude langue. Et, pendant un instant, il me vint à l'esprit que je pourrais profiter du secours de Zee pour m'ouvrir une route prompte et sûre vers le monde supérieur. Mais un moment de réflexion suffit pour me montrer combien il serait bas et honteux de profiter de tant de dévouement pour l'entraîner hors d'un pays et d'une famille où j'avais été reçu avec tant d'hospitalité, vers un autre monde qui lui serait si antipathique. Je prévoyais bien aussi que, malgré son amour platonique et spirituel, je ne pourrais renoncer à l'affection plus humaine d'une compagne moins élevée au-dessus de moi. À ce sentiment de mes devoirs envers la Gy s'unissait le sentiment de mes devoirs envers mon pays. Pouvais-je me hasarder à introduire dans le monde supérieur un être doué d'un pouvoir si terrible, qui pouvait d'un seul mouvement de sa baguette réduire en moins d'une heure la ville de New-York et son glorieux Koom-Posh en une pincée de cendres ? Si je lui enlevais sa baguette, sa science lui permettrait facilement d'en construire une autre ; et tout son corps était chargé des éclairs mortels qui armaient la légère machine.

If thus dangerous to the cities and populations of the whole upper earth, could she be a safe companion to myself in case her affection should be subjected to change or embittered by jealousy? These thoughts, which it takes so many words to express, passed rapidly through my brain and decided my answer.

"Zee," I said, in the softest tones I could command and pressing respectful lips on the hand into whose clasp mine vanished—"Zee, I can find no words to say how deeply I am touched, and how highly I am honoured, by a love so disinterested and self-immolating. My best return to it is perfect frankness. Each nation has its customs. The customs of yours do not allow you to wed me; the customs of mine are equally opposed to such a union between those of races so widely differing. On the other hand, though not deficient in courage among my own people, or amid dangers with which I am familiar, I cannot, without a shudder of horror, think of constructing a bridal home in the heart of some dismal chaos, with all the elements of nature, fire and water, and mephitic gases, at war with each other, and with the probability that at some moment, while you were busied in cleaving rocks or conveying vril into lamps, I should be devoured by a krek which your operations disturbed from its hiding-place. I, a mere Tish, do not deserve the love of a Gy, so brilliant, so learned, so potent as yourself. Yes, I do not deserve that love, for I cannot return it."

Si redoutable aux cités et aux populations du monde supérieur, pourrait-elle être pour moi une compagne convenable, au cas où son affection serait sujette au changement ou empoisonnée par la jalousie ? Ces pensées, qu'il me faut tant de mots pour exprimer, passèrent rapidement dans mon esprit et décidèrent ma réponse.

— Zee, dis-je de la voix la plus douce que je pus trouver, et pressant avec respect mes lèvres sur cette main dans l'étreinte de laquelle disparaissait ma main captive, Zee, je ne puis trouver de mots pour vous dire combien je suis touché et honoré par un amour si désintéressé et si prêt à tous les sacrifices. Ma meilleure réponse sera une entière franchise. Chaque pays a ses habitudes. Les habitudes du vôtre ne me permettent pas de vous épouser ; celles de mon pays sont également opposées à une union entre des races si différentes. D'autre part, bien que je ne manque pas de courage parmi les miens, ou au milieu des dangers qui me sont familiers, je ne puis, sans un frisson d'horreur, penser à construire notre demeure nuptiale dans un si horrible chaos, où tous les éléments, le feu, l'eau, et les gaz méphitiques sont en guerre les uns contre les autres ; où, tandis que vous seriez occupée à fendre des rochers ou à verser du vril dans les lampes, je serais dévoré par un krek, que vos opérations auraient fait sortir de son repaire. Moi, simple Tish, je ne mérite pas l'amour d'une Gy si brillante, si docte, si puissante que vous. Non, je ne mérite pas cet amour, car je ne puis y répondre.

Zee released my hand, rose to her feet, and turned her face away to hide her emotions; then she glided noiselessly along the room, and paused at the threshold. Suddenly, impelled as by a new thought, she returned to my side and said, in a whispered tone, —

"You told me you would speak with perfect frankness. With perfect frankness, then, answer me this question. If you cannot love me, do you love another?"

"Certainly, I do not."

"You do not love Taee's sister?"

"I never saw her before last night."

"That is no answer. Love is swifter than vril. You hesitate to tell me. Do not think it is only jealousy that prompts me to caution you. If the Tur's daughter should declare love to you — if in her ignorance she confides to her father any preference that may justify his belief that she will woo you, he will have no option but to request your immediate destruction, as he is specially charged with the duty of consulting the good of the community, which could not allow the daughter of the Vril-ya to wed a son of the Tish-a, in that sense of marriage which does not confine itself to union of the souls. Alas! there would then be for you no escape. She has no strength of wing to uphold you through the air; she has no science wherewith to make a home in the wilderness. Believe that here my friendship speaks, and that my jealousy is silent."

Zee laissa tomber ma main, se redressa, et se détourna pour cacher son émotion ; puis elle glissa sans bruit vers la porte et se retourna sur le seuil. Tout à coup et comme saisie d'une nouvelle pensée, elle revint vers moi et me dit tout bas :

— Tu m'as dit que tu me parlerais avec une entière franchise. Réponds donc avec une entière franchise à cette question : Si tu ne peux m'aimer, en aimes-tu une autre ?

— Certainement non.

— Tu n'aimes pas la sœur de Taë ?

— Je ne l'avais jamais vue avant hier au soir.

— Ce n'est pas une réponse. L'amour est plus prompt que le vril. Tu hésites. Ne crois pas que la jalousie seule me pousse à t'avertir. Si la fille du Tur te déclare son amour... si dans son ignorance elle confie à son père une préférence qui puisse lui faire supposer qu'elle te courtisera, il n'aura pas d'autre choix que de demander ta destruction immédiate, puisqu'il est chargé de veiller au bien de la communauté, qui ne peut permettre à une fille des Vril-ya de s'unir à un fils des Tish-a, par un mariage qui ne se borne pas à l'union des âmes. Hélas ! il n'y aurait plus alors d'espoir pour toi. Elle n'a pas des ailes assez fortes pour t'emporter dans les airs ; elle n'est pas assez savante pour te créer une demeure dans les déserts. Crois-moi, mon amitié seule parle et non ma jalousie.

With these words Zee left me. And recalling those words, I thought no more of succeeding to the throne of the Vril-ya, or of the political, social, and moral reforms I should institute in the capacity of Absolute Sovereign.

Sur ces mots, Zee me quitta. En me rappelant ses paroles je perdis toute idée de succéder au trône des Vril-ya, j'oubliai toutes les réformes politiques, sociales et morales que je voulais introduire comme Monarque Absolu.

Chapter 26

After the conversation with Zee just recorded, I fell into a profound melancholy. The curious interest with which I had hitherto examined the life and habits of this marvellous community was at an end. I could not banish from my mind the consciousness that I was among a people who, however kind and courteous, could destroy me at any moment without scruple or compunction. The virtuous and peaceful life of the people which, while new to me, had seemed so holy a contrast to the contentions, the passions, the vices of the upper world, now began to oppress me with a sense of dulness and monotony. Even the serene tranquility of the lustrous air preyed on my spirits. I longed for a change, even to winter, or storm, or darkness. I began to feel that, whatever our dreams of perfectibility, our restless aspirations towards a better, and higher, and calmer, sphere of being, we, the mortals of the upper world, are not trained or fitted to enjoy for long the very happiness of which we dream or to which we aspire.

Chapitre 26

Après ma conversation avec Zee, je tombai dans une profonde mélancolie. La curiosité avec laquelle j'avais étudié jusque-là la vie et les habitudes de ce peuple merveilleux cessa tout à coup. Je ne pouvais chasser de mon esprit l'idée que j'étais au milieu d'une race qui, tout aimable et toute polie qu'elle fût, pouvait me détruire d'un instant à l'autre sans scrupule et sans remords. La vie pacifique et vertueuse d'un peuple qui m'avait d'abord paru auguste, par son contraste avec les passions, les luttes et les vices du monde supérieur, commençait à m'oppresser, à me paraître ennuyeuse et monotone. La sereine tranquillité de l'atmosphère même me fatiguait. J'avais envie de voir un changement, fût-ce l'hiver, un orage, ou l'obscurité. Je commençais à sentir que quels que soient nos rêves de perfectibilité, nos aspirations impatientes vers une sphère meilleure, plus haute, plus calme, nous, mortels du monde supérieur, nous ne sommes pas faits pour jouir longtemps de ce bonheur même que nous rêvons et auquel nous aspirons.

Now, in this social state of the Vril-ya, it was singular to
mark how it contrived to unite and to harmonise into one
system nearly all the objects which the various philosophers
of the upper world have placed before human hopes as
the ideals of a Utopian future. It was a state in which war,
with all its calamities, was deemed impossible, — a state
in which the freedom of all and each was secured to the
uttermost degree, without one of those animosities which
make freedom in the upper world depend on the perpetual
strife of hostile parties. Here the corruption which debases
democracies was as unknown as the discontents which
undermine the thrones of monarchies. Equality here was not
a name; it was a reality. Riches were not persecuted, because
they were not envied. Here those problems connected with
the labours of a working class, hitherto insoluble above
ground, and above ground conducing to such bitterness
between classes, were solved by a process the simplest, — a
distinct and separate working class was dispensed with
altogether. Mechanical inventions, constructed on the
principles that baffled my research to ascertain, worked
by an agency infinitely more powerful and infinitely more
easy of management than aught we have yet extracted from
electricity or steam, with the aid of children whose strength
was never overtasked, but who loved their employment
as sport and pastime, sufficed to create a Public-wealth so
devoted to the general use that not a grumbler was ever
heard of. The vices that rot our cities here had no footing.

Dans cette société des Vril-ya, c'était chose merveilleuse
de voir comment ils avaient réussi à unir et à mettre en
harmonie, dans un seul système, presque tous les objets
que les divers philosophes du monde supérieur ont placés
devant les espérances humaines, comme l'idéal d'un avenir
chimérique. C'était un état dans lequel la guerre, avec
toutes ses calamités, était impossible, un état dans lequel la
liberté de tous et de chacun était assurée au suprême degré,
sans une seule de ces animosités qui, dans notre monde,
font dépendre la liberté des luttes continuelles des partis
hostiles. Ici, la corruption qui avilit nos démocraties était
aussi inconnue que les mécontentements qui minent les
trônes de nos monarchies. L'égalité n'était pas un nom, mais
une réalité. Les riches n'étaient pas persécutés, parce qu'ils
n'étaient pas enviés. Ici, ces problèmes sur les labeurs de la
classe ouvrière, encore insolubles dans notre monde et qui
créent tant d'amertume entre les différentes classes, étaient
résolus par le procédé le plus simple : ils n'avaient pas de classe
ouvrière distincte et séparée. Les inventions mécaniques,
construites sur des principes qui déjouaient toutes nos
recherches, mues par un moteur infiniment plus puissant
et plus gouvernable que tout ce que nous avons pu obtenir
de la vapeur ou de l'électricité, aidées par des enfants dont
les forces n'étaient jamais excédées, mais qui aimaient leur
travail comme un jeu et une distraction, suffisaient à créer
une richesse publique si bien employée au bien commun
que jamais un murmure ne se faisait entendre. Les vices qui
corrompent nos grandes villes n'avaient ici aucune prise.

Amusements abounded, but they were all innocent. No merry-makings conduced to intoxication, to riot, to disease. Love existed, and was ardent in pursuit, but its object, once secured, was faithful. The adulterer, the profligate, the harlot, were phenomena so unknown in this commonwealth, that even to find the words by which they were designated one would have had to search throughout an obsolete literature composed thousands of years before. They who have been students of theoretical philosophies above ground, know that all these strange departures from civilised life do but realise ideas which have been broached, canvassed, ridiculed, contested for; sometimes partially tried, and still put forth in fantastic books, but have never come to practical result. Nor were these all the steps towards theoretical perfectibility which this community had made. It had been the sober belief of Descartes that the life of man could be prolonged, not, indeed, on this earth, to eternal duration, but to what he called the age of the patriarchs, and modestly defined to be from 100 to 150 years average length. Well, even this dream of sages was here fulfilled—nay, more than fulfilled; for the vigour of middle life was preserved even after the term of a century was passed. With this longevity was combined a greater blessing than itself— that of continuous health. Such diseases as befell the race were removed with ease by scientific applications of that agency—life-giving as life-destroying—which is inherent in vril. Even this idea is not unknown above ground,

Les amusements abondaient, mais ils étaient tous innocents. Aucune fête ne poussait à l'ivresse, aux querelles, aux maladies. L'amour existait avec toutes ses ardeurs, mais il était fidèle dès qu'il était satisfait. L'adultère, le libertinage, la débauche étaient des phénomènes si inconnus dans cet État, que pour trouver même les noms qui les désignaient on eût été obligé de remonter à une littérature hors d'usage, écrite il y a plusieurs milliers d'années. Ceux qui ont étudié sur notre terre les théories philosophiques savent que tous ces écarts étranges de la vie civilisée ne font que donner un corps à des idées qui ont été étudiées, mises aux voix, ridiculisées, contestées, essayées quelquefois d'une façon partielle, et consignées dans des œuvres d'imagination, mais qui ne sont jamais arrivées à un résultat pratique. Le peuple que je décris ici avait fait bien d'autres progrès vers la perfection idéale. Descartes a cru sérieusement que la vie de l'homme sur cette terre pouvait être prolongée, non jusqu'à atteindre ici-bas une durée éternelle, mais jusqu'à ce qu'il appelle l'âge des patriarches, qu'il fixait modestement entre cent et cent cinquante ans. Eh bien ! ce rêve des sages s'accomplissait ici, était même dépassé ; car la vigueur de l'âge mûr se prolongeait même au-delà de la centième année. Cette longévité était accompagnée d'un bienfait plus grand que la longévité même, celui d'une bonne santé inaltérable. Les maladies qui frappent notre race étaient facilement guéries par le savant emploi de cette force naturelle, capable de donner la vie et de l'ôter, qui est inhérente au vril. Cette idée n'est pas inconnue sur la terre,

though it has generally been confined to enthusiasts or charlatans, and emanates from confused notions about mesmerism, odic force, &c. Passing by such trivial contrivances as wings, which every schoolboy knows has been tried and found wanting, from the mythical or pre-historical period, I proceed to that very delicate question, urged of late as essential to the perfect happiness of our human species by the two most disturbing and potential influences on upper-ground society, — Womankind and Philosophy. I mean, the Rights of Women.

Now, it is allowed by jurisprudists that it is idle to talk of rights where there are not corresponding powers to enforce them; and above ground, for some reason or other, man, in his physical force, in the use of weapons offensive and defensive, when it come to positive personal contest, can, as a rule of general application, master women. But among this people there can be no doubt about the rights of women, because, as I have before said, the Gy, physically speaking, is bigger and stronger than the An; and her will being also more resolute than his, and will being essential to the direction of the vril force, she can bring to bear upon him, more potently than he on herself, the mystical agency which art can extract from the occult properties of nature. Therefore all that our female philosophers above ground contend for as to rights of women, is conceded as a matter of course in this happy commonwealth. Besides such physical powers, the Gy-ei have (at least in youth)

bien qu'elle n'ait guère été professée que par des enthousiastes ou des charlatans et qu'elle ne repose que sur les notions confuses du mesmérisme, de la force odique, etc. Laissant de côté l'invention presque insignifiante des ailes, qu'on a essayées sans jamais réussir depuis l'époque mythologique, je passe à cette question délicate posée depuis peu comme essentielle au bonheur de l'humanité, par les deux influences les plus turbulentes et les plus puissantes de ce monde, la Femme et la Philosophie. Je veux dire, les Droits de la Femme.

Les jurisconsultes s'accordent à prétendre qu'il est inutile de discuter des droits là où il n'existe pas une force suffisante pour les faire valoir ; et sur terre, pour une raison ou pour l'autre, l'homme, par sa force physique, par l'emploi des armes offensives ou défensives, peut généralement, quand les choses en viennent à une lutte personnelle, maîtriser la femme. Mais parmi ce peuple il ne peut exister aucun doute sur les droits de la femme, parce que, comme je l'ai déjà dit, la Gy est plus grande et plus forte que l'An ; sa volonté est plus résolue, et la volonté étant indispensable pour la direction du vril, elle peut employer sur l'An, plus fortement que l'An sur elle, les mystérieuses forces que l'art emprunte aux facultés occultes de la nature. Ainsi tous les droits que nos philosophes féminins sur la terre cherchent à obtenir sont accordés comme une chose toute naturelle dans cet heureux pays. Outre cette force physique, les Gy-ei ont (du moins dans leur jeunesse)

a keen desire for accomplishments and learning which exceeds that of the male; and thus they are the scholars, the professors—the learned portion, in short, of the community.

Of course, in this state of society the female establishes, as I have shown, her most valued privilege, that of choosing and courting her wedding partner. Without that privilege she would despise all the others. Now, above ground, we should not unreasonably apprehend that a female, thus potent and thus privileged, when she had fairly hunted us down and married us, would be very imperious and tyrannical. Not so with the Gy-ei: once married, the wings once suspended, and more amiable, complacent, docile mates, more sympathetic, more sinking their loftier capacities into the study of their husbands' comparatively frivolous tastes and whims, no poet could conceive in his visions of conjugal bliss. Lastly, among the more important characteristics of the Vril-ya, as distinguished from our mankind—lastly, and most important on the bearings of their life and the peace of their commonwealths, is their universal agreement in the existence of a merciful beneficent Diety, and of a future world to the duration of which a century or two are moments too brief to waste upon thoughts of fame and power and avarice; while with that agreement is combined another— viz., since they can know nothing as to the nature of that Diety beyond the fact of His supreme goodness, nor of that future world beyond the fact of its felicitous existence, so their reason forbids all angry disputes on insoluble questions.

un vif désir d'acquérir les talents et la science et, en cela, elles sont supérieures aux Ana ; c'est donc à elles qu'appartiennent les étudiants, les professeurs, en un mot la portion instruite de la population.

Naturellement, comme je l'ai fait voir, les femmes établissent dans ce pays leur droit de choisir et de courtiser leur époux. Sans ce privilège, elles mépriseraient tous les autres. Sur terre nous craindrions, non sans raison, qu'une femme, après nous avoir ainsi poursuivi et épousé, ne se montrât impérieuse et tyrannique. Il n'en est pas de même des Gy-ei : une fois mariées elles suspendent leurs ailes, et aucun poète ne pourrait arriver à dépeindre une compagne plus aimable, plus complaisante, plus docile, plus sympathique, plus oublieuse de sa supériorité, plus attachée à étudier les goûts et les caprices relativement frivoles de son mari. Enfin parmi les traits caractéristiques qui distinguent le plus les Vril-ya de notre humanité, celui qui contribue le plus à la paix de leur vie et au bien-être de la communauté, c'est la croyance universelle à une Divinité bienfaisante et miséricordieuse, et à l'existence d'une vie future auprès de laquelle un siècle ou deux sont des moments trop courts pour qu'on les perde à des pensées de gloire, de puissance, ou d'avarice ; une autre croyance ajoute à leur bonheur : persuadés qu'ils ne peuvent connaître de la Divinité que Sa bonté suprême, du monde futur que son heureuse existence, leur raison leur interdit toute discussion irritante sur des questions insolubles.

Thus they secure for that state in the bowels of the earth
what no community ever secured under the light of the
stars — all the blessings and consolations of a religion without
any of the evils and calamities which are engendered by
strife between one religion and another.

It would be, then, utterly impossible to deny that the
state of existence among the Vril-ya is thus, as a whole,
immeasurably more felicitous than that of super-terrestrial
races, and, realising the dreams of our most sanguine
philanthropists, almost approaches to a poet's conception
of some angelical order. And yet, if you would take a
thousand of the best and most philosophical of human
beings you could find in London, Paris, Berlin, New York,
or even Boston, and place them as citizens in the beatified
community, my belief is, that in less than a year they would
either die of ennui, or attempt some revolution by which
they would militate against the good of the community,
and be burnt into cinders at the request of the Tur.

Certainly I have no desire to insinuate, through the
medium of this narrative, any ignorant disparagement
of the race to which I belong. I have, on the contrary,
endeavoured to make it clear that the principles which
regulate the social system of the Vril-ya forbid them to
produce those individual examples of human greatness
which adorn the annals of the upper world. Where there
are no wars there can be no Hannibal, no Washington,
no Jackson, no Sheridan; — where states are so happy

Ils assurent ainsi à cet État situé dans les entrailles de la terre, ce qu'aucun État ne possède à la clarté des astres, toutes les bénédictions et les consolations d'une religion, sans aucun des maux, sans aucune des calamités qu'engendrent les guerres de religion.

Il est donc incontestable que l'existence des Vril-ya est, dans son ensemble, infiniment plus heureuse que celle des races terrestres, et que, réalisant les rêves de nos philanthropes les plus hardis, elle répond presque à l'idée qu'un poète pourrait se faire de la vie des anges. Et cependant si on prenait un millier d'êtres humains, les meilleurs et les plus philosophes qu'on puisse trouver à Londres, à Paris, à Berlin, à New-York, et même à Boston, et qu'on les plaçât au milieu de cette heureuse population, je suis persuadé qu'en moins d'une année ils y mourraient d'ennui, ou essaieraient une révolution par laquelle ils troubleraient la paix de la communauté et se feraient réduire en cendres à la requête du Tur.

Assurément je ne veux pas glisser dans ce récit quelque sotte satire contre la race à laquelle j'appartiens. J'ai au contraire tâché de faire comprendre que les principes qui régissent le système social des Vril-ya l'empêchent de produire ces exemples de grandeur humaine qui remplissent les annales du monde supérieur. Dans un pays où on ne fait pas la guerre, il ne peut y avoir d'Annibal, de Washington, de Jackson, de Sheridan. Dans un État où tout le monde est si heureux

that they fear no danger and desire no change, they cannot give birth to a Demosthenes, a Webster, a Sumner, a Wendell Holmes, or a Butler; and where a society attains to a moral standard, in which there are no crimes and no sorrows from which tragedy can extract its aliment of pity and sorrow, no salient vices or follies on which comedy can lavish its mirthful satire, it has lost the chance of producing a Shakespeare, or a Moliere, or a Mrs. Beecher-Stowe. But if I have no desire to disparage my fellow-men above ground in showing how much the motives that impel the energies and ambition of individuals in a society of contest and struggle—become dormant or annulled in a society which aims at securing for the aggregate the calm and innocent felicity which we presume to be the lot of beatified immortals; neither, on the other hand, have I the wish to represent the commonwealths of the Vril-ya as an ideal form of political society, to the attainment of which our own efforts of reform should be directed. On the contrary, it is because we have so combined, throughout the series of ages, the elements which compose human character, that it would be utterly impossible for us to adopt the modes of life, or to reconcile our passions to the modes of thought among the Vril-ya,—that I arrived at the conviction that this people—though originally not only of our human race, but, as seems to me clear by the roots of their language, descended from the same ancestors as the Great Aryan family, from which in varied streams has flowed the dominant civilisation of the world;

qu'on ne craint aucun danger et qu'on ne désire aucun changement, on ne peut voir ni Démosthène, ni Webster, ni Sumner, ni Wendel Holmes, ni Butler. Dans une société où l'on arrive à un degré de moralité qui exclut les crimes et les douleurs, d'où la tragédie tire les éléments de la crainte et de la pitié, où il n'y a ni vices, ni folies, auxquels la comédie puisse prodiguer les traits de sa satire comique, un tel pays perd toute chance de produire un Shakespeare, un Molière, une Mrs. Beecher Stowe. Mais si je ne veux pas critiquer mes semblables en montrant combien les motifs, qui stimulent l'activité et l'ambition des individus dans une société de luttes et de discussions, disparaissent ou s'annulent dans une société qui tend à assurer à ses citoyens une félicité calme et innocente qu'elle présume être l'état des puissances immortelles ; je n'ai pas non plus l'intention de représenter la république des Vril-ya comme la forme idéale de la société politique, vers laquelle doivent tendre tous nos efforts. Au contraire, c'est parce que nous avons si bien combiné, à travers les siècles, les éléments qui composent un être humain, qu'il nous serait tout à fait impossible d'adopter la manière de vivre des Vril-ya, ou de régler nos passions d'après leur façon de penser ; c'est pour cela que je suis arrivé à cette conviction : Ce peuple, qui non seulement a appartenu à notre race, mais qui, d'après les racines de sa langue, me paraît descendre de quelqu'un des ancêtres de la grande famille Aryenne, source commune de toutes les civilisations de notre monde ;

and having, according to their myths and their history, passed through phases of society familiar to ourselves, — had yet now developed into a distinct species with which it was impossible that any community in the upper world could amalgamate: and that if they ever emerged from these nether recesses into the light of day, they would, according to their own traditional persuasions of their ultimate destiny, destroy and replace our existent varieties of man.

It may, indeed, be said, since more than one Gy could be found to conceive a partiality for so ordinary a type of our super-terrestrial race as myself, that even if the Vril-ya did appear above ground, we might be saved from extermination by intermixture of race. But this is too sanguine a belief. Instances of such 'mesalliance' would be as rare as those of intermarriage between the Anglo-Saxon emigrants and the Red Indians. Nor would time be allowed for the operation of familiar intercourse. The Vril-ya, on emerging, induced by the charm of a sunlit heaven to form their settlements above ground, would commence at once the work of destruction, seize upon the territories already cultivated, and clear off, without scruple, all the inhabitants who resisted that invasion. And considering their contempt for the institutions of Koom-Posh or Popular Government, and the pugnacious valour of my beloved countrymen, I believe that if the Vril-ya first appeared in free America — as, being the choicest portion of the habitable earth, they would doubtless be induced to do — and said,

ce peuple qui, d'après ses traditions historiques et mythologiques, a passé par des transformations qui nous sont familières, forme maintenant une espèce distincte avec laquelle il serait impossible à toute race du monde supérieur de se mêler. Je crois de plus que, s'ils sortaient jamais des entrailles de la terre, suivant l'idée traditionnelle qu'ils se font de leur destinée future, ils détruiraient pour la remplacer la race actuelle des hommes.

Mais, dira-t-on, puisque plus d'une Gy avait pu concevoir un caprice pour un représentant aussi médiocre que moi de la race humaine, dans le cas où les Vril-ya apparaîtraient sur la terre, nous pourrions être sauvés de la destruction par le mélange des races. Tel espoir serait téméraire. De semblables mésalliances seraient aussi rares que les mariages entre les émigrants Anglo-Saxons et les Indiens Peaux-Rouges. D'ailleurs, nous n'aurions pas le temps de nouer des relations familières. Les Vril-ya, en sortant de dessous terre, charmés par l'aspect d'une terre éclairée par le soleil, commenceraient par la destruction, s'empareraient des territoires déjà cultivés, et détruiraient sans scrupules tous les habitants qui essaieraient de résister à leur invasion. Quand je considère leur mépris pour les institutions du Koom-Posh, ou gouvernement populaire, et la valeur de mes bien-aimés compatriotes, je crois que si les Vril-ya apparaissaient d'abord en Amérique, et ils n'y manqueraient pas, puisque c'est la plus belle partie du monde habitable, et disaient :

"This quarter of the globe we take; Citizens of a Koom-Posh, make way for the development of species in the Vril-ya," my brave compatriots would show fight, and not a soul of them would be left in this life, to rally round the Stars and Stripes, at the end of a week.

I now saw but little of Zee, save at meals, when the family assembled, and she was then reserved and silent. My apprehensions of danger from an affection I had so little encouraged or deserved, therefore, now faded away, but my dejection continued to increase. I pined for escape to the upper world, but I racked my brains in vain for any means to effect it. I was never permitted to wander forth alone, so that I could not even visit the spot on which I had alighted, and see if it were possible to reascend to the mine. Nor even in the Silent Hours, when the household was locked in sleep, could I have let myself down from the lofty floor in which my apartment was placed. I knew not how to command the automata who stood mockingly at my beck beside the wall, nor could I ascertain the springs by which were set in movement the platforms that supplied the place of stairs. The knowledge how to avail myself of these contrivances had been purposely withheld from me. Oh, that I could but have learned the use of wings, so freely here at the service of every infant, then I might have escaped from the casement, regained the rocks, and buoyed myself aloft through the chasm of which the perpendicular sides forbade place for human footing!

« Nous nous emparons de cette portion du globe ; citoyens du Koom-Posh, allez-vous-en et faites place pour le développement de la race des Vril-ya », mes braves compatriotes se battraient, et au bout d'une semaine il ne resterait plus un seul homme qui pût se rallier au drapeau étoilé et rayé des États-Unis.

Je voyais fort peu Zee, excepté aux repas, quand la famille se réunissait, et elle était alors silencieuse et réservée. Mes craintes au sujet d'une affection que j'avais si peu cherchée et que je méritais si peu se calmaient, mais mon abattement augmentait de jour en jour. Je mourais d'envie de revenir au monde supérieur ; mais je me mettais en vain l'esprit à la torture pour trouver un moyen. On ne me permettait jamais de sortir seul, de sorte que je ne pouvais même visiter l'endroit par lequel j'étais descendu, pour voir s'il ne me serait pas possible de remonter dans la mine. Je ne pouvais pas même descendre de l'étage où se trouvait ma chambre, pendant les Heures Silencieuses, quand tout le monde dormait. Je ne savais pas commander à l'automate qui, cruelle ironie, se tenait à mes ordres, debout contre le mur ; je ne connaissais pas les ressorts par lesquels on mettait en mouvement la plate-forme qui servait d'escalier. On m'avait volontairement caché tous ces secrets. Oh ! si j'avais pu apprendre à me servir des ailes, dont les enfants se servaient si bien, j'aurais pu m'enfuir par la fenêtre, arriver aux rochers, et m'enlever par le gouffre dont les parois verticales refusaient de supporter un pas humain.

Chapter 27

One day, as I sat alone and brooding in my chamber, Taee flew in at the open window and alighted on the couch beside me. I was always pleased with the visits of a child, in whose society, if humbled, I was less eclipsed than in that of Ana who had completed their education and matured their understanding. And as I was permitted to wander forth with him for my companion, and as I longed to revisit the spot in which I had descended into the nether world, I hastened to ask him if he were at leisure for a stroll beyond the streets of the city. His countenance seemed to me graver than usual as he replied, "I came hither on purpose to invite you forth."

We soon found ourselves in the street, and had not got far from the house when we encountered five or six young Gy-ei, who were returning from the fields with baskets full of flowers, and chanting a song in chorus as they walked. A young Gy sings more often than she talks. They stopped on seeing us, accosting Taee with familiar kindness, and me with the courteous gallantry which distinguishes the Gy-ei in their manner towards our weaker sex.

Un jour, pendant que j'étais seul à rêver tristement dans ma chambre, Taë entra par la fenêtre et vint s'asseoir près de moi. J'étais toujours heureux des visites de cet enfant, dans la société duquel je me sentais moins humilié que dans celle des Ana, dont les études étaient plus complètes et l'intelligence plus mûre. Comme on me permettait de sortir avec lui et que je désirais revoir l'endroit par lequel j'étais descendu dans le monde souterrain, je me hâtai de lui demander s'il avait le temps de m'accompagner dans une promenade à la campagne. Sa physionomie me parut plus sérieuse que de coutume, quand il me répondit :

— Je suis venu vous chercher.

Nous fûmes bientôt dans la rue et nous n'étions pas loin de la maison, quand nous rencontrâmes cinq ou six jeunes Gy-ei, qui revenaient des champs, avec des corbeilles pleines de fleurs, et chantaient en chœur en marchant. Une jeune Gy chante plus qu'elle ne parle. Elles s'arrêtèrent en nous voyant, s'approchèrent de Taë avec une gaieté familière, et de moi avec cette galanterie polie qui distingue les Gy-ei dans leurs rapports avec le sexe faible.

And here I may observe that, though a virgin Gy is
so frank in her courtship to the individual she favours,
there is nothing that approaches to that general breadth
and loudness of manner which those young ladies of the
Anglo-Saxon race, to whom the distinguished epithet of
'fast' is accorded, exhibit towards young gentlemen whom
they do not profess to love. No; the bearing of the Gy-ei
towards males in ordinary is very much that of high-bred
men in the gallant societies of the upper world towards
ladies whom they respect but do not woo; deferential,
complimentary, exquisitely polished—what we should call
'chivalrous.'

Certainly I was a little put out by the number of civil
things addressed to my 'amour propre,' which were said
to me by those courteous young Gy-ei. In the world I
came from, a man would have thought himself aggrieved,
treated with irony, 'chaffed' (if so vulgar a slang word
may be allowed on the authority of the popular novelists
who use it so freely), when one fair Gy complimented
me on the freshness of my complexion, another on the
choice of colours in my dress, a third, with a sly smile,
on the conquests I had made at Aph-Lin's entertainment.
But I knew already that all such language was what the
French call 'banal,' and did but express in the female
mouth, below earth, that sort of desire to pass for amiable
with the opposite sex which, above earth, arbitrary
custom and hereditary transmission demonstrate by
the mouth of the male. And just as a high-bred young
lady, above earth, habituated to such compliments,

Et je puis dire ici que, malgré la franchise de la Gy quand elle courtise un An, rien dans ses manières ne peut être comparé aux manières libres et bruyantes de ces jeunes Anglo-Saxonnes, auxquelles on accorde l'épithète distinguée de fast (à la mode), vis-à-vis des jeunes gens pour lesquels elles ne professent pas le moindre amour. Non : la conduite des Gy-ei envers les Ana en général ressemble beaucoup à celle des hommes très bien élevés, dans les salons de notre monde supérieur, envers une femme qu'ils respectent, mais à laquelle ils ne font pas la cour ; respectueux, complimenteurs, d'une politesse exquise, ce que l'on peut appeler chevaleresques.

Sans doute je fus un peu embarrassé par les nombreuses politesses par lesquelles ces jeunes et courtoises Gy-ei s'adressaient à mon amour-propre. Dans le monde d'où je venais, un homme se serait trouvé offensé, traité avec ironie, et blagué (si un mot d'argot aussi vulgaire peut être employé sur l'autorité des romanciers populaires qui s'en servent aussi librement), quand une jeune Gy fort jolie me fit compliment sur la fraîcheur de mon teint, une autre sur le choix des couleurs de mes vêtements, une troisième, avec un timide sourire, sur les conquêtes que j'avais faites à la soirée d'Aph-Lin. Mais je savais déjà que de tels propos étaient ce que les Français appellent des banalités, et ne signifiaient, dans la bouche des jeunes filles, que le désir de déployer cette aimable galanterie que sur la terre la tradition et une coutume arbitraire ont réservée au sexe mâle. Et, de même que, chez nous, une jeune fille bien élevée et habituée à de pareils compliments,

feels that she cannot, without impropriety, return them, nor evince any great satisfaction at receiving them; so I who had learned polite manners at the house of so wealthy and dignified a Minister of that nation, could but smile and try to look pretty in bashfully disclaiming the compliments showered upon me. While we were thus talking, Taee's sister, it seems, had seen us from the upper rooms of the Royal Palace at the entrance of the town, and, precipitating herself on her wings, alighted in the midst of the group.

Singling me out, she said, though still with the inimitable deference of manner which I have called 'chivalrous,' yet not without a certain abruptness of tone which, as addressed to the weaker sex, Sir Philip Sydney might have termed 'rustic,' "Why do you never come to see us?"

While I was deliberating on the right answer to give to this unlooked-for question, Taee said quickly and sternly, "Sister, you forget—the stranger is of my sex. It is not for persons of my sex, having due regard for reputation and modesty, to lower themselves by running after the society of yours."

This speech was received with evident approval by the young Gy-ei in general; but Taee's sister looked greatly abashed. Poor thing!—and a PRINCESS too!

sent qu'elle ne peut sans inconvenance y répondre ou en paraître trop charmée, de même moi, qui avais appris les bonnes manières chez un des Ministres de ce peuple, je ne pus que sourire et prendre un air gracieux en repoussant avec timidité les compliments dont on m'accablait. Pendant que nous causions ainsi, la sœur de Taë nous avait aperçus, paraît-il, d'une des chambres supérieures du Palais Royal, car elle arriva bientôt près de nous de toute la vitesse de ses ailes.

Elle s'approcha de moi et me dit, avec cette inimitable déférence, que j'ai appelée chevaleresque, et pourtant avec une certaine brusquerie de ton que Sir Philip Sidney aurait traitée de *rustique* dans la bouche d'une personne qui s'adressait au sexe faible :

— Pourquoi ne venez-vous jamais nous voir ?

Pendant que je délibérais sur la réponse à faire à cette question inattendue, Taë dit promptement et d'un ton sévère :

— Ma sœur, tu oublies que l'étranger est du même sexe que moi. Il n'est pas convenable pour nous, si nous voulons conserver notre réputation et notre modestie, de nous abaisser à courir après ta société.

Ce discours fut reçu avec des marques d'approbation par toutes les Gy-ei présentes ; mais la sœur de Taë parut déconcertée. Pauvre enfant !... et une Princesse encore !

Just at this moment a shadow fell on the space between me and the group; and, turning round, I beheld the chief magistrate coming close upon us, with the silent and stately pace peculiar to the Vril-ya. At the sight of his countenance, the same terror which had seized me when I first beheld it returned. On that brow, in those eyes, there was that same indefinable something which marked the being of a race fatal to our own—that strange expression of serene exemption from our common cares and passions, of conscious superior power, compassionate and inflexible as that of a judge who pronounces doom. I shivered, and, inclining low, pressed the arm of my child-friend, and drew him onward silently. The Tur placed himself before our path, regarded me for a moment without speaking, then turned his eye quietly on his daughter's face, and, with a grave salutation to her and the other Gy-ei, went through the midst of the group, — still without a word.

En ce moment une ombre passa entre le groupe et moi ; en me retournant, je vis le magistrat principal s'avancer vers moi de ce pas tranquille et majestueux particulier aux Vril-ya. En le regardant, je fus saisi de la même terreur que lors de ma première rencontre avec lui. Sur son front, dans ses yeux, il y avait ce même je ne sais quoi indéfinissable qui me faisait reconnaître en lui une race qui devait être fatale à la nôtre ; cette même expression étrange de sérénité exempte de tous les soucis et de toutes les passions ordinaires ; on y lisait la conscience d'un pouvoir suprême et ce mélange de pitié et d'inflexibilité qu'on trouve chez un juge qui prononce un arrêt. Je frissonnai et, m'inclinant, je serrai le bras de Taë et m'éloignai sans rien dire. Le Tur se plaça sur notre chemin, me regarda un instant sans parler, puis tourna tranquillement ses regards vers sa fille, et, avec un salut grave adressé à elle et aux autres Gy-ei, passa au milieu du groupe et s'éloigna sans avoir prononcé un mot.

Chapter 28

When Taee and I found ourselves alone on the broad road that lay between the city and the chasm through which I had descended into this region beneath the light of the stars and sun, I said under my breath, "Child and friend, there is a look in your father's face which appals me. I feel as if, in its awful tranquillity, I gazed upon death."

Taee did not immediately reply. He seemed agitated, and as if debating with himself by what words to soften some unwelcome intelligence.

At last he said, "None of the Vril-ya fear death: do you?"

"The dread of death is implanted in the breasts of the race to which I belong. We can conquer it at the call of duty, of honour, of love. We can die for a truth, for a native land, for those who are dearer to us than ourselves. But if death do really threaten me now and here, where are such counteractions to the natural instinct which invests with awe and terror the contemplation of severance between soul and body?"

Quand Taë et moi nous fûmes seuls sur la grande route qui s'étend entre la cité et le gouffre par lequel j'étais descendu dans ce monde privé de la clarté du soleil et des étoiles, je dis à demi-voix :

— Mon cher enfant, mon ami, il y a dans la physionomie de votre père quelque chose qui m'effraye. Il me semble voir la mort en contemplant sa sereine tranquillité.

Taë ne répondit pas tout de suite. Il semblait agité et paraissait se demander par quels mots il pourrait m'adoucir une mauvaise nouvelle.

— Personne ne craint la mort parmi les Vril-ya, dit-il enfin. La craignez-vous ?

— La crainte de la mort est innée dans l'âme des hommes de ma race. Nous pouvons en triompher à la voix du devoir, de l'honneur, ou de l'amour. Nous pouvons mourir pour une vérité, pour notre patrie, pour ceux qui nous sont plus chers que nous-mêmes. Mais, si la mort me menace ici, maintenant, où sont les motifs qui peuvent contrebalancer la terreur qui accompagne l'idée de la séparation du corps et de l'âme ?

Taee looked surprised, but there was great tenderness in his voice as he replied, "I will tell my father what you say. I will entreat him to spare your life."

"He has, then, already decreed to destroy it?"

"'Tis my sister's fault or folly," said Taee, with some petulance. "But she spoke this morning to my father; and, after she had spoken, he summoned me, as a chief among the children who are commissioned to destroy such lives as threaten the community, and he said to me, 'Take thy vril staff, and seek the stranger who has made himself dear to thee. Be his end painless and prompt.'"

"And," I faltered, recoiling from the child — "and it is, then, for my murder that thus treacherously thou hast invited me forth? No, I cannot believe it. I cannot think thee guilty of such a crime."

"It is no crime to slay those who threaten the good of the community; it would be a crime to slay the smallest insect that cannot harm us."

"If you mean that I threaten the good of the community because your sister honours me with the sort of preference which a child may feel for a strange plaything, it is not necessary to kill me. Let me return to the people I have left, and by the chasm through which I descended. With a slight help from you I might do so now.

Taë parut surpris, et sa voix était pleine de tendresse quand il me répondit :

— Je rapporterai à mon père ce que vous venez de me dire. Je le supplierai d'épargner votre vie.

— Il a donc décrété ma mort ?

— C'est la faute ou la folie de ma sœur, dit Taë, avec quelque pétulance. Elle a parlé ce matin à mon père, et après leur conversation, il m'a fait appeler, comme chef des enfants chargés de détruire les êtres qui menacent la communauté, et il m'a dit : « Prends ta baguette de vril, et va chercher l'étranger qui t'est devenu cher. Que sa fin soit prompte et exempte de douleur. »

— Et, dis-je en tremblant et en m'éloignant de l'enfant, c'est donc pour m'assassiner que vous m'avez emmené à la campagne ? Non, je ne puis le croire. Je ne puis vous croire capable d'un tel crime !

— Ce n'est pas un crime de tuer ceux qui menacent les intérêts de l'État ; ce serait un crime de détruire le moindre petit insecte qui ne nous ferait aucun mal.

— Si vous voulez dire que je menace les intérêts de l'État parce que votre sœur m'honore de cette sorte de préférence qu'un enfant peut montrer pour un jouet singulier, il n'est pas nécessaire pour cela de me tuer. Laissez-moi retourner vers le peuple que j'ai quitté, par le gouffre qui m'a permis d'entrer dans votre monde. Avec un peu d'aide de votre part, j'en puis venir à bout.

You, by the aid of your wings, could fasten to the rocky ledge within the chasm the cord that you found, and have no doubt preserved. Do but that; assist me but to the spot from which I alighted, and I vanish from your world for ever, and as surely as if I were among the dead."

"The chasm through which you descended! Look round; we stand now on the very place where it yawned. What see you? Only solid rock. The chasm was closed, by the orders of Aph-Lin, as soon as communication between him and yourself was established in your trance, and he learned from your own lips the nature of the world from which you came. Do you not remember when Zee bade me not question you as to yourself or your race? On quitting you that day, Aph-Lin accosted me, and said, 'No path between the stranger's home and ours should be left unclosed, or the sorrow and evil of his home may descend to ours. Take with thee the children of thy band, smite the sides of the cavern with your vril staves till the fall of their fragments fills up every chink through which a gleam of our lamps could force its way.'"

As the child spoke, I stared aghast at the blind rocks before me.

Huge and irregular, the granite masses, showing by charred discolouration where they had been shattered, rose from footing to roof-top; not a cranny!

"All hope, then, is gone," I murmured, sinking down on the craggy wayside, "and I shall nevermore see the sun."

Grâce à vos ailes vous pourrez attacher la corde, que vous avez sans doute gardée, au rocher qui m'a servi pour descendre. Faites cela, je vous en prie ; aidez-moi à remonter à l'endroit d'où je suis venu, et je disparaîtrai de votre monde pour toujours et aussi sûrement que si j'étais mort.

— Le gouffre par lequel vous êtes descendu ?... Regardez ; nous sommes juste à l'endroit où il s'ouvrait. Que voyez-vous ?... Le roc solide et compact. Le gouffre a été fermé par les ordres d'Aph-Lin, aussitôt que des rapports furent établis entre vous et lui, pendant votre sommeil, et qu'il apprit de votre propre bouche ce qu'est le monde d'où vous veniez. Ne vous souvenez-vous pas du jour où Zee me pria de ne pas vous questionner sur vous-même ou sur votre pays ? En vous quittant, ce jour-là, Aph-Lin m'aborda et me dit : « Il ne faut laisser aucun chemin ouvert entre le monde de l'étranger et le nôtre, ou les malheurs et les chagrins du sien pourraient descendre parmi nous. Prends avec toi les enfants de ta bande, frappez les parois de la caverne de vos baguettes de vril jusqu'à ce que la chute des rochers ferme toute issue par laquelle la clarté de nos lampes puisse être aperçue. »

Pendant que l'enfant parlait, je regardais avec effroi les rocs noirs qui se dressaient devant mes yeux.

D'énormes masses irrégulières de granit, montrant par des taches de feu où elles avaient été frappées, s'élevaient du sol à la voûte de la caverne, pas une crevasse !

— Tout espoir est donc perdu, murmurai-je en m'asseyant sur le bord de la route, et je ne reverrai plus le soleil.

I covered my face with my hands, and prayed to Him whose presence I had so often forgotten when the heavens had declared His handiwork. I felt His presence in the depths of the nether earth, and amidst the world of the grave. I looked up, taking comfort and courage from my prayers, and, gazing with a quiet smile into the face of the child, said, "Now, if thou must slay me, strike."

Taee shook his head gently.

"Nay," he said, "my father's request is not so formally made as to leave me no choice. I will speak with him, and may prevail to save thee. Strange that thou shouldst have that fear of death which we thought was only the instinct of the inferior creatures, to whom the convictions of another life has not been vouchsafed. With us, not an infant knows such a fear. Tell me, my dear Tish," he continued after a little pause, "would it reconcile thee more to departure from this form of life to that form which lies on the other side of the moment called 'death,' did I share thy journey? If so, I will ask my father whether it be allowable for me to go with thee. I am one of our generation destined to emigrate, when of age for it, to some regions unknown within this world. I would just as soon emigrate now to regions unknown, in another world. The All-Good is no less there than here. Where is he not?"

"Child," said I, seeing by Taee's countenance that he spoke in serious earnest, "it is crime in thee to slay me;

Je me couvris la figure de mes deux mains et je priai Celui dont j'avais si souvent oublié la présence sous ce ciel qui manifeste sa puissance. Je sentis qu'il était présent dans les profondeurs de la terre et au milieu du monde des tombeaux. Je relevai les yeux, calmé et fortifié par ma prière, et, regardant l'enfant avec un tranquille sourire, je lui dis :

— Si tu dois me tuer, frappe maintenant.

Taë secoua doucement la tête.

— Non, dit-il, l'ordre de mon père n'est pas si absolu qu'il ne me laisse aucun choix. Je lui parlerai et peut-être pourrai-je te sauver. Quelle étrange chose que tu aies cette crainte de la mort que nous pensions être le partage des êtres inférieurs, auxquels la connaissance d'une autre vie n'est pas accordée. Chez nous les enfants même n'ont pas cette peur. Dis-moi, mon cher Tish, continua-t-il après un moment de silence, redouterais-tu moins de passer de cette forme de vie à la forme qu'on trouve de l'autre côté de cet instant qu'on appelle la mort, si je t'accompagnais dans ce voyage ? Si tu le désires, je demanderai à mon père qu'il me soit permis de te suivre. Je suis de ceux qui doivent émigrer un jour, quand ils seront en âge de le faire, dans un pays inconnu. Je partirais aussi volontiers pour les régions inconnues de l'autre monde. La Bonté Suprême est aussi présente dans celui-là que dans celui-ci. Où ne la trouve-t-on pas ?

— Enfant, dis-je en voyant à la figure de Taë qu'il parlait sérieusement, tu commettrais un crime en me tuant ;

it were a crime not less in me to say, 'Slay thyself.' The All-Good chooses His own time to give us life, and his own time to take it away. Let us go back. If, on speaking with thy father, he decides on my death, give me the longest warning in thy power, so that I may pass the interval in self-preparation."

mais celui que je commettrais ne serait pas moindre si je te disais : Donne-toi la mort. La Bonté Suprême choisit son moment pour nous donner la vie et pour nous la reprendre. Partons. Si après que tu auras parlé à ton père, il décide ma mort, fais-le-moi savoir aussitôt que tu le pourras, afin que je puisse m'y préparer.

Chapter 29

In the midst of those hours set apart for sleep and constituting the night of the Vril-ya, I was awakened from the disturbed slumber into which I had not long fallen, by a hand on my shoulder. I started and beheld Zee standing beside me.

"Hush," she said in a whisper; "let no one hear us. Dost thou think that I have ceased to watch over thy safety because I could not win thy love? I have seen Taee. He has not prevailed with his father, who had meanwhile conferred with the three sages who, in doubtful matters, he takes into council, and by their advice he has ordained thee to perish when the world re-awakens to life. I will save thee. Rise and dress."

Zee pointed to a table by the couch on which I saw the clothes I had worn on quitting the upper world, and which I had exchanged subsequently for the more picturesque garments of the Vril-ya. The young Gy then moved towards the casement and stepped into the balcony, while hastily and wonderingly I donned my own habiliments.

Chapitre 29

Vers le milieu des Heures Silencieuses, qui forment les nuits des Vril-ya, je fus réveillé du sommeil agité auquel je venais seulement de m'abandonner, par une main posée sur mon épaule. Je tressaillis ; Zee était debout à mes côtés.

— Chut ! dit-elle à voix basse, que personne ne nous entende. Penses-tu que j'aie cessé de veiller sur toi parce que je n'ai pu obtenir ton amour ? J'ai vu Taë. Il n'a rien obtenu de son père qui avait déjà conféré avec les trois sages qu'il appelle en conseil lorsque quelque question l'embarrasse, et par leur conseil il a ordonné que tu sois mis à mort à l'heure où le monde se réveille. Je veux te sauver. Lève-toi et habille-toi.

En disant ces mots, Zee me montra, sur une table près de mon lit, les vêtements que je portais à mon arrivée et que j'avais échangés contre le costume plus pittoresque des Vril-ya. La jeune Gy se dirigea alors vers la fenêtre et sortit sur le balcon, pendant que tout étonné je passais rapidement mes vêtements.

When I joined her on the balcony, her face was pale and rigid. Taking me by the hand, she said softly, "See how brightly the art of the Vril-ya has lighted up the world in which they dwell. To-morrow the world will be dark to me."

She drew me back into the room without waiting for my answer, thence into the corridor, from which we descended into the hall. We passed into the deserted streets and along the broad upward road which wound beneath the rocks. Here, where there is neither day nor night, the Silent Hours are unutterably solemn — the vast space illumined by mortal skill is so wholly without the sight and stir of mortal life. Soft as were our footsteps, their sounds vexed the ear, as out of harmony with the universal repose. I was aware in my own mind, though Zee said it not, that she had decided to assist my return to the upper world, and that we were bound towards the place from which I had descended. Her silence infected me and commanded mine. And now we approached the chasm. It had been re-opened; not presenting, indeed, the same aspect as when I had emerged from it, but through that closed wall of rock before which I had last stood with Taee, a new clift had been riven, and along its blackened sides still glimmered sparks and smouldered embers. My upward gaze could not, however, penetrate more than a few feet into the darkness of the hollow void, and I stood dismayed, and wondering how that grim ascent was to be made.

Zee divined my doubt.

Je la rejoignis sur le balcon ; son visage était pâle et rigide. Elle me prit par la main et me dit doucement :

— Vois comme l'art des Vril-ya a brillamment illuminé ce monde. Demain, il sera obscur pour moi.

Sans attendre ma réponse, elle me ramena dans la chambre, puis dans le corridor, et nous descendîmes dans le vestibule. Nous passâmes le long des rues désertes et de la route qui conduisait aux rochers. Dans ce monde où il n'y a ni jour, ni nuit, les Heures Silencieuses sont d'une solennité inexprimable, tant la vaste étendue illuminée par l'art des mortels est dénuée de tout bruit, de tout signe de vie. Malgré la légèreté de nos pas, le bruit qu'ils faisaient semblait choquer l'oreille et troubler l'harmonie de l'universel repos. Je devinais que Zee, sans me le dire, s'était décidée à m'aider à retourner vers le monde supérieur et que nous nous dirigions vers le lieu où j'étais descendu. Son silence me gagnait et m'empêchait de parler. Nous approchions du gouffre. Il avait été rouvert ; il ne présentait pas, il est vrai, le même aspect qu'au moment de ma descente, mais, au milieu du mur massif que m'avait montré Taë, on avait frayé un nouveau passage, et le long de ses flancs carbonisés brillaient encore quelques étincelles ; de petits tas de cendres se refroidissaient en tombant. Je ne pouvais cependant en levant les yeux pénétrer l'obscurité que jusqu'à une faible hauteur ; je demeurais épouvanté, me demandant comment je pourrais accomplir cette difficile ascension.

Zee devina ma pensée.

"Fear not," said she, with a faint smile; "your return is assured. I began this work when the Silent Hours commenced, and all else were asleep; believe that I did not paused till the path back into thy world was clear. I shall be with thee a little while yet. We do not part until thou sayest, 'Go, for I need thee no more.'"

My heart smote me with remorse at these words.

"Ah!" I exclaimed, "would that thou wert of my race or I of thine, then I should never say, 'I need thee no more.'"

"I bless thee for those words, and I shall remember them when thou art gone," answered the Gy, tenderly.

During this brief interchange of words, Zee had turned away from me, her form bent and her head bowed over her breast. Now, she rose to the full height of her grand stature, and stood fronting me. While she had been thus averted from my gaze, she had lighted up the circlet that she wore round her brow, so that it blazed as if it were a crown of stars. Not only her face and her form, but the atmosphere around, were illumined by the effulgence of the diadem.

"Now," said she, "put thine arm around me for the first and last time. Nay, thus; courage, and cling firm."

As she spoke her form dilated, the vast wings expanded. Clinging to her, I was borne aloft through the terrible chasm. The starry light from her forehead shot around and before us through the darkness.

— Ne crains rien, dit-elle, avec un faible sourire, ton retour est assuré. J'ai commencé ce travail avec les Heures Silencieuses et quand tout le monde dormait. Sois sûr que je ne me suis pas arrêtée jusqu'à ce que la route te fût ouverte. Je t'accompagnerai encore un peu de temps. Nous ne nous séparerons que lorsque tu me diras : Va, je n'ai plus besoin de toi.

Mon cœur tressaillit de remords à ces mots.

— Ah ! m'écriai-je, que je voudrais que tu fusses de ma race ou que je fusse de la tienne, je ne dirais jamais : Je n'ai plus besoin de toi !

— Sois béni pour ces paroles, je m'en souviendrai quand tu seras parti, me répondit tendrement la Gy.

Pendant ce court dialogue, Zee s'était détournée, le corps incliné et la tête penchée sur sa poitrine. Elle se releva alors de toute sa hauteur et se plaça devant moi. Elle avait allumé le cercle qui entourait sa tête et il étincelait comme une couronne d'étoiles. Son visage, tout son corps, et l'atmosphère environnante étaient éclairés par la lumière de ce diadème.

— Maintenant, dit-elle, passe tes bras autour de moi, pour la première et la dernière fois. Allons, courage, et attache-toi fermement à moi.

Tandis qu'elle parlait, ses vêtements se gonflèrent, ses ailes s'étendirent. Je me serrai contre elle et elle m'emporta au travers du terrible gouffre. La lumière étoilée de sa couronne éclairait les ténèbres autour de nous.

Brightly and steadfastly, and swiftly as an angel may soar heavenward with the soul it rescues from the grave, went the flight of the Gy, till I heard in the distance the hum of human voices, the sounds of human toil. We halted on the flooring of one of the galleries of the mine, and beyond, in the vista, burned the dim, feeble lamps of the miners. Then I released my hold. The Gy kissed me on my forehead, passionately, but as with a mother's passion, and said, as the tears gushed from her eyes, "Farewell for ever. Thou wilt not let me go into thy world—thou canst never return to mine. Ere our household shake off slumber, the rocks will have again closed over the chasm not to be re-opened by me, nor perhaps by others, for ages yet unguessed. Think of me sometimes, and with kindness. When I reach the life that lies beyond this speck in time, I shall look round for thee. Even there, the world consigned to thyself and thy people may have rocks and gulfs which divide it from that in which I rejoin those of my race that have gone before, and I may be powerless to cleave way to regain thee as I have cloven way to lose."

Her voice ceased. I heard the swan-like sough of her wings, and saw the rays of her starry diadem receding far and farther through the gloom.

I sate myself down for some time, musing sorrowfully; then I rose and took my way with slow footsteps towards the place in which I heard the sounds of men. The miners I encountered were strange to me,

Le vol de la Gy s'élevait, doux et puissant, comme celui d'un ange qui s'envole vers le ciel emportant une âme qu'il vient d'arracher à la mort. Enfin j'entendis à distance le murmure des voix humaines, le bruit du travail humain. Nous fîmes halte sur le sol d'une des galeries de la mine, et au-delà je voyais briller de loin en loin la lumière faible et pâle des lampes de mineurs. Je relâchai mon étreinte. La Gy m'embrassa sur le front, avec passion, mais comme une mère pourrait le faire, et me dit, pendant que les larmes coulaient de ses yeux :

— Adieu pour toujours. Tu ne veux pas me laisser entrer dans ton monde, tu ne pourras jamais revenir dans le nôtre. Avant que les miens aient secoué le sommeil, les rochers se seront refermés et ne seront rouverts ni par moi, ni par personne, avant des siècles dont on ne peut encore prévoir le nombre. Pense à moi quelquefois avec tendresse. Quand j'atteindrai la vie qui s'étend au-delà de cette courte portion de la durée, je te chercherai. Là aussi, peut-être, la place assignée à ton peuple sera séparée de moi par des rochers et des gouffres, et peut-être n'aurai-je plus le pouvoir de m'ouvrir un chemin pour te retrouver comme j'en ai ouvert un pour te perdre.

Elle se tut. J'entendis le bruit de ses ailes, semblable à celui que font les ailes du cygne, et je vis les rayons de feu de son diadème disparaître dans l'obscurité.

Je m'assis un moment, rêvant avec tristesse ; puis je me levai et me dirigeai lentement vers l'endroit où j'entendais des voix. Les mineurs que je rencontrai m'étaient étrangers

of another nation than my own. They turned to look at me with some surprise, but finding that I could not answer their brief questions in their own language, they returned to their work and suffered me to pass on unmolested. In fine, I regained the mouth of the mine, little troubled by other interrogatories;—save those of a friendly official to whom I was known, and luckily he was too busy to talk much with me. I took care not to return to my former lodging, but hastened that very day to quit a neighbourhood where I could not long have escaped inquiries to which I could have given no satisfactory answers. I regained in safety my own country, in which I have been long peacefully settled, and engaged in practical business, till I retired on a competent fortune, three years ago. I have been little invited and little tempted to talk of the rovings and adventures of my youth. Somewhat disappointed, as most men are, in matters connected with household love and domestic life, I often think of the young Gy as I sit alone at night, and wonder how I could have rejected such a love, no matter what dangers attended it, or by what conditions it was restricted. Only, the more I think of a people calmly developing, in regions excluded from our sight and deemed uninhabitable by our sages, powers surpassing our most disciplined modes of force, and virtues to which our life, social and political, becomes antagonistic in proportion as our civilisation advances,— the more devoutly I pray that ages may yet elapse before there emerge into sunlight our inevitable destroyers.

et d'une autre nation que la mienne. Ils se retournèrent pour me regarder avec quelque surprise, mais voyant que je ne pouvais leur répondre dans leur langue, ils se remirent à l'ouvrage et me laissèrent passer sans plus m'inquiéter. Enfin j'arrivai à l'ouverture de la mine, sans être troublé par d'autres questions, si ce n'est par un surveillant qui me connaissait et qui heureusement était trop occupé pour causer avec moi. J'eus soin de ne pas retourner à mon premier logement, où je n'aurais pu échapper aux questions, et où mes réponses auraient paru peu satisfaisantes. Je regagnai sain et sauf mon pays, où je suis depuis longtemps paisiblement établi ; je me lançai dans les affaires, d'où je me suis retiré, il y a trois ans, avec une fortune raisonnable. Je n'ai guère eu l'occasion ou la tentation de raconter les voyages et les aventures de ma jeunesse. J'ai été, comme tant d'autres, déçu dans mes espérances d'amour et de bonheur domestique ; souvent, dans la solitude de mes nuits je pense à la jeune Gy et je me demande comment j'ai pu repousser un tel amour, de quelques périls qu'il me menaçât, de quelques difficultés qu'il fût entouré. Seulement, plus je pense à un peuple qui se développe lentement dans des régions qui s'étendent hors de notre vue et sont regardées comme inhabitables par les sages de notre terre, à cette puissance qui dépasse toutes nos forces combinées, et à ces vertus qui deviennent de plus en plus contraires à notre vie politique et sociale, à mesure que notre civilisation fait des progrès, plus je prie Dieu que des siècles s'écoulent avant l'apparition de nos inévitables destructeurs.

Being, however, frankly told by my physician that I am afflicted by a complaint which, though it gives little pain and no perceptible notice of its encroachments, may at any moment be fatal, I have thought it my duty to my fellow-men to place on record these forewarnings of The Coming Race.

The end

Cependant mon médecin m'ayant dit franchement que j'étais atteint d'une maladie qui, sans me faire beaucoup souffrir, sans me faire sentir ses progrès, peut à tout moment m'être fatale, j'ai cru que mon devoir envers mes semblables m'obligeait à écrire ce récit pour les avertir de la venue de la Race Future.

Impression CreateSpace
à Charleston SC, en octobre 2018.

Imprimé aux États-Unis.